12·12사태희생자 김오랑소령미망인

백수린
자전적 에세이

그래도 봄은 오는데

광명출판사

1988년 출간된 『그래도 봄은 오는데』 초판본

12·12 군사 반란의 핵심 노태우와 그 세력이 권력을 쥔 그때, 책은 배포될 수 없었다.

일러두기

• 백영옥 여사는 후에 이름을 백수린으로 바꿨고, 초판본에도 백수린으로 나와 있으나 백영옥으로 더 알려져 재출간본에서는 백영옥으로 표기했다.

• 가능하면 초판본의 내용을 그대로 살린다는 원칙으로 편집했으나, 35년의 시간 변화에 따라 바뀐 맞춤법과 표현 등은 현재에 맞게 수정했다.

• 초판본에는 군사지역명이 이니셜로 표기됐으나 이 책에서는 지역명 그대로 표시했다. (서울 G동 ⋯→ 서울 거여동, B시 ⋯→ 부천시 등)

• 초판본에 박○○ 중령, 최○○ 장군 등으로 표기된 인물은 박종규 중령, 최세창 장군으로 표시하여 실명을 밝혔다.

• 이 책의 재출간에는 김오랑 중령의 고향인 경남 김해시 〈김해인물연구회〉의 도움이 컸다. (자세한 발간 경위는 부록 '출간 이후 이야기' 참조)

• 책 속의 사진은 원본을 구할 수 없어 초판본에 수록된 사진을 스캔하여 실었다.

그래도 봄은 오는데

백영옥

김해인물연구회

35년만의 재출간, 김오랑 중령 아내 백영옥 여사 자전 에세이

그래도 봄은 오는데

백영옥

반란군에 남편을 잃고 실명한 아내가 토해낸 남편과의 사랑과 12·12
35년만에 세상에 나온 군사반란 세력에 의해 철저히 묻혔던 책

오늘을 사는 일이 실수가 아니라면

창문을 통해 느껴지는 태종대 바닷바람이 훈훈하다. 목련꽃 향과 흐드러지게 피어있을 개나리꽃, 붉은 진달래가 눈앞에 선하다. 산허리로 돌아서는 겨울의 뒷자락을 밟으며 계절의 봄이 어느새 내 손끝에 맴돌고 있다. 깜깜한 절벽만이 눈앞에 보이는 나에게도 봄은 용하게 찾아왔다.

인생은 즐거운 한 편의 소설 이야기라고 생각한 적이 있었다. 어떤 남자를 만나 결혼이라는 생활했을 때였다. 그리고는 인생은 허무하며 살아갈 가치조차 없는 악마의 인형극이라고 생각한 때가 있었다. 내 인생의 전부였던 그 남자를 잃고 나서의 일이었다. 이제 나는 평온한 인생을 보내고 있다. 부처님이라는 신 아닌 신을 만나면서부터이다.

한바탕의 격정이 지나갔다. 단편적인 편린들로 남아있던 지난 이야기를 되돌아가서 다시 걸어온다는 일은 힘든 작업이었다. 더군다나 치마폭 뒤집듯 모든 일들을 숨김없이 솔직하게 털어놓는 일은 부끄럽기만 하다.

하지만 그 부끄러운 이야기들 속에는 모든 사람이 알아야 할 이야기들이 있다. 부족함투성이인 줄 알면서도 한 권의 책을 세상에 드러내 놓을 결심을 한 것도 그러한 이야기들 때문이다. 조금 더 욕심을 내자면 이 책으로 억울하기 이를 데 없는 남편의 영혼이 더 이상 통한의 계곡 속에 머물러 있지 않을 것이라는 위안과 나보다 더한 불행을 당한 분들에게 인생을 살아갈 용기를 줄 수 있다는 변명 때문이다.

남편을 동작동에 묻고도 많은 시간이 흐른 뒤, 죽음의 유혹을 물리친 나는 남편이 살았던 세월만큼만 살자는 여유를 태종대 앞에서 보였었다. 그러나 지금 나는 남편이 살았던 나이보다도 6년을 더 넘게 살고 있다. 지금의 자비원 생활이 구차하거나 의미 없는 일상이 아님에도 불구하고 남편보다 더 많이 산다는 일은 항상 가슴 아픈 통곡을 몰아온다.

　이제는 원한을 원한으로 갚지 않는 지혜도 터득했으며, 언제라도 자비원 문을 열고 들어올 듯한 남편을 기다리며 실수가 아닌 삶을 살아간다. 분에 넘치게도 나의 거듭나기를 도와주시는 분들이 주위에 너무 많다. 자비원 설립과 운영에 가장 큰 힘을 주시는 정각 스님, 청정한 비구니의 모습으로 묵묵히 도와주시는 운문사 사리암 혜은 스님, 언제나 나의 눈을 대신하는 양딸 수지와 나리, 그리고 전화로 지난날의 상흔을 씻어주려 애쓰시는 정병주 사령관님, 가장 가깝게 있는 자비원 식구들….

　특별히 광명출판사 권영찬 사장님께는 거듭 감사를 드린다. 이러한 책을 만든다는 일이 일종의 모험같이 느껴짐에도 불구하고, 나를 돕고 싶다는 취지를 강력하게 말씀하시는 권 사장님의 권유와 전반적인 도움에 용기를 가질 수 있었다. 또한 내가 글을 쓰지 못하는 연유로 20여 개에 달하는 녹음 테이프를 가지고 힘든 작업을 한 이선경 편집자에게는 미안한 마음뿐이다.

　그분들 모두에게 한 묶음의 연꽃과 붉은 빛깔의 카네이션을 가슴 가득히 안겨 드리고 싶다.

1988년 4월　백명옥

차례

제2부

인생의 줄에 사랑을 묶고

제1부

12월의 여인

제 1 부

12 월의 여인

12월의 여인

기억 속에서 지우고 싶은 것. 그러나 지우고 싶으면 그리고 싶은 만큼 강렬한 기억으로 남는 것.

어떤 사람에게 그것은 '부끄러운 추억'일 수도 있겠고 '오점'일 수도 있겠지만 나에게는 '12월에 대한 감회'라고 말해야 할 것 같다.

지난해 12월도 여느 때와 다름없이 거리에는 캐럴송이 울려 퍼졌고 사람들은 종종걸음으로 한 해의 마무리를 위해 바쁘게 오고 갔으리라. 그러나 결코 나에게는 '시작을 위한 정리'라는 의미로서의 12월이 될 수 없었다.

여기저기서 찾아온 기자들의 심경을 묻는 질문들과 취재를 위한 펑펑 터지는 플래시 소리에 아픈 기억으로 남아 있는 나의 12월을 다시 떠올리지 않을 수 없었기 때문이다.

12월의 여인.

무슨 통속 소설의 제목 같지만 내게 있어 다른 달(月)은 12월을 이야기하기 위한 하나의 엑스트라에 지나지 않는다는 생각마저 들 정도로 내 지난 생은 12월과 깊은 연관을 지녔다.

평안남도 순천에서 철제품 생산업을 하시던 백원식 씨의 여섯 남매 중 막내 딸로 태어난 나는 공교롭게도 어머니와 생일이 같다.

1948년 12월, 음력으로는 10월 27일생인 나는 마침 그날이 어머님 생신날이어서 아침에 미역국을 끓여놓고 나를 낳으셨다는 이야기를 훗날 어머니께

들었다.

생각해 보면 여러 가지로 나는 어머니에게 불효막심한 딸이 아닐 수 없다. 극심한 출산의 고통을 당신의 생일날 안겨 드렸고, 결혼 후 나의 남편마저 12월에 먼저 보낸, 결과적으로 순탄하지 못한 결혼 생활을 보여 드린 셈이니 부모로서 당신의 마음은 얼마나 아프셨을까?

또한 나는 12월에 그이와 결혼을 했다. 여러모로 12월은 내게 뜻깊은 달이다.

불교에 귀의한 지금, 삼라만상의 인연설을 믿고 있는 나로서는 사람의 일이 우연한 것이 없다고 믿는다. 그렇기에 어쩌면 내가 이 세상을 하직할 날도 12월이 되지 않을까 하는 생각이 든다. 그리곤 혼자 웃는다.

어느 날인가, 나의 삶이 다하여 이 세상을 하직하는 날, 그것이 내 예감대로 12월이 된다면 나는 숙제를 성실히 마친 학생처럼 담담히 그날을 맞이하고 싶다. 그리고 그래야 하는 것이 모든 이들의 당연한 삶의 끝이어야 하겠지. 어쩌면 영원한 분의 품에선 죽음도 삶과 다를 바가 없지 않을까 하는 생각이다.

그리고 그 누군가의 말처럼, 죽음을 전혀 생각지 않고 오늘에 충실한 삶과, 죽음을 늘 염두에 두고 사는 삶이 본질적으로 같기에 그저 하루하루 사랑을 베풀며 살 수 있었으면 좋겠다.

내가 누군가에게 조금이라도 도움이 될 수 있고, 내가 만난 사람에게 향기를 줄 수 있는 그런 사람이 되기 위해 거듭나는 생을 살고 싶다. 그리하여 내가 조금씩 부서지고 마모되어 아예 존재조차 의식하지 못해도 그 누군가의 가슴에 의미 있는 영향을 줄 수 있다면 좋겠다.

다만 이러한 내 바람들이 허영이 아니기를 믿고 싶으며 받는 이에게 부담을 느끼게 하지 않는 겸허한 자세로 사랑을 줄 수 있는 생활인의 모습으로 살아가기를 노력할 뿐이다. 나 자신도 아직 부족한 인간이기에 지난날의 아픔을 기쁨의 차원으로 승화시키는 데에는 익숙하지 못하다. 법구경에 '녹은 쇠에서 생긴 것인데 점점 그 쇠를 먹어 버린다'라는 말이 있다. 아픔과 원한으로만 채색하던 12월의 느낌을 이제는 버려야겠다. 내게는 통한의 12월을 극복한다는 것은 곧 나 자신을 이긴다는 말과도 통하기 때문이다.

하루에 수십 통씩 걸려 오는 전화로나마 사람들의 병든 삶을 치유하는데 동참하고 있는 나 자신의 삶이 어둡고 얼룩져서는 그 어떤 도움의 말도 빛바랠 것이리라. 그것만큼 큰 모순이 어디 있으랴?

나는 지금 많은 것이 부족한 상태지만 마음은 언제나 맑고 웃음이 있는 생활을 보내고 있다. 더 이상의 감상적이고 애수에 젖은 의미에서의 '12월의 여인'이기를 나는 거부한다. 오히려 어둠과 추위를 이기고 꿋꿋하고 의연하게 서 있는 '인동초'와 같은 강인한 '12월의 여인'이고자 한다.

그렇다. 나는 한겨울의 모진 세바람 속에 꿋꿋하게 서 있는 12월의 여인이다.

영주동 이야기

나는 부산시 중구 영주동에 위치한 봉래국민학교를 다녔다. 그 학교는 내가 52회 졸업생이었으니까 일제강점기부터 있었던 매우 전통 있는 학교였다.

지금이야 부산역 앞 구역이라 하면 매우 번화한 중심지이지만 그 당시는 부산에서 제일 살기 어려운 하층 시민들이 살던 지역이었다. 그날 벌어 그날 먹는 사람들이 떼 지어 살기도 하는 그런 곳이었다.

그러던 곳이 내가 고등학교 졸업할 즈음에는 낡은 건물들이 다 헐리고 새롭게 단장한 고층 건물이 들어서기 시작했으며, 영주동과 대신동을 잇는 터널이 생겼다. 우리 집은 그 터널 왼쪽, 다시 말해 코모도 호텔 아래쪽 영주동 로터리 주변에 있었는데 그 자리는 조선 말기까지도 온통 바다였다고 한다. 그 후 매립지가 되면서 건물이 들어섰고 지금은 부산에서 가장 오래된 복어집, 해장국집들이 즐비하게 늘어서 부산의 명물로 남아있다.

어린 시절, 영주동 우리 동네에는 일본 사람들이 뚫다가 방치해둔 터널이 있었는데 터널 주위에는 맑은 개울이 있었다. 그 개울에서 우리는 맨발로 송사리와 작은 붕어들을 잡는다고 첨벙거리면서 쫓아다녔다. 하지만 그곳도 지금은 차량의 심한 매연으로 인해 출입 금지 구역이 되어있다. 이 모두가 어제 같은 일들이었는데 참으로, 격세지감을 느끼지 않을 수 없다.

국민학교(초등학교) 때 나는 여러 방면에서 활발한 활동을 했다. 이것은 내가 팔방미인 격으로 특출한 재능이 있었다기보다는 매사에 욕심이 많았고 의욕적이었던 까닭이다.

어린이 백일장에서 「우리 집」이라는 제목으로 글짓기를 써내어 상을 받았고, 교내 학예회 때는 독창을 하기도 했다. 마을에 있는 교회에도 열심히 나갔다. 그 교회는 말이 교회이지 일반 가정집과 똑같은 작은 기와집이었고, 그 작은 집 마룻바닥에 방석을 깔고 앉아 예배를 드렸다. 교회 신도들과 함께 입을 모아 찬송가를 부르고 기도를 드리면서 알게 모르게 종교에 대한 신앙심이 자라고 있었다. 그리고 그 신앙심은 자라고 자라 여고 시절의 내 영혼에 커다란 지주가 돼 주었다.

내가 봉래국민학교를 다니던 시절인 1950년대 말에서 1960년대 초 당시 KBS 부산방송국 건물은 시골 변두리에 있는 보건소 크기 정도의 왜소하고 하얀 건물이었다. KBS방송국의 어린이합창단원으로 활동하기도 한 나는 맨 처음 방송국을 방문했을 때 적잖이 실망했다. 왜냐면 그 당시 라디오를 요술 상자라 생각했던 순진한 내가 공중에 매달린 마이크 한 개와 피아노 한 대만이 홀에 덩그러니 놓여있는 초라한 녹음실을 보았기 때문이었다. 그때는 지금처럼 복잡하고 성능 좋은 음향기구들이 없었던 것이다. 너무도 초라한 녹음실에서 나오는 기침을 꾹꾹 참아가며 노래를 녹음하고, 그 녹음들이 라디오 상자 밖으로 흘러나오는 소리라는 간단한 이치를 알고서는 뭔가 사기당했다는 기분을 느꼈었다. 그러면서도 내가 참가한 합창반의 노래가 며칠 후 라디오를 통해 들려 나올 때는 주위 사람들에게 자랑하느라 열을 올렸다. 마치 신기한 일을 나 자신의 힘으로 해낸 듯한 기분이었고 장래의 나는 하얀 방송국 안에서 생활할 것이라는 예언성 다짐들을 하곤 하였다.

그러나 그 나이 때면 누구나 그러하듯, 나는 법관을 보면 법관이 되고 싶었고, 글짓기 대회에서 어쩌다 상을 타게 되면 시인이 되고픈 마음이었고, 독창을 하게 되어 박수를 받을라치면 위대한 성악가가 되어 무대 위의 프리마돈나가 되고 싶었다. 보고 느끼고 경험하는 것 모두를 미래의 자신 모습으로 그려보는, 그래서 꿈이 시시각각으로 변하던 그런 시절이었다. 또 그 모든 것들이 무한한 가능성으로 펼쳐져 있던 때이기도 했다.

국민학교 6학년 때는 어린이회장 후보에 추대되어 선거에 나갔다. 초량뒷산에 올라가 웅변 연습을 했던 여세로 후보자 연설을 했다. 다행히도 내가 당선되었다. 그리고 개표를 하며 내 이름 밑에 그어지던 바를 正 자는 그 후 내게 바른 것에 대한 믿음을 주었다. 당선된 나는 어린 마음에도 바르게 회장직을 수행해야 한다는 일념으로 성실했던 것으로 기억한다.

1962년에 봉래국민학교 52회 졸업생이 된 나는 수석 졸업의 영광을 안게 되었다. 수석 졸업자에게 주어지던 전통적인 '부일장학상'을 받던 날, 욕심 가득한 내 마음은 터질 것 같았고 부모님의 기뻐하시는 모습에 양어깨가 저절로 올라갔었다. 그때 부상으로 받은 책상 괘종시계는 작고 단단했는데 그 당시로써는 구하기 힘든 고가품의 이탈리아제였다. 나의 국민학교 생활을 상징해 주는 이 시계를 언제나 소중하게 간직했고, 결혼할 때 친정어머니께서 내 짐 속에 넣어 주셔서 아직까지도 갖고 있다. 친정어머니는 "네가 장차 엄마가 될 테니 그때 말로만 자식에게 공부 잘하라고 하는 것보다 이 시계를 주면서 엄마가 장학생이 되어 받은 거란다 하면 좋은 본보기가 될 것이다"라고 하셨다. 지금은 국민학교 6학년이 된 양딸 수지에게 물려주었으며, 가끔 수지 방에서 똑딱거리며 돌아가는 그 시계를 볼 때마다 지난 세월을 되새겨 본다. 무엇이든 욕심이 많았던 야무지고 예쁜 때였다.

제비꽃처럼

누구에게나 유년기는 에덴동산일 것이다.

눈을 감으면 어릴 때 뛰어놀던 영주동 뒷동산이 떠오른다(고향은 평남, 순천이지만 6·25 직전에 가족 모두가 월남하여 부산에서 정착하였기 때문에 사실상 나의 고향은 부산시, 영주동인 셈이다).

어릴 때는 끝없이 넓어 보이던 운동장이 어른이 된 후에 다시 보면 형편없이 작고 초라해 보이듯, 지금의 영주동 뒷산은 아파트 단지로 변하여 그 옛날의 흔적은 전혀 발견할 수 없고, 또 어릴 때처럼 낭만적이지도 않다. 그러나 영주동 뒷산은 언제까지나 내 마음속에서는 어린 날 강아지처럼 뛰어다니던 낙원으로만 기억되고 있다. 그곳은 마치 한 장의 잘 찍은 스냅사진처럼 내 가슴속에 새겨져 있다.

그 산은 봄이면 유난히 진달래가 많이 피었다. 먼 데서 보면 울긋불긋 분홍 물감이 번진 듯하여 온 산이 무척 아름다웠다. 나와 또래 동무들은 진달래 꽃잎을 따서 먹기도 하고 가지째 꺾어 머리에 꽂고 공주님처럼 장식하는 것을 좋아했다. 그리곤 결혼식 흉내를 낸답시고 결혼 행진곡에 맞춰 걷는 연습을 하였다. …딴딴다단, 딴다다단… 그렇게 종일 놀다 보면 봄볕에 그슬려 우리들의 얼굴도 진달래꽃처럼 빠알갛게 되곤 하였다.

여학교 때 외국 곡 「망향」이라는 노래를 듣고 영주동 뒷산의 모습을 노래한 것 같다는 기분에 빠진 적이 있었다.

'먼 산에 진달래 울긋불긋 피었고 보리밭 종달새 우지우지 노래하는 아득한 저 산 너머 고향 집 그리워라…'
뭐 이런 내용의 노래였던 것 같다.

먼 산에 진달래 울긋불긋 피었고
보리밭 종달새 우지우지 노래하면
아득한 저 산 너머 고향집 그리워라
버들피리 소리 나는 고향집 그리워라

이내 몸은 구름같이 떠도는 신세임에
나 쉬일 곳 어디런가 고향집 그리워라
새는 종일 지저귀고 행복은 깃들었네
내 고향은 남쪽 나라 고향집 그리워라

아득하다 저 산 너머 흰 구름 머무는 곳
그리운 내 고향으로 언제나 돌아가려나
사철 푸른 솔밭 위에 노래는 즐거웁고
사는 이들 정다운 곳 언제나 돌아가리

— 윤복진 「그리운 고향」

---

* 60년대 교과서에 수록되었다가 윤복진 씨가 월북 시인이란 이유로 교과서에서 사라졌다.

왜 그랬는지는 모르나 그 노래를 들으면 눈물이 났고 가슴이 저려 왔던 기억을 가지고 있다. 지금 생각해 보면 막연한 감상이었던 것 같다. 고향을 잃어버린 실향민의 심정처럼 무언가가 그립고 허전하고 외롭다는 생각까지 자주 했다. 아마도 그때는 햇살이 금가루처럼 온 세상에 쏟아지고 있었고, 계절적으로 봄이었고 또 무엇보다도 내 '인생의 봄'이었기 때문이었을 것이다. 누구나가 성장기에 겪어보는 흔들림의 상태, 사춘기라 불리는 '인생의 봄' 시절이었으니까.

그러나 내가 그 어떤 꽃보다도 좋아했던 꽃은 제비꽃이었다. 뒷동산에서 놀다가 내려올 때는 항상 어린 내 손바닥 길이밖에 안 되는 제비꽃을 한 움큼 꺾어서 오곤 했다. 집에 와 보면 꽃은 이미 시들어 있기 일쑤였는데도 보랏빛의 그 고혹적이며 강렬한 색과, 그와는 대조적으로 소박하고 가녀린 모습이 어린 내 마음에도 매우 좋았던 것 같다. 양지 기슭에 잔잔히 피어있는 보랏빛 제비꽃은 언제나 가슴 두근거림과 소중한 형체로 다가왔다.

영주동 뒷산 계곡에는 시골의 외진 곳에서나 볼 수 있는 작은 암자와 성황당이 있었다. 우리는 성황당 앞을 지나갈라치면 무서워서 '으악' 소리를 지르며 뛰어가곤 했다. 금줄처럼 친 너풀거리는 천 조각이 마치 귀신의 손으로 변하여 금방이라도 뒷덜미를 잡아당길 것 같은 느낌 때문에 우리는 으스스한 기분으로 전율하곤 했었다. 그때는 숲이 울창했기 때문에 여우가 나온다는 어른들의 말도 있고 해서 성황당이 있는 계곡은 서로가 서로의 공포심을 더욱 부채질해주며 지나던 곳이었다.

그러나 그때 어린 우리들이 느꼈던 공포는, 정말로 무시무시한 공포라기보다는 하나의 놀이 수단이었다. 우리의 놀이에 재미를 더해주는, 말하자면 무섭긴 무섭되 재미있는 무서움이었고 우리는 그것을 즐겼던 것 같다. 마치 장

티푸스나 콜레라 예방주사를 맞은 후 부어오른 팔뚝에 힘을 가하면 몹시 아프면서도 재미가 있었던 것처럼 성황당의 공포는 우리의 놀이에 재미를 더해주었던 것이리라. 그래서 놀다가 지칠 때쯤이면 성황당 근처로 와 '저기서 귀신이 나온다.' '천 년 묵은 여우가 있다.' 등의 허황된 거짓말을 서로 하면서 공포에 질린 표정으로 꽁지가 빠져라, 그 앞을 뛰어 지나쳤다. 그때의 그것은 흉한 모습으로 서 있는 성황당에 대한 우리들의 최대한의 예의(?)였던 것이다.

12·12 후 어린 시절의 추억과 향수로 그곳을 찾아갔으나 옛날의 흔적은 전혀 발견할 수 없었다. 나의 에덴동산은 세월과 함께, 불도저로 밀어붙이는 도시 개발과 함께, 그리고 성적에 대한 치열한 경쟁의식과 함께 찾아온 중학생 시절과 더불어 조용히 막을 내리고 있었던 것이었다. 아무도 눈치채지 못하는 사이에.

베레모의 금지와 경남여중

　요즈음이야 '중등교육 평준화 정책'이라는 당국의 교육적 배려(?) 때문에 적어도 중·고등학교에 들어가기 위한 일류병을 겪는 일은 없지만, 내가 중학교에 입학하던 때인 1960년대 초에는 시험성적에 따라 중학교가 결정되었다. 그에 따라 자연히 학교의 등급이 매겨지고 소위 '명문'이라는 학교에 들어가기 위한 아이들의 고통도 심각했다. 국민학교 5·6학년이 되면 부모들의 성화에 못 이겨 '단체 과외'를 해야 했으며 5·6학년은 아예 놀이터에 나타나면 안 되는 학년으로 간주되었다. 부모들의 그릇된 일류의식이 어린 자식들에게도 그대로 옮겨가 아이들도 과열된 경쟁의식 속에서 초등학교와 중학교를 마쳐야 하는 불행의 연속이었다.

　그 당시 부산에서 명문이라 평가되는 여학교는 경남여중과 경남여고, 부산여고 정도였다. 나도 또한 '명문'이라는 포장지를 획득해야 한다는 강박관념에 지배당한 채 힘든 어린 날들을 보냈다. 비록 과외는 하지 않았지만 늘 다른 아이들과 비교하는 성적 등수를 염두에 두고 다녔으며, 언제나 일등을 해야 한다는 아집 속에 지냈다. 자연히 학예회나 합창대회, 미술대회 등 성적과는 무관한 활동을 도외시하게 되고 제비꽃 한 움큼 뜯던 영주동 뒷산에서 뛰노는 일도 뜸해졌다. 그 덕택에 나는 부산에서 명문이라 평가되던 경남여자중학교에 입학하는 영광을 안게 되었으며, 고행 속에 얻어진 영광이니만큼 학교에 대한 자부심도 턱없이 높게 가지며 중학생 시절을 보냈다.

지금의 부산진역 앞 수정동에 위치한 경남여자중학교의 교문을 처음 들어서는 날, 학교의 첫인상은 생각했던 것만큼 규모가 크지 않다는 느낌이었다. 마음속의 기대가 너무나 컸었기 때문에 느껴지는 실망감이 다소 생겼으나, 현관 옆에 태극기를 들고 있는 유관순 열사의 초상화를 보고는 금방 기분이 달라졌다. 유관순 열사의 초상화가 경남여중이 애국적이고 민족적인 정기가 서려 있는 학교라는 기분에 빠져들게 하였고 나는 그 초상화 덕에 중학교 3년의 시간을 '민족적이고 애국적인 경남여중'에 대한 애착과 긍지 속에 보낼 수 있었다.

요즘은 교복이 자율화되어 얼핏 보면 학생인지 사회인지 구별이 안 되지만 우리 때는 학생들 모두가 똑같은 세라복에 검은 베레모를 쓰고 다녔다. 특히 검은 베레모는 학생들 사이에서 경남여중의 크나큰 긍지로 여겨졌고, 우리는 베레모를 좌우로 약간 비스듬히 쓰는 것으로 멋을 부렸다. 비스듬히 쓰는 베레모는 소속 학교에 대한 긍지를 나타내주는 자랑스러운 표시이기도 하였으며, 특별히 두드러지게 멋을 낼 데가 없었던 교복 차림이었기에 베레모는 멋 내기의 포인트가 되었다. 바람이 부는 날도 베레모가 날아갈까 봐 조바심을 내면서도, 귀밑에 실핀을 꽂아가며 쓰고 다닌 베레모였다. 아마도 그때의 베레모는 지금 '서울대의 상징인 정문 형상의 로고'만큼이나 어린 소녀들에게 자부심을 갖게 했던 것 같다.

그러한 의미로 여겨졌던 베레모였기에 훗날 어른이 되어 시내버스 안내양이 베레모를 단정히 쓴 모습을 보았을 때, 긍지와 자부심과는 전혀 상관없이 평범한 의복으로 베레모가 쓰일 수 있다는 사실을 새롭게 받아들였던 일조차 있었다.

베레모가 자부심과 긍지의 표상으로 여겨졌던 어린 중학생 시절과는 달리 지금의 나에게 베레모는 아련한 슬픔과 그리움의 상징이 되었다. 원래 녹색 베레모는 미국 특공대를 상징하는 것이고, 붉은색 베레모는 영국 특공대를, 검은색 베레모는 우리나라 특공대를 상징한다. 그리고 내가 어린 소녀 시절에 그랬던 것처럼 특공대의 베레모 또한 특공대원들에게는 상당한 긍지와 자부심을 상징한다는 말을 남편에게서 들었다. 남편의 머리에 놓인 검은 베레모가 어린 소녀 시절의 내 기분을 다시금 느끼게 한 적이 가끔 있었던 것은 우리 부부의 기막힌 인연(?) 때문이라고 종종 생각했었다.

하지만 내 인생에 행복을 가져다주고, 내 마음에 아픔을 주고 간 남편에게도 베레모가 같이한 인연 때문에 베레모는 지금의 나에게 아련한 슬픔과 그리움의 상징인 것이다.

나는 잘 손질된 교복을 단정히 입고 베레모로 살짝 멋을 내곤 40~50분 걸리는 거리를 항상 걸어 다녔다. 학생들은 통학 수단으로 전차를 많이 이용하였지만, 시대적으로 '절약'이 강조되던 때였고 선생님께서도 걸어 다닐 것을 권하셨기에 나는 늘 단정한 모습으로 그 먼 길을 걸어 다녔다. 그때는 거리에 자동차가 많지 않았기에 지금처럼 매연 때문에 외출 후에 코가 까매지는 따위의 일은 없었다. 아침거리는 상쾌했고 세라복 차림과 검은 베레모를 쓴 나는 경남여중생임이 자랑스러웠던 때였다.

거리를 걷노라면 사계절의 변화를 피부로 느낄 수 있어 좋았다. 봄이면 담장 너머로 고개를 내민 노란 빛깔의 개나리 줄기가 손 내밀어 악수를 청하는 느낌을 받았고 그런 느낌은 두고두고 내 가슴에 고운 정서를 심어 주었다.

방과 후에는 초량 소림사에 있는 독서실에 가서 공부하였다. 절 안에 있던 독서실이었는데 어느 날 우연히 국민학교 동창 남학생과 마주쳤다. 전혀 뜻밖이고 예상외의 만남이었는데 갑자기 얼굴이 붉어지고 당황하게 되었다.

이성에 대한 호기심이 조금씩 일던 때였고 소녀의 부끄러움이 겹쳐 당황한 표정으로 제대로 인사도 못 했다.

지금도 중학교 시절을 생각하면 떠오르는 그리운 이름들이 있다. 이옥경, 김춘실, 김인자, 정영숙…. 큰 눈에 지적인 미남이셨던 영어 강무섭 선생님도 모두 안녕하신지…? 문득 그 시절에 대한 아련한 그리움이 왈칵 솟는다. 모두 모두 행복하기를!

호박 구덩이 속의 교훈

아버지가 체격이 크고 당당하신데 반해 우리 어머니는 아주 자그마한 분이시다.

어머니는 명절이나 제사 때면 만두와 빈대떡을 꼭 만드셨는데 그것도 아주 많이 만들어서 이웃들에게 나누어 주기를 좋아하셨다. 해가 지날수록 새로운 조카들이 탄생해서 식구들이 나날이 불어나 그렇지 않아도 대식구인 우리 가족의 음식만 해도 굉장한데 이웃까지 나누다 보면 큰 잔칫집 음식을 장만하는 것 같았다.

어머니는 항상 말씀하셨다.

"남에게 음식을 대접할 때는 가장 좋고 큰 것을 해야 되느니라."

먹고 남아서가 아니라 남에게 베풀 때는 나 자신의 몫을 온전히 내주어야 진정한 나눔이라는 것을 나는 어머니에게서 배웠다. 그렇기 때문에 연말연시나 명절 때 대기업들이 플래카드를 앞세워 불우이웃돕기를 한답시고 왁자지껄한 것을 나는 좋게 보지 않는다. 그것보다는 차라리 보이지 않는 곳에서의 조그만 선행이 남들은 몰라도 더 값지고 의미 있는 것이라고 생각한다.

중학교 뒤뜰 화장실 가는 길에 아주 조그만 할머니가 장사를 하고 계셨다. 그 할머니는 가랑잎처럼 작고 말라서 꼭 쥐면 바스러질 것 같은 애처로움을 느끼게 하는 분이었다. 학교 뒤뜰에 쭈그리고 앉아 옥수수 강냉이, 쌀 뻥튀기 등을 종이 고깔 봉지에 담아 파셨다. 그것들은 배가 부르지 않아서 우리들의 주요 군것질거리였다.

어느 날 화장실 가는 길에, 그때는 이른 봄이었던가, 늦겨울이었던가. 점심 드시는 할머니 모습을 보았다. 추운 데서 배추 잎사귀를 양념도 안 된 고추장에 찍어 드시고 있었다. 가슴이 찡하게 저려 왔다. 나는 내 점심 도시락을 가져다 드렸다. 할머니는 계속 싫다고 거절하셨다. 손녀딸 같은 내가 당신에게 도시락을 드리면 굶을 것이 걱정되었기 때문이었다.

"할머니, 전 도시락 두 개 싸 왔어요. 도서실에서 늦게까지 공부하려고 그랬는데 오늘은 일찍 가서 집에서 공부하면 되거든요. 괜찮으니까 받으셔요."

얼토당토않은 거짓말로 둘러대고 도시락을 드렸다. 배는 고팠지만, 기분은 좋았다. 남을 돕는다는 것은 자기희생이 없는 값싼 동정에 지나지 않는다는 것을 어린 마음에 새길 수 있었던 좋은 경험이었다. 그리고 그날 이후, 항상 나보다 어려운 사람들을 생각하며 살자고 결심하게 되었다.

우리 학교 부근 수정동 뒤 골짜기에는 빈민촌이 형성되어 있었다. 거기에는 일본인 여자가 고국으로 돌아가지 못하고 어렵게 살고 있었는데, 그 일본인에게 잘해주어야겠다고 당돌하게 생각했다. 일본에 대한 감정은 안 좋았지만, 재일 교포들이 일본에서 당하는 인권 문제도 그렇고 악은 선으로 갚아야 좋을 것이라는 생각에서였다.

중3 때는 경남 사천군의 농촌 마을로 위문을 갔다. 징을 쳐서 마을 사람들을 모이게 한 후 가지고 간 생활필수품과 학용품 등을 전달하는 것이었는데, 학생 간부로서 그 행사에 참가하긴 했지만 도시민들의 과시용 행사가 아닐까 하는 생각에 마음이 씁쓸했다. 그러한 기분 때문인지 침착성을 잃어 물건을 전달해주고 뒷걸음치다 호박 구덩이에 빠져 모인 사람들의 웃음거리가 되었다. 많은 사람이 놀려대며 웃었지만 솔직한 내 심정은 쥐구멍이라도 찾고

싶은 마음이었는데 그 호박 구덩이가 대신해 주었다는 생각이 들어 겸연쩍게
그냥 웃어버렸다.

사람이 만일 복을 짓거든
그것을 자주자주 되풀이하라
그 가운데에는 기쁨이 있나니
복이 자꾸 쌓인 것은 즐거움이다.

악의 열매가 익기 전에는
악한 사람도 복을 만난다
악의 열매가 익을 때에는
악한 사람은 죄를 받는다.

선의 열매가 익기 전에는
착한 사람도 화를 만난다
선의 열매가 익은 때에는
착한 사람은 복을 받는다.

재앙이 없을 것이라 해서
조그마한 악이라도 가벼이 말라
한 방울 물은 비록 적어도
큰 병을 채우나니,
이 세상의 그 큰 죄악도
작은 악이 쌓여서 이룬 것이다.

복이 되지 않을 것이라 해서
조그마한 선이라도 가벼이 말라
한 방울 물이 비록 적어도
큰 병을 채우나니,
이 세상의 그 큰 행복도
작은 선이 쌓여서 이룬 것이다.

— 법구경

유치환 교장 선생님

고등학교 때 교장 선생님은 유명한 청마 유치환* 시인이었다. 그분 하면 시인으로도 유명하지만, 이영도 여사와의 연애담이 세인들에게는 더 유명한 것 같다.

이영도 여사는 학교로도 자주 왔었다. 치마저고리에 자줏빛 댕기의 단아하고 청초한 이미지의 여인이었는데 난 그분을 통해 '한국의 여인상'을 얼핏 훔쳐본 느낌이었다. 당시 중학교 교과서에 시조 '봄날'이 실릴 만큼 여류 문인으로서도 단단한 기반을 잡고 있었는데 난 그 시조를 좋아했고, 막연하나마 이영도 여사와 같은 삶을 동경했다. 글을 쓰고, 독신으로 살리라 하는 막연한 다짐을 해 본 것도 그때의 일이다.

유치환 선생님은 경남여고 재직 당시 『미루나무와 남풍』이라는 시집을 발간하기도 하셨다. 따라서 학교 전체의 분위기가 문학적이고 낭만적이었다.

경남여고의 5월은 '등다방'에서부터 왔다. 학교 앞뜰에는 등나무가 있었고 그 주위에 벤치가 있었는데 우리는 그곳에서 시 발표회도 갖고 친구들과 담소를 나누기도 했다. 그리고 경남여고의 문학소녀들은 그곳을 '등다방'이라 명명하며 문학가의 꿈을 길렀다.

'등다방'에서 재잘거리는 학생들을 위해 방송실에서는 '그레고리 챤드'니 '천

---

* 1908-1967, 시인으로 호는 청마(靑馬)이다. 경상남도 통영 출신으로 예술원 회원을 역임했다. 시의 기교나 표현에 집착하지 않고 생에 대한 의지를 진지하게 추구했다.

　제 1 부

일야화'니 '솔베이지의 노래'들을 들려주어 그렇지 않아도 감상적인 열일곱의 가슴들을 더욱 촉촉이 적셔 주었다. 나는 방송실 활동을 했었기에 다른 여학생들과는 반대 상황으로, 교정을 내다보며 미래의 내 모습과 인생관을 정립하는 그런 때였다.

교장 선생님은 학교에서의 그 서정적인 분위기와는 달리 집에서는 무척 엄격하셨다고 한다.

유치환 선생님과 이영도 여사 이야기는 친구인 김영희에게서 많이 들었다. 선생님의 외손녀였던 그 친구에게서 이영도 여사가 집으로도 놀러 오곤 했는데 사모님께서는 싫은 내색도 없이 이영도 여사를 극진하게 대접해 주신다는 말을 듣고 매우 감명을 받았다.

플라토닉 러브에 대한 동경은 비단 교장 선생님만으로 그치지 않았다. 우리들이 가장 기다리던 수업 시간은 영어였다. 키가 크고 눈이 늘 허공에 있는 듯한 문길상 영어 선생님 때문이었다. 그분은 우리에게 워즈워스의 시들을 읽어 주셨다. 창밖을 내다보며 시를 읊는 모습은 사춘기 소녀들의 가슴을 흔들기에 충분히 매력적이었다. 좀 과장된 듯하지만 우리들의 등굣길은 영어 선생님을 만나러 가는 의식과도 같았고, 덕분에 영어 공부를 대다수 학생이 경쟁이라도 하듯 열정적으로 하는 긍정적인 결과를 낳았다. 우리는 영어 과목에 관한 한 우등생이었고 수업 태도도 좋은 모범생들이었다.

그때 느낀 것인데 학생들을 위해서도 선생님은 필히 멋진 분이어야 한다는 것이 내 지론이다.

속물이지 말 것. 멋있을 것. 항상 청춘일 것.

---

* 1916년-1976, 시조 시인으로 호는 정운(丁芸)이다. 경상북도 청도에서 태어났으며, 첫 시조집은 1954년에 발표한 『청저집』이다. 유치환은 남편을 사별하여 혼자가 된 그녀를 사랑하였으며, 5천 통이 넘는 연서를 보냈다.

그런 모습은 비단 선생님뿐 아니라 다른 이의 모습이라도 영원한 감동을 주는데 하물며 사춘기 소녀의 눈에 비친 스승의 모습임에랴!

4·19 이후 학생들의 데모가 사회화되었다. 그때 유치환 교장 선생님의 전근 명령이 있어 우리 학교 학생들은 전근 반대 데모를 했다. 나는 학년 대표로 단상에 올라가 전근하면 안 되는 이유를 조목조목 발표했었다.

지금 생각해 보면 시인 교장 선생님을 모시고 있던 우리가 얼마나 행복한 학생들이었나 생각된다. 그 시절은 정치적으로도 경제적으로도 몹시 궁핍하고 힘들 때였는데 우리는 그것을 그다지 심각하게 받아들이지 않고, 순수와 풍요를 간직할 수 있었던 것은 문학적 낭만과 서정이 그러한 사회 기류를 차단해 주는 완충지대 역할을 해 주었던 때문이 아닐까 생각된다.

브리지다 수녀님

삶과 죽음을 깊이 생각하던 소녀 시절엔 누구나 검은 옷에 지극히 절제된 모습의 수녀를 보면 종교에 귀의하고 싶은 생각이 일던 경험이 있었을 것이다.

고2 때였다. 메리놀병원에 갔다가 우연히 알게 된 미국인 수녀님이 한 분 계셨다. '마리아 브리지다' 수녀님.

흰색과 검정으로만 된 수녀복 속에 가려진 이국의 수녀님은 성스러운 느낌을 갖게 했고 거의 신적인 동경이 일기까지 하였다. 그 후로 나는 매일 이국의 수녀님께 편지를 드렸고, 밤을 새워 소쿠리를 인 여인 모습의 자수를 정성스럽게 수놓아 수녀님께 드리는 등, 애정과 존경으로 모시고 지냈다.

그때 경남여고 교지인 『청구』에는 수녀님에 대한 나의 연민의 정과 안타까운 마음 등을 그린 「안개」라는 시가 우수작으로 뽑혀 실리기도 했다.

밤의 긴 파람 속에
어느 고독스런
하이얀 낙엽의 마음이 있습니다.

당신은
고향을 그리는 먼 데 속삭임이었습니다.

창변에

바래진 미소하는 계절 속에

샤프란 꽃잎의 연함이

고이 끌리우는 자락가에는

벌써 칠해져 있었습니다.

부드러운 당신의 촉감은

잡을 수 없는 어느 애틋한 그리움의 넋입니다.

뜰에 나무에 창에

살포시 기대어 오는

외롭고 정다운 당신은

진정 내 마음 같습니다.

나의 사랑하는

수녀의 옷자락 끝에 스미는

먼 먼

이별의 환상같이

안개는

내 호수 위로

슬픔의 무늬를 지어 보냈습니다.

– 「안개」 一九六五 수녀, 나

지금 읽어 보면 감정에 치여 미사여구만 늘어놓은 것 같지만 그 당시의 그 애틋했던 마음이 전해져 여전히 브리지다 수녀님 생각이 난다.

수녀님이 본국으로 돌아가시던 날, 부산역에서 얼마나 울었는지 눈이 퉁퉁 부어 얼마 동안은 밖에도 나가지 못했다. 그 이후로도 브리지다 수녀님과는 편지가 두서너 번 오고 갔는데 내가 대학 입시 공부를 하느라 계속 편지를 드리지 못해 연락이 단절되고 말았다. 지금은 단지 나의 기억 속에서, 그리고 낡은 앨범 속에서 댕기 머리의 여고생을 두 팔로 안고 계신 이국의 수녀님이 웃고 계실 뿐이다. 이국 어디선가 수도자의 생활을 여전히 하고 계실 것이다. 아마도 흰 머리카락의 할머니 수녀님이시겠지만.

수녀님과의 인연에서 비롯된 천주교 신앙은 부산 중앙성당에서 2년 만에 영세를 받으면서 더욱 깊어 갔다. 국민학교 어린 시절부터 몸에 밴 종교 생활이 어느 정도 철학적 사유까지 가능하게 된 여고 시절이 되자 성숙한 형태로 나타날 수 있었던 것 같다. 물론 개신교에서 천주교로 종파를 바꾸었다는 변화는 있으나 종파의 문제보다는 신앙의 문제가 더 중요하다고 생각하는 나는 별다른 거부의식 없이 성당에 다녔다.

그러나 한정된 영역에서의 단편적인 사고를 하기 쉬웠던 시절이라 종교에 대해서도 극단적인 편견을 갖기도 하였다. 성당이나 교회에서 듣고 배운 종교관이 아니면 납득할 수 없었고 거부반응을 일으키곤 했다. 가령 『카라마조프가의 형제들』과 『데카메론』을 읽고, 그중에서 신앙을 부정한 내용이 몹시 거슬렸다.

『카라마조프의 형제들』에서 대주교가 미사를 올리던 중 예수님이 나타나셨는데, 대주교가 예수님을 살짝 불러내어 감옥에 가두는 이야기가 나온다. 그리고 계속해서 그날 저녁에 대주교가 예수님을 찾아가 "당신이 이제 나타나서 어떻게 하려는가? 모든 것이 질서가 잡혀지고 정리 정돈이 된 상태에서 이제 다시 혼란을 일으키면 누가 당신을 예수라고 생각하겠습니까?" 하는 내용이 나온다.

　종교인에게 있어 예수님의 존재는 가히 절대적인 의미를 나타낸다. 더군다나 감정적인 추앙이 절대적인 여고생의 신앙에서 그와 같이 종교를 부정하거나 회의하는 대목은 납득하기 어렵고 어느 때는 괴로운 고민거리가 되기도 하였다. 어느 면에서 생각해 보면 사춘기의 감수성과 동요가 잦은 감정들을 종교적 차원에서 안정시키려는 노력들이 맹목적인 신앙 자세로 나타난 것이 아닌가 한다.

　물론, 지금의 내 종교는 불교이다. 어릴 때는 개신교였고 후에 소녀 시절엔 천주교에 심취했다가 지금은, 내 인생이 바뀌게 된 후 불교에 귀의하고 있지만 난 그 어느 종교에 대해서도 거부감은 없다.

　누군가의 말처럼 신은 한 분이시고, 산의 정상이 한 군데이듯이 여러 종류의 종교는 그 정상에 오르기 위한 여러 갈래의 등산코스처럼 신에게 도달하기 위한 일종의 수단일 뿐이라고 생각한다. 계곡으로 가는 이도 있고, 산등성이를 타고 가는 이도 있고, 인적이 많은 대중이 가는 길로 가는 이도 있고, 인적 끊긴 조용한 길로 가는 이도 있을 것이다. 내가 가는 길로 가지 않는다고 비난하고 손가락질할 필요는 없다고 생각한다. 진정한 종교인이라면, 우리가 삶의 형태가 다르다는 이유만으로 어느 사람을 나쁘다고 말할 수는 없듯이 다른 종교를 가진 사람에 대해서도 관대해야 할 것이다. 종교의 본질이 자기 정화와 극복, 보다 깨끗하고 높은 세계로의 지향이라면 말이다.

　여고 때 친구인 정두임 씨는 지금 부산 성분도병원에서 활동하고 있는 수녀님이다. 어떤 연유로 그 친구가 수도자의 길을 걷는지는 알 수가 없으나 내가 12·12를 겪고 난 직후의 지친 몸으로 찾았을 때, 그녀 특유의 위트와 기지로 내 상처 난 감정을 많이 회복시켜 주었다.

유난히 잠 못 들어 애를 먹던 어느 날 저녁, 나는 정까뜨리너 수녀에게 전화를 했다. 막연히 누군가와의 대화가 필요했던 때였고 타인과의 단편적인 대화만으로도 내가 살아있음을 느낄 수 있었던 참담한 시간들이었다.

"너 어떻게 자니?"

"나? 나 옷 벗고 잔다."

정까뜨리너 수녀다운 대답이었다. 그녀는 잠 못 들어 전화를 한 나의 상태를 알고 일부러 동문서답을 하며 나에게 웃음을 선사해 준 것이었다. 그녀의 명쾌한 답변 덕에 나는 어린애처럼 깔깔거리며 웃었고, 전화기를 통해서 우리 두 친구는 웃음으로 서로의 마음을 위로할 수 있었다.

지금도 나는 가끔 정까뜨리너 수녀와 그런 식의 전화 통화를 하며 즐거운 밤을 갖는다.

마음에 새겨진 좋은 '친구'

마가렛 미첼의 『바람과 함께 사라지다』를 밤을 꼬박 새워 읽었다. 전쟁을 배경으로 쓴 소설은 많지만, 이 소설만큼 내게 감동을 준 책은 아직까지도 없다.

남북 전쟁을 노예 해방 전쟁으로 알고 있는 사람들이 많고 그렇게 미화되어 있지만, 사실은 공업 중심적인 북부와 농업 중심적인 남부의 이해가 충돌해서 생긴 전쟁이라고 보아야 한다. 그러한 배경 묘사와 함께 사랑의 갈등을 그린 이 책은 남부의 입장에서 전쟁을 통한 남부인의 사랑과 미움과 슬픔을 절실하게 표현하였다.

나는 스칼렛 오하라에게 완전히 매료되었다. 고난을 인내와 용기로 극복하며 절대로 절망하지 않고 앞일을 낙관하며 낭만을 배격하고, 실질적 태도를 견지하는 스칼렛은 미국인의 기질적 장점뿐 아니라 그녀의 아일랜드적 기질인 토지에 집착하고 고집스러우며, 목적을 위해선 잔인한 방법까지 동원하는 등의 단점까지를 포함해서 모든 것이 매력적이었다.

그것은 어쩌면 의젓하고 조숙하며 차분하다는 주위의 평을 듣고 있는 나 자신에 대한 하나의 객관화된 표상물로 비추어졌던 것이리라.

여고 시절의 나는 늘 내면에 크나큰 불덩이 하나를 키우고 있었다. 나의 내부는 언제나 고독 속에서 치열하기를 원했고 정열적으로 살고자 하는 끊임없는 간구를 하고 있었다. 그러한 상태에서 읽은 『바람과 함께 사라지다』 속의 여주인공은 바로 나 자신이 아닌가 하는 착각 속으로 빠져들었다.

나는 스칼렛 오하라가 주는 강렬한 흡인력 때문에 다음 날 아침이 올 때까지 책을 읽었다. 밤을 새운 피로감으로 등굣길에 전봇대가 도깨비로 헛보이는 해프닝은 있었지만, 그 책을 통해 나의 내면을 통찰할 수 있는 계기가 되었으며 정신적인 성숙을 크게 이룰 수 있었다. 그리고 또 하나 서구문화를 접촉하는 계기가 되어 막연히 서구문화를 동경하는 소녀가 되기도 하였다.

나는 무엇이든 한번 잡으면 끝을 보고 싶었다. 나 자신을 어떠한 한계까지 끌고 가, 마치 벼랑 끝에 서 있는 듯한 절박한 심정이 되어보게 하는 것, 그러면서 나에게 벅찬 과제를 주어 놓고 지극히 담담하고, 침착하게 그것을 처리해 나가는 나 자신에게 스스로 만족하고 있었다. 마조히즘이긴 하지만 그것은 생산적인 자학이었다고 생각한다.

그랬기 때문에 나는 주어진 일이라면 무엇이든 혼신의 힘을 다하자는 주의였다. 공부도 열심히 했지만, 음악도 많이 들었다. 우습게도 같은 반 친구였던 임효선 씨와는 '클리프 리차드'가 자기만의 가수라는, 그래서 자기가 더 열렬한 팬임을 입증하는 행동들을 자주 보이곤 하였다. 가령 영어로 편지를 보내는 일도 둘이 경쟁적으로 하였고, 쉬는 시간에 여러 친구 앞에서 서투른 발음으로 그의 노래를 부르는 일도 있었다. 하지만 나는 그 일에서는 항상 뒤졌다. 임효선이라는 친구는 워낙 영어를 잘해 클리프 리차드로부터 직접 답장을 받기까지 하였고, 클리프 리차드의 노래를 항상 멋지게 불러 요란한 박수를 받았다.

지금 그 친구는 울산에서 살고 있다. 한 가지 재미있는 것은 그의 남편 이름이 '김종기' 씨여서 연애할 때, 우리가 피부과 의사가 천직이라고 놀려주었는데 공교롭게도 지금 그의 남편은 '김종기피부과' 병원 원장이다. 말이 씨가 된다고 하는 속담이 현실화되었던 일이다.

지금의 여학생들처럼 좋아하는 가수의 공연장까지 따라다니며 금속성의 괴성을 지르는 따위는 상상도 못 할 때였지만, 연예인이 우상처럼 여겨져 좋아한 농도는 예나 지금이나 그 또래의 비슷한 모습이라는 생각이 든다. 청소년기는 누구나 사랑을 쏟아부을 대상을 찾아 헤매는 이방인과 같다. 그렇기에 소녀의 가슴은 늘 감성으로 깨어 있고 그래서 어떤 대상을 실제 이상으로 미화시키기 쉽다. 나는 이를 경험해온 기성세대의 입장에서 그런 대상에게 쏟는 정열을 보다 창조적인 데 쏟아 주길 바랄 뿐이다. 그리고 과정으로서 잠시 지나치는 간이역 같은 것이기를 젊은 세대들에게 진심으로 바라는 마음이다.

대중가요 가수를 경쟁적으로 좋아하기도 하였지만, 학교에서 방송실 활동을 하면서 클래식 음악과 친숙할 기회가 많았던, 어찌 보면 다행한 일이었다. 고전 음악 중에서는 그리그의 '페르 귄트 조곡' 중에 나오는 '솔베이지'와 드보르작의 '신세계 교향곡' 2악장을 즐겨 들었다.

신세계 교향곡 2악장은 드보르작이 깊은 찬탄을 품었던 미국의 대시인 롱펠로의 명작 '하이아와사'를 애독한 추억으로 이 선율을 작곡했다고 하는데 기분이 으스스할 만큼 깊고 고요한 느낌을 풍겨, 어떤 신비스러운 것의 출현을 예언하듯이 울린다. 듣는 이로 하여금 측은한 마음으로 사무치게 하여 향수를 자아내게 하는 이 주제는 면면하는 사랑의 정을 노래한다.

그 당시는 잘 몰랐지만 이런 느낌들이 나의 마음에 깊이 울려 자주 듣게 된 것 같다. 하지만 그 무엇보다 가장 감명 깊게 들었던 곡은 차이콥스키의 교향곡 6번 '비창'이었다.

탄식조의 애절함과 한편으로는 주제가 격렬하고 압도적인 고뇌의 감정이 격화된 애상, 비탄, 고뇌를 더할 나위 없이 강하게 묘사하고 있기에 난 늘 이

곡을 들으면 가슴이 서늘해지는 느낌을 받았다. 어쩌면 앞날에 대한 예견 같은 것이었는지도 모르겠다.

반면에 모차르트의 음악은 기피하였다. 내 나름의 음악 평론으로는 깊이가 없다는 생각이 들었기 때문이다.

무언가 장중하고 어두워야 멋있다고 느껴지던 때였으므로 모차르트의 내면의 고요와 평화에서 우러나온 그 음악들은 어쩐지 가볍다는 느낌이 들었다.

그러나 요즘은 오히려 모차르트의 음악을 자주 듣는다. 내 안의 폭풍을 다스리는 한 방법으로 모차르트의 음악을 듣는다. 그의 음악을 들으면 마음이 평화로워진다. 어느 시인은 말하지 않았던가. 모차르트, 위대한 모차르트의 이름만 들어도 겨드랑이가 가려워진다고, 날개가 돋으려고.

내가 힘이 들고 태만해지려 할 때, 생명력의 연소를 필요로 할 때, 내면의 정리를 해야 할 때 나는 어김없이 내 딸 수지에게 모차르트를 틀게 한다.

솟구쳐 오르는 열정, 엄숙한 사랑에의 갈망, 억누를 수 없는 광기, 자기 억제. 이런 감정들이 어느덧 음악 속에 용해되어 평화로워진 내 마음을 거기서 읽는다.

나는 이 세상의 천지 만물 중에서 으뜸을 사람으로 꼽고, 사람들 사이에서의 '사랑'을 제일로 생각하지만 정작 힘들 때 누군가의 위안을 필요로 할 때는 한 줄의 시를 찾아 음미하거나 음악을 들으며 마음을 삭인다. 이것은 크나큰 모순일지도 모른다. 하지만 이것은 사람들을 더 많이 사랑하기 위한 내 나름의 처방책이라면 어떨까? 내 직업이 남의 이야기를 들어 주고 상담을 해 주는 일이기 때문에 오히려 내 외로움이나 내적 갈등은 누구에게 쉽사리 표출하기가 힘들어진다. 어차피 스스로 묻고 대답하며 홀로 가는 인생인데 하는 약간의 비관론이 머리를 들지 않는 건 아니지만, 그래서라기보다는 음악으로도 쉽게 다스려지는 정도의 아픔을 안고 있기 때문일 것이다.

나는 고통을 확대하여 엄살을 부리고 싶지는 않다. 아무리 큰 고통으로 타인에게 비칠지라도 거기에 나 자신 스스로 '크다'는 레벨을 붙이고 싶지 않다.

자신의 아픔이 타인에게 확산되었을 때 그 상대방이 느끼는 심적인 부담감을 염려하여 고통과 번민을 스스로 연소시키는 심정은 타인에게는 소극적으로 보일지 모르나 자아에 있어서는 적극적인 강단이 아닐까 생각한다.

나는 지금도 모차르트를 들으며 녹음을 하고 있다. 그리고 라즈니쉬의 말을 음미해 본다.

"우리는 시간을 과거·현재·미래의 세 시제로 나눈다. 과거는 너의 순간이다. 현재는 영원의 일부이다. 신은 단지 하나의 시제만을 갖고 있다. 즉, 신에게는 현재만이 있을 뿐이다. 현재에 불행한 사람을 나는 본 적이 없다.

많은 사람이 나에게 찾아와 자신은 몹시 불행하다고 말한다. 나는 그들에게 눈을 감고 '바로 지금' 자신이 불행한지 생각해 보라고 말한다. 그들은 눈을 감는다. 그리고 말한다. '지금 이 순간은 불행하지 않습니다.'

이 순간은 언제나 순수한 축복이며 신의 순간이다. 과거의 시제 앞에서 울지 말라. 네가 아무리 불행한 과거의 기억을 가졌더라도, 네가 신의 순간 속에 있을 때면, 그대 역시 행복하고 축복이 된다!"

블랙

유난히도 나는 검은색을 좋아했다.

여학교 때 내가 흠모하던 남자 중에 미국 대통령 존 F. 케네디가 있다. 그의 동양적인 외형, 특히 왼쪽 가르마에 면서기처럼 뒤를 높이 친 머리 모양과 검은색 일색인 그의 의상이 몹시 매력적으로 보였다. 나는 『바람과 함께 사라지다』의 남자주인공 레트 버틀러의 인물 묘사가 혹 케네디 얘기가 아닐까 하는 생각에 더욱 그를 좋아했다. 따라서 재클린 여사는 '백영옥'이라는 한국의 여고생을 아무도 모르는 연적(?)으로 갖고 있었던 셈이다. 우리는 재클린과의 연애담에도 관심을 집중시키고 있었기 때문이다.

내가 특히 케네디를 좋아했던 것은 그의 검은 넥타이, 검은 양복 때문이었다. 그가 죽었다는 소식을 듣고는 초상화를 책상에 두고 장례식까지 할 정도였으니 나도 어지간히 정열적이었던 모양이다.

또 내가 좋아한 프랑스의 샹송 가수 '쥘리엣 그레꼬'도 검은색을 좋아하게 된 데 영향을 미쳤다. 그는 검은 피아노 위에 올라앉아 노래를 불렀는데, 사생아였던 그는 검은 옷을 입고 거리에서 노래를 부르다 어느 프로듀서에게 발탁되어 스타가 되었다고 한다.

색채 심리학에서 보면 검은색은 암흑, 죄악의 힘, 빛의 상실, 비애, 죽음, 무생명, 종말, 근절, 그리고 권위를 나타낸다고 한다.

어쩌면 검은색을 유난히 좋아했던 것은 내가 시력을 잃게 되는 미래의 예감 같은 것이 아니었을까 하는 생각이 든다.

아버지의 딸

흔히들 어렸을 적 아버지에 대한 기억과 이미지로 여자들은 미래의 이성상을 그린다고 한다. 나 역시 예외는 아니다.

지금 70이 넘으셨음에도 나의 아버지는 우람하고 당당한 체격을 지니셨다. 더구나 검은 머리가 전혀 없는 백발은 아름다운 '로맨스 그레이'가 떠오르는 멋진 모습이시다. 아버지는 내게 있어 물질적인 도움뿐 아니라 정신적인 지주로 자리하고 계시다. 그도 그럴 것이 아버지는 아버지로서뿐만 아니라 예절 교육, 가치관, 생활태도 등 인생 전반에 걸친 교육을 충분히 몸소 실천으로 보여주신 가정교육의 훌륭한 선생님이셨다. 아직껏 나는 아버님의 모든 것을, 특히 가치관, 생활태도 등에서 아버님을 표본으로 삼고 따르려고 한다. 그리고 아버님처럼만 살아간다면 최소한 실패한 삶은 아닐 것이라는 생각이 든다.

4남 2녀 중 막내로 태어난 나는 특히 아버님의 사랑을 독차지하며 자랐다. 그래서 어렸을 때 내 별명은 '아버지의 딸'로 불리곤 했다. '어머니의 딸'의 반대 의미로서 그렇게 불렀던 모양인데, 아버님의 사랑이 얼마나 이 막내딸에게로 쏠렸던가를 알 수 있을 것 같다.

내가 태어나기 전 내 위로 매우 예쁜 딸아이가 있었는데, 병으로 그 아기를 잃고 얻은 아이가 나였기에 더욱 그러했던 것 같다. 아버지는 어린 나를 늘 품에 안고 다니셨다고 했다.

어린 시절에 나는 유난히 잔병치레가 많은 편이었는데 꼭 아버지께서 업고 병원에 데려가곤 하셨다.

한번은 초등학교 소풍 때였다. 소풍지에서 갑작스럽게 배가 아파 몹시 곤란할 때였는데 어찌어찌 연락을 받고 오신 아버지께서 그 먼 길을 나를 업고 병원까지 데려가셨다. 그 당시의 나는 '뼈가 없는 아이'라는 소리를 들을 만큼 통통했었는데 얼마나 힘이 드셨을까? 지금 생각해도 아버님의 사랑에 가슴에 저려온다.

12·12사건 후 부산에 내려와 있을 때도 한밤중에 귀가 몹시 아팠던 일이 있었다. 통행금지가 있을 때였는데 아버님이 이 늙은(?) 딸을 업고 병원에 가셨다. 칠십이 다 되신 분이, 오빠들이 가겠다는 것도 만류하시고 굳이 당신의 등을 들이미는 것이었다.

어느 책에선가, 앞모습은 거짓으로 꾸밀 수 있으나 뒷모습은 인간의 살아온 외로움과 고통이 숨겨지지 않고 보인다 했는데 그때처럼 그 말이 실감 난 적이 없었다. 아버님이 살아오신 만큼의 인생의 부피와 무게에 이 딸의 고통의 무게까지 더 얹어드린 셈이 되었다. 내 어찌 다 안다고 할 수 있으랴? 자식을 낳아 보아야 부모님의 마음을 헤아릴 수 있다는데, 그러나 다는 헤아리지 못한다 해도 그 마음만은 늘 잊지 않고 살려 한다.

중학교 입학하던 날, 아버지께서 나를 불러 창호지에 서예 쓴 것을 주셨다. 거기엔 다른 글자는 보이지 않고 사람 인자人字만 가득 쓰여 있는 느낌이었다.

"아버지, 왜 이렇게 사람 인자가 하얀 종이에 많은가요?"

"그건 말이다. 영옥아! 너도 이제 중학교에 들어가니 어른이야. 지금 이 말을 언제나 잘 간직해서 새겨들거라. '人아 人아, 人이 人이면 人이 人이냐, 人이 人이라야 人이 人이지' 이 뜻은 말이다, '사람이 사람으로 태어났다고 해서 모두 사람이 아니라 사람이 사람다운 행동을 해야 사람이다' 그 뜻이다. 알겠니?"

"예."

그때의 그 10개의 사람 人자는 지금도 내 가슴에 깊이 새겨져 있다. 그리고 어려운 일에 처했을 때마다 내 마음을 다스려 주었다.

또한 나는 아버지를 통해 사람은 자기가 한 말에 대해 성실한 책임을 져야 한다는 것을 배웠다.

내가 대학교 때 아버지께서 사 주기로 한 미니 코트가 있었다. 그러나 그 당시 우리 집은 경제 사정이 악화되어 내게 코트를 사 줄 형편이 못되었다. 그리고 코트가 내게 그다지 절박한 물건이 아니었기에 얼마간 미련은 남았으나 곧 잊어버렸다.

그러다가 도시개발계획 때문에 우리 집이 헐리면서 받은 돈으로, 부산에서 제일 번화가인 광복동으로 나를 데려가신 아버지께서는 회색으로 된 미니 코트를 그때 돈 2만 원 상당의 거금을 주고 사주셨다.

집이 헐릴 때 동삼동 몇 필지를 주택지로 받았는데, 그중에 집터 하나를 판 돈이었기에 얼마나 죄스러운 마음이었는지 모른다. 그럼에도 불구하고 그 코트를 기쁜 마음으로 받았으니 생각해 보면 철부지 여대생이었다. 그래도 다른 옷보다 소중히 입었으며, 시집가기 전까지도 옷장에 간직하고 있다가 시집 갈 때 아버님 밑에서 일하는 내외에게 준 것으로 기억한다.

그 미니 코트에 얽힌 에피소드는 두고두고 내게 많은 생각을 하게 만들었다. 사람들은 얼마나 많은 약속을 하며 사나. 그러나 그 약속을 과연 얼마나 지키며 살까? '전화할게. 편지할게'와 같이 사소해 보이는 듯한 약속을 만나는 사람마다 쉽게 한다. 그리고 돌아서면 잊는다. 그런 사소한 약속의 불이행이 쌓여 어느새 인간관계는 불신으로 가득 차는 건 아닐까?

나는 소심해서인지는 모르나 남에게 주기로 한 것, 빌린 돈 등은 제때에 주거나 갚지 못한 경우 도무지 일이 손에 잡히지 않고 불안하다. 그래서 되도록 그런 경우가 내게 닥치지 않도록 평소에 규모 있게 생활하려 노력하지만, 부득이한 경우 그리하였을 때는 예금 통장에서 목돈을 부수어 푼돈을 갚는다. 그래야 마음이 편하다.

이것은 인간관계에서, 그리고 그것이 부모와 자식 사이의 관계라 할지라도 한 번 한 말에 대한 책임, 즉 신의를 중시하신 아버님의 영향을 직접 간접으로 받은 듯하다.

나 역시 지금의 내 두 딸에게 행동으로 교육의 본보기가 되려고 노력하며, 말보다는 행동으로 사랑을 표현하고자 한다. 요즈음은 아이들도 다 컸고 매를 들 일이 거의 없지만 잘못을 저질렀을 때 가끔 매를 들었다. 그러나 엄마의 감정에 치여 혹 사랑하는 딸들에게 마음의 상처가 생길까 하여, 나는 아무것이나 눈에 띄는 대로 들어 때리지 않았다. 항상 매화나무가 그려진 죽비를 들었는데, 내 나름으로 매는 어디서나 꿋꿋하게 살라는 의미의 상징적인 회초리였다.

그렇지만 아직도 아버님을 따라가려면 멀었다. 아이가 둘 뿐인데도 어떻게 대해야 할지, 어떻게 사랑으로 잘 길러야 하는지 고민하게 되는데, 옛날에 그 많은 여섯 남매를 흠 없이 바르게 키워 주신 우리 부모님을 생각할수록 고개가 숙여질 뿐이다.

어린 날의 유물 두 점

잦은 이사를 했던 결혼 초의 생활 중에서도 내가 버리지 않고 간직한 상자가 있었다. 거기에는 중학교 시절의 내 글이 실린 경남여중 교지, 마찬가지로 나의 시와 글이 실린 경남여고 교지, 그리고 남편과 연애 시절 주고받던 한 묶음의 연애편지가 보물처럼 담겨 있었다.

12·12 후 서울 거여동 아파트를 정리할 때, 대부분의 것들이 태워졌으나 그 보물상자들은 요행히 친정집에 있다가 얼마 전에 내 손에 들어왔다. 물론 상당수의 고문서(?)들이 상실되었지만, 양딸 수지가 읽어주는 낡은 편지와 좀이 슨 책들 속의 내 글들은 나로 하여금 즐거운 과거로의 여행을 하게 해 준다.

그중 중학교 2학년 때, 경남여중 교지인 '수정'과 경남여고 교지인 '청구'에 실린 나의 글들을 소개해 볼까 한다. 지금의 나로서는 어떻게 평가해 볼 수도 없지만, 당돌했던 여학생 시절의 내 모습이 보이는 듯해 창피를 무릅쓰고 실어본다.

〈나의 제언〉 우리들의 나아갈 길

– 中學校 교지 『수정』에서

학생회 부회장 백영옥

제 1 부

혼히 이런 말을 친우들로부터 듣는다.

"어째 경남여중의 기틀이 흔들리는 것 같다."

틀림없는 말일 게다. 아니 여러분께서는 이 말에 '절대로 그렇지 않다' 하는 자신을 가지고 나설 자가 과연 있을는지? 아무도 부정하지 못한 경남여중의 현실일 것이다.

우리들 각자 자신이 생각할 때에는 아무런 잘못과 뉘우쳐야 할 일이 없을 것만 같이 생각된다. 하지만 절대 오해다.

자기는 자기 자신을 모르는 것이다. 또 그러는 것이 당연한 일일는지도 모른다. 옛 위인들을 보더라도 자기 자신을 알아서 스스로 행동한 사람은 드물다. 모두가 다 친구의 충고와 격려로, 부모님의 가르침과 선생님의 교훈을 겸허하게 받아들여 성공한 이가 많다.

여러 학생 각자 각자에게는 친구와 선생님의 충고가 절실히 요구되며 응당히 요구되어야 만이 자신을 알 수 있는 것이다. 우리 학교를 보라. 집안에서만 떠들고, 집안에서만 잘난 체했다. 그리고 경남여중만이 제일이고 경남여중만이 훌륭한 선배, 전통을 이어받아 수정산 기슭에, 괭이를 메고 밭을 일구어 씨를 뿌리면 당장이라도 무럭무럭 자라 결실이라도 맺을 듯이 떠들어댔다. 허나 그 결과 지금 우리에게 남은 것은 과연 무엇이 있는가?

과연 선배들이 우리에게 남겨 준 일이란 무엇이 있으며, 어떠한 점이 우리에게 크고 훌륭한 영향을 미쳤는지 도저히 알 수 없는 것이 현재의 우리인 것이다. 우리가 당면한 문제에는 여러 가지 곤란한 점이 많이 있다.

훌륭한 전통이니 선배니 하는 것이 지금 우리에게 그렇게 큰 자랑은 되지 않는 것이다. 오로지 우리가 어떠한 문제에 부딪혔을 때 전통이나 선배를 찾을 게 아니고, 우리 일은 우리가 찾아서 해결하고 실행해야 만이 우리는 전통이니 선배니 하는 것을 찾을 수 있는 것이다. 물론 학교의 전통도 중요하긴 하지만 보다 더 중요한 것은 지금의 우리라는 것을 자각해야 할 것이다.

왜, 그러면 경남여중이 이와 같은 부진 상태를 계속해야만 되는지, 언제까지 계속될지는 아무도 모른다.

흔들리는 경남여중의 교풍과 생활태도는 이제 우리가 바로 잡지 않으면 안 될 중요한 시기에 놓여있다는 것을 각자는 깨닫고 자기에게 주어진 의무를 다해야 할 책임이 있다는 것을 알아야 하겠다.

어떤 친구가 이런 말로 묻는다.

"경남여중에 수술할 곳이 많지 않느냐?"

그래서 나는 이렇게 간단히 대답해주었다.

"만성맹장염이 곪아 터지려 하는데, 그걸 빨리 또옥 따버려야겠다."

이 말을 하고 나니 어쩐지 가슴에 무언지 뻐근히 치솟아 오르는 것이 있었다. 나라가 번영하려면 온 국민이 다 협력하고 단결하지 않으면 아니 된다는 것을 여러분은 다 잘 알고 있을 것이다.

하물며 나라가 이런데 우리 조그만 학교라는 사회에서는 더 많은 협력과 단결이 필요한 것이다. 아무리 한 사람이 하늘이라도 날 수 있는 좋은 의견이 있다 해도 우리가 그것을 들으려 하지 않고 협력해서 연구하지 않는다면, 좋은 의견은 앞으로 더 나아가지 못하고 그 자리에서 맴돌다가는 아무 필요 없는 무의미한 것이 되고 말 것이다.

"이 세상에서 훌륭한 지도자 그 자신은 있을 수 없다. 오로지 그를 돕고 따르는 주위 사람들의 노력에 따라 좋은 지도자가 되느냐 안 되느냐가 결정된다"라고 나는 말하고 싶다.

아무리 머리가 영특하고 지혜를 가진 사람이 지도자가 된다 해도, 모든 사람이 협력하지 않으면 안 된다. 앞으로 학생 여러분이 협력하지 않으면 안 될 일이 허다하게 우리 앞에 가로놓여 있는 것이다. 여기 우리가 앞으로는 고쳐야 할 시급한 문제가 있다.

학생들이 각자의 교내 활동과 생활태도는 물론이요, 운동장에 전교생이 집합할 때의 태도, 누구 한번 스스로 나가서 곳곳에 서서 선생님들께서 나오실 때까지 서 있어 본 사람 백이면 백, 천이면 천 중에서 아무도 없을 것이다. 똑바로 줄을 서서 움직이지 않고 있는 것은 우리에게 있어서는 대단히 어려운 일 중의 하나일 것이다. 인간의 본능이란 질서를 문란케 하고 뭔가 옆 사람에게 호기심이 가고 손을 놀려도 보고 싶고, 등도 간지러운 곳이 있어 긁어 보고 싶기 때문이다. 일상생활 보통 때는 그러한 현상이 쉽게 나타나지 않으나, 어떤 특정한 장소에서는 이상하리만치 앞에 열거한 본능들이 자꾸만 나타나게 되는 것이다. 그러므로 줄을 바르게 선다는 것은 쉬운 일이 아니다.

국민학교 때부터 줄을 서고 운동을 해왔는데 이제 새삼 줄을 선다는 것이 어렵게 느껴지는 것은 웬 뚱딴지같은 소리인가? 웃어넘기기 쉬운 일 같으나, 우리의 머리를 다시 한번 수그리고 생각하게 해보는 문제인 것이다. 아마 줄을 서는 것도 몸에 익숙하지 못해 어느 정해진 날 – 월요일이나 기타 행사 때 – 에만 서니 공부하는 것같이 매일 몸에 배지 못해 그럴 수도 있겠지만 전에는 전체 모임이 있을 때 대대장*은 단위에 올라 소리 한번 제대로 질러본 적이 없다.

그래서 체육 선생님이 미안하다고 대대장 역할을 대신 해왔다. 물론 그렇다고 대대장이 무능하다고 단언할 수는 없는 일이다. 거기에는 전교생들의 비협조적인 영향이 컸기 때문이다. 여하튼 앞에 든 보기는 아주 작은 것이나 많은 사람의 협조와 협력이 없이는 도저히 이루어질 수 없는 아주 중대한 일인 것이다.

---

* 교련 과목이 있던 시절에 학생회를 군대처럼 편제하여 학생회장을 학생 수에 따라 대대장 혹은 연대장이라고 했다.

다음으로 중요한 것이 복장 문제이다. 딴 학교에서는 무감독 시험이니 어쩌니 하고 떠드는데, 우리는 아직껏 사소한 복장이다. 전체 모임에 대해서만도 제대로 돼 있지 못해 쩔쩔매는 형편이니 부디 여러분들의 자각만이 있기를 바랄 뿐이다. 앞으로 모두 협력만 잘해서 일이 차근차근 진행된다면 우리 경남여중에서 무감독 시험쯤이야 문제가 되지 않으리라 자부하고 싶다. 그리고 재건학생회의도 종전과는 달리 전체 모임도 새로운 방향으로 이끌어 나가고 싶다.

부디 여러분께서는 서로 도와주고 밀어주어 굳건한 반석 위에 경남여중의 터전을 닦도록 다 함께 노력합시다.

〈특별한 회고기〉 문예반 이야기

– 高敎 교지 『청구』에서

문예반 백영옥

생각하고 있니?

지난번 우리의 '청구'가 푸른 하늘을 맵싸게 날았을 때의 환희를 말이야.

그때는 철도 없이 즐거워만 했다.

우리 다정스러운 문예반원들은 언제나 오순도순 정다웠다.

우리만의 즐거웠던 소풍.

마침 그날따라 변덕스럽게도 아침부터 비가 내렸잖아? 그래서 우린 모두 우산을 챙겨 가지고 왔었지.

그날의 푸른 강물은 이제껏 잊지 못하고 있어. 밖은 마구 비가 쏟는데…

우린 그 강변의 쉼터 집에 둘러앉아서… 아, 또 가고 싶구나, 너희들이랑.

또 진주 예술제 때의 일들.

난 무척 영자 언니를 그때 따랐다.

밤이 깊었을 무렵 언니는 나의 손을 잡고 달이 환한 공원길을 올랐다.

아무도 없는, 소나무 몇 그루 남강을 지키는 강변 둑에서 들려주던 정다운 말들을 생각한다. 또한 언니의 손을 꼬옥 잡고 폭죽이 터지는 감격을 지키던 일.

한밤중 어느 소녀의 그 바레랑.

그 들려오던 자장가랑.

이젠 모두 지나가 버린 일들이지만, 마구 그리워진다.

다른 어느 특활반보다도 뛰어난 수고와 따스한 정이 흐르는 우리 문예반은 일 년의 수확도 아쉬운 대로 풍성했다.

다달이 나오는 '경남여고'를 볼 때 흐뭇한 마음 가눌 길이 없다. 앞으로도 영원히 계속되리라는 생각을 안아본다.

어느 아담한 문예반실이 꼬옥 우리의 아우들에게는 준비되어야 할 텐데.

해마다 느끼는 감정이 우리 때까지 지속돼 왔다.

이번만은 문예반실을 아우들에게 남겨 주고 싶었다.

내년쯤에는 준비되리라는 교장 선생님의 말씀에 조금은 맘이 놓이긴 하지만, 아우들의 따뜻한 마음과 소담스러운 시정詩情을 볼 때마다 든든한 마음이 든다.

정말 귀엽고 사랑스러운 동생들과도 이젠 헤어져야 한다는구나.

아직 왜 떠나야 하는지는 확실히 모르지만 나는 영원히 이곳을 떠나갈 것 같지가 않구나.

'등다방'의 늦가을 잎들이 자꾸 떨어진다.

언젠가는 먼 훗날 우리 서로 만나서 오늘의 일들을 웃으며 이야기할 날이 있겠지.

그럼, 언제나 안녕을, 안녕을.

제 2 부

인생의 줄에 사람을 묶고

사랑을 건진 낚시 미팅

하고 싶은 것이 유난히 많았던 나는 주위의 권유도 있었고 그 당시 사회에서 대접받는 가치관에 따라 법조계에서 일하는 게 가장 좋겠다는 생각으로 - 지금 생각하면 조금 어리석다고 느껴지지만 - 고려대학교 법률학과로 진학했다.

만약 지금이라면 마가렛 미드 여사처럼 인류학을 공부하여 세계를 돌아다니며, 좀 더 실질적으로 피부에 닿는 도움을 어려운 처지에 있는 사람에게 주고자 했을 것이다.

막연히 대학을 하나의 이상향으로 생각했던 나는 꿈에 부푼 신입생 시절을 맞았다. 그 당시 한창 통기타 가수들의 출현, 청바지에 체크무늬 상의, 또 가수 윤복희 씨가 처음 입어 유행시킨 미니스커트 차림이 대유행이었다. 나 또한 어깨에는 미대생들이 메고 다님 직한 커다란 캐주얼백을 메고, 어깨 아래까지 내려오는 긴 머리에 미니스커트를 입고 다니는 발랄한 여대생이었다. 후일담이지만 훗날 그이가 내게 보낸 편지 중에는 나의 미니스커트 차림에 대한 꾸중이 들어있는 편지가 있다.

옥이!

잘 있소? 부모님께서도?

제 2 부

당신에게 사진을 찍어 주려고 카메라를 가져갔었건만 그대로 돌아오고 말았군요. 당신도 몹시 기대에 어긋났었겠죠? 미안했소.

옥이, 랑인 당신에게 항상 따뜻하게 대해 주지 못했었지만, 당신은 항상 랑일 포근히 대해 주시는군요. 그리고 부모님께서 더욱 다정히 대해 주시니 미안한 마음이 앞서더군요.

옥이, 또다시 일주일이 우리에게 공간을 주어 안타까운 마음이 우리 마음속에 도사리고 있겠지요. 그러나 우리는 항상 명랑하고 차분한 마음을 잊어서는 안 된답니다. 그리고 항상 차분한 마음에서 정중하고 경건한 생활 자세를…. 몹시 피상적인 말씨죠?

일례를 든다면 당신의 미니 복장은 단정하기는 하나 가벼워 보여 정중미를 잃고 있답니다. 이제는 당신은 성숙미와 정중한 기품을 풍길 수 있는 복장이 필요하다고 생각됩니다. 당신의 기분을 이해하지 못한다고 마음을 상하게 하더라도 한 번 더 생각하는 여유를 가져 주길 바랍니다.

그럼, 당신의 랑이 당신의 건강을 빕니다.

안녕.

1972. 4. 31.

지금 생각하면 유행이라고 무분별하게 따랐던 자신이 몹시 부끄럽다. 대학 생활은 고등학교 때와 달라 모든 것이 생소했다. 강의실을 혼자 찾아다니며 공부해야 하는 것도 그랬고, 부모님 밑에서 곱게만 자라 지극히 도덕적이고 상식적인 교육을 받아온 나로서는 대학의 자유분방한 공기가 한동안 오히려 부자유스러웠다. 더구나 한 치의 오차도 없이 일률적이고 꽉 막힌 교복 세대 였던지라 갑자기 방류된 댐의 물처럼 몰려오는 자유가 편했다기보다는 어찌 해야 할 바를 몰라 당황하게 만들었던 것이다. 그것은 황당무계한 자유였고 어리둥절한 자유였다. 하이데거가 "지성이란 자유스러운 결단을 내릴 수 있 는 힘"이라 한 말에 실감이 났다. 그러나 아이러니하게도 그런 것조차도 신선 한 설렘이었고 프레시맨인 나에게 즐거운 고민이었다.

내가 들어야 할 강의가 있는 강의실을 못 찾아 이리저리 헤매며 두리번거리 다 겨우 찾아 허겁지겁 들어갔을 때, 그때는 이미 자리가 거의 꽉 차 빈자리 가 보이지 않았다. 뒤늦게 들어갔기에 모든 이의 시선이 나에게 쏠려 더 당황 하여 빈자리가 보이지 않았다. 난감하기 짝이 없었다. 독불장군처럼 나 혼자 서서 강의를 들을 수도 없는 거고. 그렇다고 되돌아 나올 수도 없고. 만약 그 대로 서 있는 건 또 얼마나 우스우랴! 마치 교수님의 강의에 햇병아리 신입생 이 도전이라도 하듯이 뒷자리에 서 있을 모습이. 그것은 마치 실습 나온 교생 선생님의 수업 광경을 지켜보는 교사처럼 보이리라.

그때 내게 자리를 마련해 준 고마운 친구가 있었다. 너무나 당황하는 내 모 습이 안 되어 보였던지 그가 손을 이끌어 빈자리를 가르쳐 주었다.

조한선이었다. 그러한 인연으로 알게 된 우리는 캠퍼스 내에 꼭 붙어 다니 는 다정한 친구가 되었다. 한선이는 김해여고를 우수한 성적으로 졸업한 재원 이었고 할아버지께서는 제헌 의회 국회의원을 지낸, 김해에서는 유지로 알려 진 가풍이 당당한 집안의 딸이었다.

그녀는 지금 남편과 함께 미국으로 건너가 병원에서 카운슬링 일을 하면서 다섯 살 난 아들 하나를 두고 있다. 이번에 어머니가 위암으로 위독하셔서 2월에 귀국을 했는데, 미국에서 교포가 운영하는 미장원에 가서 영성지 12월호에 실린 내 기사를 보고 미장원에서 엉엉 울었다면서 부산에 도착하자마자 전화를 걸어 왔다.

1학년 여름 방학 때 우리는 한선이의 주선으로 부산 출신 육사 생도들과 야유회 겸 낚시 미팅을 가게 되었다. 그녀의 오빠 조병철 씨가 육사 생도였기 때문에 남자들은 조병철 씨가 맞추고 여자들은 한선이의 희망에 의해 일부러 빼고 나중에 내가 조병철 씨의 파트너가 되었다.

나는 그날도 역시 미니스커트를 입고 나갔다. 흰 칼라에 하늘색과 흰색이 배합된 미니 원피스였는데 낚시 도중에 신문지, 손수건 등으로 다리를 가리느라 몹시 애를 먹었다.

낚시에는 강태공의 낚시처럼 고기를 잡을 의도가 아니라 천하대세를 구상하며 때를 기다리는 도道가 있고 이승만 박사가 시로 표현한 '지불재어 지재어(낚시의 묘미는 낚은 고기의 소유가 아니라 낚시하는 행위 그 자체에 즐거움이 있다)'의 즐거움이 있다는 데, 낚시에 문외한인 나는 고기는 한 마리도 잡지 못하고 그 대신 파트너 조병철 씨와 많은 이야기를 나누었다. 나는 주로 학교생활에서 재미있었던 에피소드를 이야기했고 조병철 씨는 육사 화랑제 이야기를 해 주었다. 그때 조병철 씨에게는 결혼을 전제로 사귀는 여자 친구가 있었는데 수도여자사범대(지금의 세종대학교)를 다니는 깔끔한 인상의 예쁜 아가씨였다.

조병철 씨는 내게 남자 친구가 있는지를 물었다. 어릴 때부터 집안에서 남자관계에 엄격했던 이유로 이성 친구를 전혀 사귀어 보지 못했고, 대학에 들어와서도 마찬가지였기에 없다고 말했더니, 그는 경남여고 시절의 별명을 부르면서 얘기했다.

"당신 같은 미인이 남자 친구가 없을 수 있습니까?"

'미인'은 여고 시절의 내 별명이었다. 스텐 칼라에 흰 리본의 단정한 모습에 긴 머리를 하고 있었기에 멀리서 보았을 때 꽤 근사한 미인으로 보인다는 '백 미터 미인'의 준말이었던 것이다.

그러면서 그는 남자 친구를 소개해 주겠다고 했다. 그와는 1년 선후배 사이로 같은 김해 사람이며, 김해농고를 수석으로 졸업하여 육사에 입학한 다재다능한 사람이라며 편지로 소개해 주겠다고 제의해 왔다.

김오랑, 그분이었다.

나의 서울 생활은 그러나 1학기를 채 마치지도 못하고 끝나 버렸다. 부산에 있는 영주동 집이 도시개발계획에 걸려 집과 공장 모두 이사를 해야 했기 때문이다. 더구나 보상금이 너무 적어 우리 집은 심한 경제난에 봉착하게 되었다.

나는 서울 생활이 생소한 데서 오는 피곤함과, 부산으로 내려와 학교에 다니는 것이 아버지를 돕는 길이라 생각되었기에 부산대 간호학과에 편입하였다.

법률학 대신에 간호학을 선택한 데에는 고등학교 때부터 있었던 서구문화 지향의식이 작용했고 외국 생활에 대한 동경이 있었기 때문에 또한 가능했었다. 왜냐하면, 그 당시 간호사가 되면 외국으로의 취업이 쉬웠기 때문이었다.

이렇게 해서 서울에서의 대학 생활은 짧게 그 막을 내렸다.

영혼의 친구

여름날의 호숫가에서 있었던 낚시 미팅에서 나는 '김오랑'이라는 월척을 낚았다. 조병철 씨의 훌륭한 낚시 기술 지도 덕택에 나는 졸지에 사랑을 낚은 어부가 된 셈이다.

김오랑 씨는 그때 월남전에 파병되어 있는 상태였기 때문에 우리의 만남은 자연히 편지로 이루어지게 되었다. 낚시꾼과 고기와의 밀고 당기는 묘미가 바로 초기 연애 시절의 감정들 아닐까? 물론 몇 번의 편지가 오고 간 뒤로는 누가 어부고 누가 고기가 되는지 분간하기란 힘든 일이다.

다재다능하고 좋은 성격이니 사귀어 보면 좋을 것이라며 소개해 준 조병철 씨가 말해준 '김오랑' 씨에 대한 이야기들은 매우 좋은 내용들뿐이었다.

'김오랑' 씨는 김해농고를 수석으로 졸업한 재원이고, 김해 삼성국민학교와 김해중학교 재학 당시에도 학업성적이 탁월했으며, 특히 김해농고 졸업자 중에서 육군사관학교에 입학한 사람은 그가 최초라는 명예도 갖고 있다고 했다. 그분의 아버지는 김해에서 농사를 짓고 계시며 김오랑 씨는 4남 1녀 중 막내로, 온 집안의 관심과 기대를 한몸에 받고 있다는 이야기도 조병철 씨가 귀띔으로 알려준 사실이다.

우리는 열심히 편지를 주고받았다. 총알이 빗발치고 한 치 앞도 분간하기 힘든 밀림 속에서도 그는 성실하게 편지를 보냈으며, 나의 편지를 언제나 기쁘게 받는 듯하였다. 그의 사진이 편지지 속에서 발견되었을 때, 나는 막연하게나마 머릿속에서 상상한 모습과 너무나도 일치하는데 적이 놀라지 않을 수 없었다. 사진 속에서의 그는 '단단함'이라는 단어가 선명하게 떠오르는 인물이었다. 얼굴 전체의 굵은 선들이 그러하였고, 특히 유난히 반짝이는 듯한 두 눈과 야무져 보이는 입모습이 그러하였다. 일직선으로 굳게 다물어진 그의 입매는 사진을 들여다보는 나에게 금방 무어라고 말을 할 듯 보였다.

나의 사진도 몇 장 보내주었다. 그리고 두 사람의 편지 교환은 예상외로 빈번해졌다. 나는 그이에게 편지를 보내고 한 시간도 못 되어 못다 한 말이 생각나 또 책상 앞에 앉아 썼고, 어떤 때는 하루에 세 통씩이나 보낸 적도 있었다.

나의 시간 대부분은 그를 위해 헌정되었다. 밥을 먹을 때나 책을 읽을 때나, 거리를 걸을 때조차도 항상 그 사람뿐이었다. 그 얼굴이 온통 내 시야에 밟혀서 나는 나쁜 생각도, 악한 행동도 할 수가 없었다. 그가 항상 나를 주시하고 있는 것 같았다.

김오랑 씨와의 인연의 끈을 연결해 준 조병철 씨는 육사 4학년 때 심한 무릎 관절염을 앓게 되었다. 그래서 육군사관학교 재학 중 퇴교를 하게 되는 불행과 4학년 재학 중, 퇴교생에게 하사관 계급이 주어지는 불운이 겹쳤다. 연인을 소개해 줘 기쁜 생활을 하고 있던 나로서는 그러한 상황의 조병철 씨에게 뭐라고 위로를 해줘야 할지 너무도 민망스러웠다.

그러나 조병철 씨는 그 같은 불행을 말끔히 씻고 건강한 모습으로 변모하였고, 치열한 전쟁터에서 용맹하게 싸우는 멋진 군인이 되었다. 어느 누구라도 그의 투지에 감탄할 것이다. 더군다나, 그분은 귀국한 후에도 D대 무역학과 2학년에 편입하여 열심히 학자의 길을 닦았으며 지금은 D대에서 교수로 재직 중이다. 흔히 우리가 말하는 '불굴의 한국인' 표상이 바로 조병철 씨가 아닌가 생각한다.

조병철 씨가 월남전에 참가했을 때, 김오랑 씨는 수색중대의 소대장으로 있었다. 후에 두 분 모두 안전하게 귀국하여 부산의 어느 다방에서 자리를 함께했을 때, 농담 비슷하게 우리 두 사람을 놀려댔다. 왜냐하면 조병철 씨가 월남에 가서 김오랑 씨를 만나게 되었는데, 김오랑 씨의 책상 앞에는 내 사진이 놓여있었고 그 사진을 김오랑 씨는 작전 나갈 때와 작전을 끝내고 왔을 때 아주 진지하게 바라보곤 하였다는 것이다. 마치 내 사진이 전투에서 자신을 지켜주는 수호신처럼 소중하게 생각하며 보는 김오랑 씨를 조병철 씨는 여러 번 보았다고 했다. 그이는 수줍은 소년처럼 말없이 웃었으나 그때의 내 기분은 말로 형언할 수 없을 정도로 가슴이 충만해지는 느낌이었다.

대학 3학년 가을, 허둥대던 학교 수업도 이제는 여유 있게 처리할 수 있는 능력이 생겼고 교수님들과 친구들 간의 친분도 깊어졌다. 더군다나 그이가 월남에서 귀국한다는 반가운 편지를 받았다. 아직도 손가락 수보다 더 많은 날들을 기다려야 했지만 나는 그 편지를 받고 나서부터는 그의 귀국이 바로 내일 다가올 것 같은 착각 속에서 지냈다.

그이가 귀국하기 전, 그이는 베트남의 여인들이 입는다는 '아오자이'를 선물로 보내주었다. '아오자이'는 중국의 전통의상과는 달리 옆선의 터진 길이가 허리까지 오는 것으로, 살갗이 거의 비칠 정도로 얇은 천으로 되어 있었다. 과감하게 터진 아오자이는 각선미를 그대로 나타내주는 옷인 셈이었다. 베트남에서는 처녀가 애인이 생겼을 경우 야외에서 아오자이 뒷자락을 애인에게 제공해주는, 손수건과 같은 애정 표시물로 쓴다고 한다.

소포로 보내온 '아오자이'를 보고는 한동안 당황했다. 아무리 미니스커트를 입고 활보를 해도 이 옷은 또 그것과는 다른 것이었다. 미니스커트의 노출이 경쾌하고 발랄한 노출이라면, '아오자이'의 옆선은 완전히 성숙한 여인의 분위기를 느끼게 했고 대담하지 않으면 도저히 입을 수 없을 것 같았기 때문이다.

마침내 그가 귀국하여 부산의 클래식 다방 '로댕'에서 만나기로 한 날, 나는 전날부터 무엇을 입고 나갈까로 들뜨기 시작했다. 그러나 결국은 그이가 보내준 '아오자이'를 입고 나가기로 했다. 고마움의 표시로 그 옷을 그이 앞에서 입는 일이 최소한의 예의라는 생각도 들었다. 그렇지만 그 옷만 입을 용기가 도저히 없어서 그 위에 간단하게 가벼운 외투를 걸쳐 입었다.

다방 안에는 잔잔하고 경쾌한 모차르트의 음악이 흐르고 있었다. 아오자이라는 특이한 차림으로 다방을 들어섰을 때, 그이는 앞쪽의 테이블에서 벌떡 일어났다. 그리고 대번에 서로를 알아본 우리는 그냥 마주 보며 웃기만 했다. 그 웃음 속에는 그간의 주고받았던 편지 내용들이 모두 함축되어 있음을 금방 알 수 있었다.

나중에 얘기해서 안 일이지만 나나 그이나 서로 처음 보면서 '저 여자다' '저 남자다'라는 직감이 서로의 가슴 속에 강하게 일었던 만남이었다.

다방 안의 뭇시선을 전혀 의식하지 못한 채, 우리는 많은 이야기를 나누었다. 대화의 내용은 이미 자신의 소개라든가 집안 소개라는 초보적인 단계를 뛰어넘는 감정의 교환이 주였다. 이미 많은 편지가 오고 가면서 두 사람은 아주 가까운 사이가 되어 있었던 것이다.

'영혼의 친숙'이 편지로 선행된 만남이리라.

가까운 사이일수록 더 많이 발생한다는 '영혼의 친숙'을 분명히 느낄 수 있었으며, 우리는 쉽게 그리고 아주 열렬하게 연애 감정의 폭풍 속으로 빨려 들어갔다.

해인사 계곡에서의 추억

월남에서 귀국한 그이가 근무하게 된 곳은 영천 육군3사관학교였는데 부여받은 임무는 제식훈련 교관이었다. 힘든 전쟁터에서 편지로 맺어진 만남이어서 그런지 부산의 다방에서 처음 얼굴을 맞대고 난 직후부터 우리는 쉽게 연애 감정을 느낄 수 있었다.

영천이 부산과는 그리 멀지 않은 곳이어서 그이는 주말이면 어김없이 부산으로 왔다.

우리가 주로 데이트 장소로 찾은 곳은 부산 태종대, 팔선대, 에덴공원, 을숙도 등이었다. 이러한 곳은 지금도 많은 연인들의 데이트 장소가 되고 있다는 말을 들었다. 세월이 흘러도 젊은 청춘들의 감성은 쉽게 변하지 않는 듯하다.

처음 얼마 동안 그이는 무척 정중했고 예의를 갖추어 나를 대했다. 여자를 다루는 솜씨가 뛰어났고 매너가 좋았으므로 혹시 여자관계가 많았던 게 아닐까 하는 생각이 들 정도였다. 그러나 그이의 천성이 바르고 상냥하다는 것을 알고는 혼자 그이에게 미안한 느낌이 들었다.

태종대 바위를 올라갈 때, 손수건을 손위에 펴서 손수건을 통해 잡을 것을 명령하는 내 지시에 그대로 따르는 고지식한 면에 나는 약간 섭섭은 하였지만 또 한편으로는 만족스러웠다. 끌어올리는 반동에 의해서 두 사람이 부딪혔을 때도 그이는 나를 선뜻 안지 못하는 수줍은 연인이었다. 그러한 순수한 면에 이끌려 내 믿음도 나날이 더욱 깊어 갔다.

그리고 시간을 내어 조금 먼 곳을 가고 싶을 때면 갈대숲과 많은 새들이 떼 지어 사는 을숙도를 찾았다. 을숙도 강가를 거닐 땐 서로가 서로에게 주는 노래를 불러 주었다. 나는 '검은 돛배'와 나훈아 씨의 '해변의 여인'을 즐겨 불렀다. 어느 때는 내 기분을 맞춰준다고 하며 이탈리아 가곡도 곧잘 불렀다. 특히 '해변의 여인'은 그 후로도 그의 단골 메뉴로 등장했는데, 그이가 내 얼굴을 고즈넉이 바라보며 그 노래를 부르면 어느새 나는 긴 머리 휘날리는 해변의 여인이 되어 있었다.

영천과 부산이라는 거리상의 문제도 있었고, 당시 내가 신학 공부를 새롭게 시작하는 일이 생겨 시간적으로도 우리의 데이트 횟수는 절대적으로 부족하게 느껴졌다. 더욱이 두 사람 모두 시내 다방이나 극장가에서 배회하는 일로 아까운 만남을 소비하고 싶지 않았다. 결국 우리는 궁리 끝에 계획을 세워 프로그램식 데이트를 하기로 하였다. 주로 방학과 휴가, 그리고 토요일과 일요일만 계획을 실행하는 '사찰 순례'라는 프로그램을 작성하였다. 다른 곳보다도 사찰을 데이트 장소로 택한 것은 우선 우리나라의 가볼 만한 곳이 거의 불교사찰이라는 점이 있었고, 사찰 순례는 산을 오르내리는 이점 외에도 사찰의 경건한 무게가 찾는 이에게 많은 것을 더해주기 때문이었다.

부산 금정산계곡의 범어사는 우리가 처음 찾은 곳이었다. 여름에 찾은 범어사 계곡은 울창한 원시림을 방불케 했다. 몇백 년도 넘을 듯한 고목림의 산길은 시간을 거슬러 올라가 지난날의 어느 한 시점에 서 있다는 착각에 빠지게도 하였고, 아예 시간관념을 잊어버리게도 하였다. 또한 눈을 들어 하늘을 볼라치면 나뭇가지들의 녹음 때문에 정말 그 넓은 하늘이 손바닥만치도 보이지 않았다. 약간은 무서운 생각이 들 정도로 모든 시공간의 느낌을 잊게 해

주는 금정산계곡은 깊은 감동을 주었다. 연애 시절의 감동이 서려 있는 그 장소는 그로부터 십여 년이 지난 후 내가 다 쓰러져 만신창이가 된 몸으로 찾아 금정산계곡과 범어사 경내를 돌면서 불교로의 귀의를 결심하게 되는 곳이기도 하다.

우리는 시詩 읊는 일을 좋아했고 서로 좋아하는 애송시나 자작시를 읽어주었다. 아마도 거의 사랑에 관한 것들이 아니었나 싶다. 우리는 범어사 외에도 대구 동화사, 밀양 표충사, 합천 해인사 등 많은 사찰을 순례했다.

해인사에 갔을 때는 여름이었는데 해가 저물어 돌아올 수가 없었다.

산사 툇마루에서 달을 보다가, 계곡 아래 바위에서 밤을 지새우는 게 어떻겠냐는 그이의 제안에 그렇게 하기로 했다. 나는 그 사람을 믿었고, 이미 믿기로 한 이상 그에게 조금도 의문부호를 붙여 볼 엄두를 내지 못하고 있었다. 사랑은 신앙 같은 것이었고 맹목적인 몰입이 있을 때 기적도 생겨나는 것이란 생각이 들었기 때문이다.

그이가 마을에 가 양초를 얻어 와 바위에 세워 놓았다.

우리들 사이에는 촛불만이 타오르고 있었고 건너편 계곡 아래엔 캠프의 불빛이 아름답게 보였다.

하지만 밤이 오자 나는 본능적으로 두려운 생각이 들었다. 내가 도로 내려가자고 했더니 그이는 말했다.

"에너벨 리를 지켜줄 자신이 있어요."

그리고는 애드가 앨런 포우의 '에너벨 리'를 원어로 읊조렸다. 아마 그날의 행사를 위해 미리 준비해 온 듯하였다. 그이의 낭독이 한 소절씩 끝나면 내가 우리말로 해석해서 읽어나갔다.

옛날 옛날

바닷가 어느 왕국에

그대가 아는지도 모르는 한 소녀가 살았지.

그녀의 이름은 에너벨 리-

날 사랑하고 내 사랑을 받는 일밖엔

소녀는 아무 생각 없이 살았네.

시를 낭독하면서 문득 고개를 들어보니 하늘엔 별이 총총했고, 나는 문득 알퐁스 도데의 소설 '별'에 나오는 주인공 소녀가 생각났다. '그래 이분은 목동이고 나는 주인집 소녀야' 하는 말을 살며시 되뇌어 보았다.

내가 아름다운 에너벨 리의 꿈을 꾸지 않으면

달도 아름다운 에너벨 리의 빛나는 눈동자를 보지 않으면

별도 떠오르지 않네.

그리하여 나는 밤이 지새도록

나의 사랑, 나의 생명, 나의 신부 곁에 누워있네

바닷가 어디 그녀의 무덤가에-

파도 소리 들리는 바닷가 어디

그녀의 무덤가에-

나는 그이의 에너벨 리가 된 느낌에 차라리 이 순간이 영원하도록 이렇게 이 자리에서 그이와 함께 죽었으면 좋겠다는 감상적인 생각에 그이의 어깨에 가만히 머리를 기댔다.

순간 그이의 입술이 나의 오른쪽 뺨에 가볍게 포개졌다. 바위에서 떨어질까 봐 피하지도 못하고 나는 눈을 꼬옥 감고 말았다. 우리는 서로 아무 말도 못 했고 말없이 떨어지는 촛농만 바라보고 있었다.

날이 밝자 시냇물로 세수를 하고 가야산 등정길에 올랐다. 밤을 새우고 본 그의 얼굴은 어쩐지 더 정이 깊어진 것 같았고 서로가 미소로 마음을 확인했다.

산에서 내려올 때 그 사람은 들꽃을 꺾어 내 티셔츠 주머니에 잔뜩 꽂아 나의 마음을 더 아름답고 기쁘게 해 주었다. 이 세상의 그 누구도 부럽지 않을, 어린 시절 동화 속의 여왕이라도 된 기분이었다.

표충사에서의 일박

표충사로 가는 길은 포장이 안 된 자갈길이었다. 시골 버스 맨 뒷좌석에 앉아 덜컹거리며 흔들리는 재미에 우리는 마냥 즐거워했다. '흔들릴 때마다 한 잔'이 아니라 우리에겐 '흔들릴 때마다 웃음 한 묶음'이었다. 흔들릴 때마다 그이가 나를 붙들어 주었는데 그 맛에 나는 일부러 더욱 흔들거렸다. 버스가 조금이라도 깊은 자갈길 웅덩이를 지나칠 때는 머리가 천장에 닿을 듯 몸이 공중으로 튀어 올랐는데, 그 또한 스릴 만점의 시골 버스 풍경이었다.

온몸 전체가 뒤죽박죽이 된 기분으로 목적지에 도착하여 내리는데 버스 천장 짐 놓는 곳에 갈치 꾸러미가 있었다. 새끼줄에 묶인 갈치였는데 일곱 마리던가? 여덟 마리던가?

군복차림의 그가 새끼줄에 묶인 갈치들을 들고 주인을 찾았으나 정작 갈치 주인은 나타나지 않았다. 어떻게 처리하나 고심하다 식당 주인에게 건네주었다. 식당 주인은 그 대가로 점심을 후하게 차려 주었다. 고사리, 도라지 같은 산채 나물과 김치가 특히 맛있었다. 총각김치를 손가락으로 죽죽 찢어 먹으며 우리는 마주 보고 웃었다.

'표충사'에서 내려오는 길에 그이는 떡갈나무 잎으로 내 머리에 화관을 만들어 씌우고는 '인디아의 여왕'이라 불러 주었다. 그이에게 나는 영원한 여왕이었고 그이 역시 나에게는 불변의 황제였다.

내려올 때는 이미 휘영청 보름달이 동산 위에 올라와 있었고 늦가을이라

쌀쌀했다. 나는 목둘레가 V자로 파진, 체크무늬의 까만 원피스를 입고 있었는데 몹시 추웠다. 추위에 몸을 움츠리는 내 모습을 안타깝게 바라보던 그가 어딘가에서 쉬고 가야겠다고 말했다.

그런데 막상 몸을 녹이고 피로를 덜 만한 장소로 마땅한 곳이 없었다. 주위를 살펴보니 식당과 여관뿐이었다. 그때의 내 눈에는 우습게도 여관이라고 쓰인 간판이 크게 확대되어 들어왔고, 뭔가 무서운 함정에 빠졌다는 생각이 잠깐 들었었다. 지금 생각해도 우스운 기분이었다.

결국 우리는 여관은 여관이지만 오래된 초가집으로 들어갔다. 마치 시골 외할머니댁의 분위기를 느끼게 하는 허름한 초가집이었으며, 연로하신 할머니의 소탈한 맞음 때문에 나의 알 수 없는 죄의식은 벗어날 수 있었다. 더욱이 여관집 할머니가 우리를 마치 외출했다가 돌아온 자식들처럼 자상하고 따뜻하게 대하는 지혜를 보여주셨기에 포근한 안정감까지 느낄 수 있었다.

여관에 들어가기 전 나는 그이에게 방 한가운데 바리케이드를 치고 타인의 영토는 침범하지 않겠다는 약속을 받아냈다.

"그래, 그래, 알았어."

그이는 손가락까지 걸어 주었다. 우리의 사전 약속을 아셨다는 듯이 할머니는 담요와 호롱불을 가져다주셨다. 사실 호롱불은 그곳이 전기시설이 없어 갖다 준 것이지만, 우리에게는 좋은 바리케이드 도구가 될 수 있었다. 할머니에게 담요 한 장과 호롱불 한 개를 더 요청해서 얻은 장비들로 방 중앙에는 훌륭한 바리케이드가 설치되었고, 두 사람은 서로 적장이 된 기분이 들기도 하였다. 나는 한 치의 땅도 내줄 수 없다는 듯한 태도로 그의 손과 발을 감시하는 해프닝을 보였다.

이불 대신에 가져온 담요에다가 그는 마치 아가를 싸듯 내 몸을 똘똘 굴려서 싸 주었다. 그리고는 자신도 담요 한끝을 쥐고는 그대로 떼굴떼굴 굴려서 담요로 온몸을 꽁꽁 쌌다. 야영 훈련 나갔을 때 그런 식으로 취침한다는 설명까지 하며, 아주 여유 있는 담요말이를 보여주었다.

김밥말이가 아닌, 담요말이가 된 우리 두 사람은 산에서 내려올 때 샀던 군밤을 먹으며 끊임없는 이야기를 나누었다. 호롱불의 너울거리는 춤 속에 우리의 이야기는 타들어 가고 있었다.

다음 날 아침, 호롱불은 자기 자리를 의젓하게 지키고 있었고 빈 밤껍질만이 두 사람의 머리맡에 수북이 쌓여 있었다.

우리는 영천과 부산의 가운데 지점쯤인 대구에서 각자 헤어졌다. 그 전날의 표충사행 여관에서의 일박은 그 이에 대한 내 신뢰를 더욱 깊게 만들어 주었고 그러한 믿음은 헤어짐에 더욱 아쉬움을 주었다. 그 같은 나의 기분을 알았기 때문인지, 아니면 자기 자신의 아쉬움이 더 컸었는지 그이는 내게, 대구역에서 헤어질 때 뽀루스(보리수 열매)라고 불리는 '보리밥 먹여 주기'를 제안했다. 보리밥이라는 것은 작은 소주 컵에 담아 파는 작은 산 열매로 그 맛이 새콤해서 바라보기만 해도 신 느낌에 침이 저절로 나올 정도이다. 그이가 제안한 '보리밥 먹여 주기'는 두 사람 중에 먼저 기차가 오는 사람 입에 보리밥 한 움큼을 넣어 주는 것이다. 쉽게 동의하고 기차를 기다렸는데, 그날은 내가 타야 할 부산행 기차가 먼저 왔다. 내가 기차에 오르자 그이가 '보리밥'을 한 움큼 내 입에 넣어 주었다. 그러면서 자기도 한 움큼 입안으로 털어 넣는 것이었다. 헤어진다는 감정은 슬펐지만 입안의 보리밥이 씹혀져서 나는 신맛 때문에 어쩔 줄 모르고 얼굴을 찡그리는 서로의 모습을 보며 우리는 눈물을 찔끔거리며 웃을 수밖에 없었다. 그이의 재치 있는 묘안 덕분에 조금은 여유 있는 헤어짐을 가질 수 있었던 날이었다.

제 2 부

영천 장날과 곡마단

영천은 소읍이라서 조금 돌아다니다 보면 방금 전에 만났던 사람을 다시 만나게 되는 그런 곳이었다. 우리의 만남도 대부분 거리에서 우연히 이루어지곤 했다.

장날이면 그이와 나는 손을 잡고 장 구경을 하였다. 예전에는 이 지역에서 상당히 큰 장이 서곤 했다는데 시대가 바뀌면서 옛날처럼 그다지 와자지껄한 맛은 없었다. 그래도 도시에서만 살았던 내게는 나름대로 흥겨운 장날이었다.

"자, 자! 뻥이요!"

귀를 막지 않으면 갑작스러운 굉음에 심장이 내려앉듯 놀라야만 했다. 어린아이들은 미리 두 손으로 귀를 막고 뻥튀기가 터지는 것을 구경하였다. 마음씨 좋은 아저씨는 구경 온 아이들에게 강냉이 튀긴 것을 한 줌씩 쥐여주었고, 그 맛에 아이들은 그곳을 떠나질 않았다. 살찐 미사일 같기도 하고, 날씬한 절구 같기도 한 뻥튀기 기계는 주인아저씨 얼굴처럼 까맸고 반질반질 윤이 났다.

그 아저씨가 그 기계에 공을 많이 들인 흔적이 났다.

그이와 나는 하릴없이 뻥튀기 구경도 하고, 엿장수 가위질을 보고 흉내도 내면서 즐거워하였다.

우리가 영천 장 구경을 할 때면 어디선가 '나폴레옹!' 하며 달려오는 사람이 있었다. J씨였다. 그분은 우리 두 사람의 연애 과정을 잘 알고 있던 친구이다.

육사 시절 번호가 앞뒤로 있어 그이와 매우 친했던 사람이었다. J씨가 외친 '나폴레옹'은 키가 작다고 내가 그이에게 붙여 준 별명이었다. 그러나 단지 작은 키 때문만은 아니고 나폴레옹처럼 위대해지라는 의미심장한 별명이기도 하였다.

당시 그이의 별명은 나폴레옹 외에 사병들이 붙여 준 '호랑이'가 있었다. 그러나 집에서의 자상한 그의 모습을 본 사병들은 모두 눈이 휘둥그레지곤 했다.

J씨는 지금도 현충일에 국립묘지에 가면 반드시 나타나신다. 묘비 앞에 앉아있는 나에게 농담을 하기도 한다.

"제발 좀 나타나지 마세요. 제가 중매해 드릴게요."

그러나 내가 정말로 나타나지 않으면 그는 몹시 서운해할 것이다.

영천은 대구와 경산이 가까워서인지 맛 좋고 커다란 사과가 시장에 많이 나왔다. 갓난아기 머리통만 한 사과도 있었는데 한 개면 둘이 실컷 나누어 먹고도 배가 부를 것 같았다. 몇 알 부모님께 갖다 드리기로 해 샀는데 무거워서 혼이 났다. 한 입 베어 물면 단물이 죽죽 흘렀던 그때의 그 사과 맛은, 아직도 그토록 맛있는 사과를 먹어본 기억이 없을 정도이다. 특히 연애 시절의 사과이다 보니 맛도 맛이었지만, 매우 아름다운 사과였다.

시장을 빠져나와 한적한 길가에 이르자 그이가 말했다.

"영옥 씨, 머리에 사과 하나 올려놓아요. 내가 윌리엄 텔이 되어 볼 테니까!"

그는 정말로 활 쏘는 자세를 취했다.

"사과는 쏠 수 있겠지만 우리의 심장을 하나 되게 쏠 수는 없나요?"

나의 재치 있는 답변에 그이는 크게 웃었고 그이의 웃음에 맞추는 듯 하늘은 푸르렀다.

장 구경 재미의 최고 극치는 무엇보다도 곡마단 구경이었다. 가마니를 깔아 놓은 관람석에는 주로 머리를 짧게 자르고 신사복을 차려입은 시골 아저씨들과 두루마기 차림의 할아버지와 할머니, 그리고 코흘리개 꼬마들이 관객으로 앉아있었다. 젊은 사람은 그이와 나뿐으로 우리가 들어섰을 때는 주위의 시선이 집중되기도 하였다.

곰의 재주를 보며 한바탕 웃었다. 커다란 몸에 걸맞지 않게 작은 공을 돌리는 묘기라든가 통나무 위에서 기우뚱거리며 서 있는 모습이 웃음을 선사해 주기에 충분했다.

아슬아슬한 줄타기 곡예를 보노라면 나중에 목이 뻣뻣해지며 아팠다. 반나체의 가녀린 소녀가 사다리를 오르내리는 모습을 보다가 그이가 내 어깨를 툭 치며 말했다.

"저러다 옷이 터지면 어떡하지?"

내가 살짝 눈을 흘기자 그는 눈을 허공에다 두고 싱긋 웃기만 했다. 언제나 그랬지만 그이의 웃는 모습은 천진한 소년 같았다.

시끄럽고 모든 것이 재미로 보이는 장터를 빠져나와 우리는 밑으로 금오강 물이 흐르는 영천 다리를 거닐었다.

우리는 누가 먼저랄 것도 없이 「미라보 다리」를 읊조렸다.

"미라보 다리 아래 세느강은 흐르고…."

별말이 없어도 모든 것이 눈빛 하나로 통하는 그런 때였다.

「미라보 다리」에 대한 감상 때문에, 아니면 사랑의 감정에 취해 흐르는 물만 바라보는 나에게 그가 갑자기 내 손을 잡더니, 상의 안주머니에서 조그만 반지를 꺼내 내 손에 끼워 주었다. 그것은 육사에서 만들어지는 '보은 반지'였다. 어머니나 부인에게 주는 것을 결혼도 안 한 나에게 준 것이었다.

빨간색 루비가 박힌 18금 반지.

가슴이 떨리고 그이의 사랑에 대한 확신에 다만 오래도록 행복이 깨지지 않게 그의 가슴에 가만히 기대고 있을 수밖에 없었다. 아주 오래도록.

행복의 한가운데서는 으레 불안한 것일까? 그날의 나는 그이를 통해 세상의 모든 행복을 다 맛보는, 행복의 시식회에 초대받은 더할 나위 없이 행복한 여인이었다. 그러나 마음 한구석엔 곡마단의 소녀처럼 스포트라이트 속에서의 불안을 느끼고 있었다. 아주 작은 불안이어서 남들은 거의 눈치채지 못한 아주 작은 마음속 움직임이었다.

인생의 줄에 사랑을 묶고

우리가 가장 많이 만났던 곳은 뭐니 뭐니 해도 경주였다. 영천과 부산의 중간 지점이었기 때문에 데이트 장소로는 최고로 적합한 장소였다.

지금도 경주를 생각하면 눈 덮인 반월성과 계림의 숲속, 석빙고, 다보탑 등이 눈에 선하다. 계림의 숲속에서 우리는 뜨거운 포옹이 이루어질 만큼 관계가 성숙되어 있었다. 그곳을 생각하면 '여름 시냇가 녹음 속에서 반짝이던 그 눈동자여~' 하는 패티킴의 노래와 그이와 나누었던 뜨거운 포옹이 떠오르곤 한다.

석빙고 앞에서 그이는 이런 말을 했었다.

"당신과 나의 사랑이 영원히 변하지 않도록 당신을 저 안에서 꽁꽁 얼리고 싶소."

또 오릉 앞에서는 이런 말로 자신의 사랑 고백을 우회적으로 표현하기도 했었다.

"저 능에 있는 사람들이 부럽소. 우리들은 시작은 같지 않았지만, 끝이 같아서 함께 누워 있을 수 있으면 좋겠소."

그러나 나는 지금 그이를 차가운 이승의 강물에 띄우고, 그이의 나이만큼만 살겠다고 한 나 자신과의 약속을 지키지 못하고 아직껏 목숨을 부지하고 있다. 생명은 모질다는 사실을 더욱 절실히 느끼게 된다. 생명은 그 누구도 마음대로 할 수 없는 무서운 것임을….

나는 연애에 있어 몹시 정열적인 여자였다. 보고 싶은 생각이 들면 그대로 가방을 메고 찾아가는 성격이었다. 정식으로 우리 집안에 그이를 인사시키기 전, 그이와 사귀고 있다는 사실만 알고 계시던 부모님에게 그래서 걱정도 많이 끼쳐 드렸다.

그날은 비가 몹시 내렸다. 내리는 비를 창밖으로 바라보다가 그이를 만나러 가야겠다고 결심, 그대로 집을 나섰다. 영천에서 하숙을 하고 있는 그이를 만나기 위해서 무작정 영천으로 가는 버스를 탔고, 내려 빗속을 정신없이 걸었다. 그런데 저편에서 우의를 걸친 사나이가 달려오는 것이 아닌가?

그이였다.

그는 그때 나를 만나러 부산으로 가는 중이었다고 한다. 사랑하는 사람끼리의 텔레파시가 작용한 것이었다. 우리는 그 '통함'에 놀랐고 마냥 기뻐서, 나는 어린아이처럼 빗속에서 깡충깡충 뛰며 그이의 팔에 매달렸다.

우리는 경주로 가서 불국사 구경을 하기로 했다. 비 오는 날, 그것도 사랑하는 사람과 함께 보는 다보탑과 석가탑의 감상이 특별했음은 더 말할 나위가 없으리라.

일직선을 그으며 떨어지는 빗방울은 그대로 시가 되고 추억이 되어 우리들 가슴에 동그란 파문을 만들었고 그 사람과 내 마음도 빗소리에 하나가 되어 있었다.

그날, 이미 기차는 끊긴 시간이었으며 택시를 타고 가겠다고 우기는 나에게 큰비 때문에 택시는 위험해서 안 된다고 그이가 말렸다. 우리는 다시 불국사 경내를 한 바퀴 돈 후 젖은 새처럼 오들오들 떨며 여관을 찾아 들어갔다.

그이와의 여관행이 두 번째라 그런지 이번에는 여관이란 글자가 그리 크게 보이지는 않았다.

비 오던 그날의 추억은 내 인생에서 영원히 지워지지 않을 소중하고 각별한 아름다움으로 내 기억에 남게 되었다.

나중에 결혼하여 신혼여행을 가게 될 때도 연애 시절의 추억을 다시 재현해보자는 의미에서 두 사람 모두 별 이의 없이 경주로 정했다. 경주는 언제까지나 그이와 나의 젊은 사랑과 열정이 그대로 느껴지는 아름다운 곳으로 남아 있다.

간호학 공부를 하던 나는 문학에 대한 열망이 점점 깊어만 갔다. 여고 시절의 그 열망이 다시 살아나는 듯했다. 그러므로 간호학 공부에는 자연히 관심이 붙지 않았다. 하얀 나이팅게일의 고귀한 희생정신도 나를 매료시켰지만, 내가 열망하고 동경하던 문학에 대한 미련은 점점 그 열기를 더해가기만 할 뿐 도무지 기가 꺾일 줄 몰랐다.

그때 마침 독실한 기독교 신자인 큰 언니가 내게 영락교회 고 목사님을 소개해 주었다. 언니뿐만 아니라 우리 가족들 모두가 기독교 신자였기에 나는 쉽게 고 목사님을 통해 기독교적인 분위기와 신학에 관심을 가지게 되었다.

간호학과 4학년 마지막 학기를 남기고 과를 전향한다는 것이 마음에 걸리긴 했지만 나는 과감히 영남대학교 신학과에 입학했다. 다행히 교수님의 선처로 부산대 간호학과의 졸업장을 받을 수 있는 행운도 함께 갖게 되었다.

어려운 상황임에도 불구하고 신학 공부를 하기로 결심한 데에는 주위의 권유도 있었지만, 신학이야말로 내가 열망하는 문학의 토양이 된다고 생각했기 때문이었다. 그리고 옳다고 생각되는 것에 대한 믿음과 행동은 나를 당차고 당돌한 사람으로 보이게 만든 하나의 이유가 되기도 했다.

그때나 지금이나 나는 옳은 것에 대한 내 소견은 굽히지 않고 살아왔다고 자부한다. 설령 그것이 내게 직접적인 도움을 주지 않는다 해도 말이다.

그때는 신학 공부를 하는 것이 내게 옳게 느껴졌고 그러기 위해선 지난 몇 년간 배운 간호학 이론은 그대로 사장되어도 좋다는 각오가 되어 있었다. 그리고 그러한 각오가 늦은 나이에 시작하는 새로운 학문에 무한한 열정을 불어 넣어 주었던 원동력이 되기도 했다.

애정만큼이나 인생도 열정적으로 살아가고 싶은 욕심 많은 아가씨였다.

그리움이 불씨 되어

– 내가 보낸 편지 중에서

랑!

하루 종일 비가 내렸어요.

봄비.

랑.

오늘은 피곤하셨겠네요. 일직하시느라.

랑.

매트를 5분의 1쯤 짰어요. 푹신 거리는 부드러운 매트. 자줏빛.

랑.

버나드 쇼의 서간, 로렌스·톰긴에게 보낸 것 중에서 〈아기 기르는 법〉을 익살

스럽게 읽었죠. 옛날에 쇼를 무척 좋아했죠.

랑.

하루 종일 당신 생각에 이제는 정신을 잃을 정도.

그러나 당신을 사랑할 힘은 언제든지 갖고 있는 정열의 여인.

당신의 옥이.

그럼 안녕.

1972. 5. 4.

A. 김형!

금요일이군요.

오늘 강의는 항상 신이 났던 기억이 나오. 모처럼 학교에 달려가 청강이라도 할

까 생각해 봤지만, 아침부터 왜 이리 머리가 어지러운지 걸음조차 걸을 수가 없

군요.

그러나,

예쁜 애인이 대문 밖에서 나를 부른다면 마구 달려나가겠지요.

B. 오랑 씨.

당신에게 편지를 쓰고 있는 이 시간에도 나의 눈앞에 보이는 것은 오랑 씨뿐.

어떻게 된 것일까?

어떻게 된 것일까?

당신 생각에 지치면, 나는 글을 쓰지요. 그때가 가장 행복한 한때겠죠.

왜 이리 어지러울까?

그러나 당신을 생각하는 내 마음만은 어지럽지도 아프지도 않아요.

C. 여보

빈방에, 오후 퇴근을 하고 돌아와 외로이 앉아서 담배를 피우실 당신. 아침엔

그 둑길 같은 길을, 다리를 건너 출근을 하실 당신.

그래도 겉으론 아무렇지도 않은 얄궂은 당신.

그러한 당신이, 조금은 외로워 보이는 당신이 왜 그리도 좋을까?

당신 말대로 '골이 빈 여잘까?', 농담이겠지!

아무리 생각해도 당신에게는 내가 절대로 필요한 여자.

D. 나의 벗

5月.

여고 시절 5월은 막연한 슬픔에 젖곤 했었지.

대학 시절 5월은 터지는 기쁨, 바로 그것이었네.

지금은 벗을 찾아 완행열차라도 타고 싶은 심정으로 5월을 살고 있다네.

무언가에 항상 추구하며 투지스러운 벗이 나는 부러울 때가 있네.

사랑스러운 성격을 가진 벗. 머지않아 나도 자네의 그 성격을 터득하고 따라갈

거야.

왜 이리 마음이 착잡할까?

일시적인 감정의 유동 상태?

그 안개에 싸여 내 눈앞에 전개되었던 어느 숲속의 나목들.

축축한 유럽의 고성들을.

먼 북극 나라 스칸디나비아의 전나무

숲속, 호수, 림프들, 마귀할멈, 비엔나의 숲속, 왈츠, 집시….

그대의 품속에서 듣고 싶은 이야기들….

그러나.

1972. 5. 12.

안녕!

Dear 랑!

토요일.

비가 내립니다.

오늘도 안녕하게 하루를 보내셨겠지요.

- 나의 일과

- 생각할 시간을 가지렵니다.

  이는 힘의 근원이기에

- 독서할 시간을 가지렵니다.

  이는 지식의 원천이기에

- 친절할 수 있는 시간을 가지렵니다.

  이는 행복으로 이끄는 길이기에.

- 줄 수 있는 시간을 가지렵니다.

  이는 인색하기엔 하루가 너무나 짧은 까닭에.

- 놀 시간을 가지렵니다.

  이는 영원히 젊을 수 있는 비결이기에

- 사랑하고 사랑받을 시간을 가지렵니다.

  이는 하느님이 주신 특권이기에

- 웃을 수 있는 시간을 가지렵니다.

  이는 영원한 음악이기에

- 일 할 시간을 가지렵니다.

  이는 성공으로 이끄는 길이기에.

1972. 5. 13.

옥이

사랑하는 나의 랑.

당신과 그렇게 헤어진 후, 사람들이 분주히 오가는 거리를 터벅터벅 허전하고 서글프게 돌아왔답니다.

그러나, 내가 울지 아니한 것은 그러한 복잡한 거리에서도 당신이 나를 사랑하고 있다는 사실을 생각해 낼 수 있었기 때문입니다.

어디에서나 나를 지켜주는 당신의 사랑.

랑.

집에 돌아온 후 하루를 비워 놨던 나의 방을 말끔히 치우고 목욕을 하고 돌아와 머리를 단정히 빗어 내리고 불빛이 조용한 책상 앞에 앉아 당신을 향해 펜을 들었군요.

지나간 것에 대해서는 집착하지 않는다던 당신을 생각하며 당신과 같이했던 하루를 돌이켜 봅니다.

가슴이 터지도록 벅찼던 상면과 불안하고 두려웠던 당신의 침묵 속에서의 헤어짐과 후유증으로 찾아온 고독.

쓰러질 것 같이 괴로웠던 마음으로 대문을 들어서는 일.

잘 가라고 인사말 한마디도 없이 피로하게 딱딱한 모습으로 굳어져 있었던 당신의 표정.

또 나의 무슨 잘못 때문에, 용납할 수 없는 것 같은 두려운 모습으로 나를 보냈을까?

아무런 의미 없이 지껄였던 말들, 말들 때문에?

응석이 지나쳤던 행동 때문에?

여보, 웃어주세요.

난, 항상 당신의 미소, 당신의 웃음소리가 듣고 싶답니다.

남성은 눈으로 여인은 귀로 사랑을 한다는 말도 있잖아요?

어떠한 일이라도 어떠한 대화라도 좋으니 끊임없이 속삭임을 보내주어요.

옥이 또한 깊이 반성하고 노력하겠어요.

랑.

부드럽게 내리던 이슬비가 점점 굵은 빗방울로 내리기 시작하는군요.

당신이 가시는 동안 편안하셨는지요?

지금쯤 당신은 피곤한 몸을 쉬며 깊이 잠들어 계시겠지요?

여보.

우리들의 앞날을 위해서 괴로운 일이 있어도 참읍시다.

나는 당신을 위해서,

당신은 나를 위해서 노력합시다.

랑.

행여 이 밤비 내리는 외로운 밤에서 아직껏 잠드시지 않으셨는지,

당신에게 고운 자장가를 보내 드리지요.

모든 것 잊으시고 푹 잠드셔요.

안녕.

1972. 6. 11. 23:45

여보.

궂은 날이었어요.

기분은 지금 어떠하신지요?

저녁이 나리는 지금 시각은 8시.

당신 방엔 지금쯤 불이 켜져 있겠네요. 멀리 그곳의 정경을 생각하며 당신을 그립니다.

누구보다도 열심히 군무에 임하시고 열심히 인생을 살아가는 당신의 참된 모습들-.

그러한 점을 나는 사랑하고 존경하오.

여보.

내일은 아버지의 생신날이라오.

분주히 집안일과 부엌일을 도우느라 하루해가 다 갔어요.

내가 만든 요리는, 탕수육과 완자탕면 튀김과 딸기화채랍니다. 곁들여 닭찜도 부탁을 받았지요.

음식을 장만하면서도 당신 걱정뿐.

여보.

몹시 당신이 그립군요.

좀 더 따뜻하게 당신을 포용하여 엄마 같은 사랑을 베풀어 당신을 싸안아 주고 싶어요.

여보.

당신을 노여웁게 했던 나의 모든 것을 관용으로 너그럽게 이해하며 이끌어 주

십시오.

랑.

둘째 올케가 안고 온 생후 1개월 된 아가(조카)를 돌봐 주며 나는 행복한 미래

의 우리들의 아가를 꿈꾸어 봤다오.

당신을 닮은 귀여운 아가를….

여보.

사랑은 신앙과 같은 것.

당신을 사랑하오.

그럼, 이 밤도 안녕히.

1972. 6. 12.

당신의 옥이

옥.

흐느적거리는 몸으로 당신을 보내고 심히 염려가 되는군요. 무사히 도착했

는지?

랑인 당신을 보내고 고독한 하루를 보냈답니다.

여보.

돌아보고 또 돌아보며 떠나던 당신, 이때까지 뒤돌아보던 일은 당신에게서 처

음이 아닌가요? 몹시도 당신은 나를 염려하면서 떠나는 것 같더군요.

여보.

육 개월 후의 우리의 빛나는 결혼 생활을 생각하면서 명랑하고 발랄하게 살아

가야 된답니다.

랑인 육 개월이 옥에게 너무도 괴로운 날들이 되지 않을까 그것이 심히 염려가

된답니다. 우리는 새 출발, 새로운 연애를 하지요.

실례합니다. 저는 김오랑이라는 사람입니다. 앞으로 정답게 지내고 싶군요. 같

이 걸으면서 얘기라도 나눌 수 있겠습니까? 참 그런데 아가씨는 무어라 불러야

좋을까요?

예. 감사합니다. 옥이라 부르겠습니다. 아주 좋은 이름입니다.

우리 정답게 4월의 노래를 부를까요?

목련꽃 그늘 아래서 베르테르의 편질 읽노라, 구름꽃 피는 언덕에서 피리를 부

노라….

그럼 오늘은 이만 실례하겠습니다.

아름다운 여인, 당신을 꿈꾸면서, 랑이 드립니다.

1972. 4. 23.

영옥 씨!

안녕하셨습니까?

몸은 완전히 회복되셨는지요?

랑이는 오늘 방의 대청소를 실시했습니다. 그리고 당신과 살 때 어떻게 방을 꾸

밀 것인가도 생각해 보고 무척 재미있는 하루였는데 당신은 어떠셨는지요?

옥이 우리는 올봄에 야외 산책도 한번 못 했군요. 몹시 불안한 생활의 연속이

었습니다. 이제 우린 안정된 생활을 찾을 때가 되었어요. 그렇죠. 5月 봉급 받거

든 멋있는 산책도 한번 합시다.

그리고 평소 생활은 누구에게도 뒤지지 않게 착실하게, 항상 생활 속에서 미와

보람을 찾으면서….

그리고 랑인 항상 당신을 힘 있게 안고 뜨거운 키스를 보낸답니다.

여보.

지금 곤히 잠들었을까?

랑을 생각하며 나처럼 그리워하고 있을까?

오늘은 당신의 편지를 세 통 받았습니다. 당신은 훌륭한 나의 아내라오. 사랑

하는 당신이 나를 그리워하듯 랑이도 당신을 그리워하고 있답니다.

사랑하는 당신에게 너무도 상처를 주었었나 보군요. 여보 이젠 제발 헤어진다

는 생각조차도 말아주오. 당신은 사랑하는 나의 아내랍니다. 착하고 고운 나의

아내, 밤이면 항상 당신을 꼭 껴안고 잠든답니다. 아마 당신도 포근한 나의 체온

을 느낄 수가 있을 것입니다.

우리는 훗날의 빛나는 설계를 위해서 현실을 보람되게 보내야 한답니다.

그리고 당신은 항상 건강에 유의하면서 저력 있는 생활의 스테미너를 축적하

구려.

항상 변치 않고 당신을 사랑하는, 당신의 랑.

1972. 4. 25.

사랑하는 아내여.

오늘도 하루 즐겁게 보내셨는지요?

랑인 오늘 전방에서 데리고 있던 부하 한 명을 우연히 영천에서 만나 정답게 옛

이야기와 중대의 소식들을 들었답니다. 얼마나 반가웠는지 모른다오.

옥이 당신은 등산가였지요. 산을 오를 때 대자연의 섭리를 느끼면서 즐거이 오

르는 사람. 또는 힘들여 땀을 뻘뻘 흘리면서 오르는 사람. 모두가 산을 오르면

시원한 공기와 넓게 전개되는 시야에 즐거움을 금치 못하게 되지요.

옥이, 현재 우리는 산을 오르는 등산가. 섭리를 깨달으며 기쁜 마음으로 올라

상봉의 즐거움을 맛보았으면 하는 것이 우리들의 바람이겠지요.

옥이 울지 마오. 장교의 아내는 울지 않는답니다. 괴로워도 괴로워하지 않고 굶

어도 배고파하지 않아야 한답니다. 항상 굳건하고 건전하고 웃음을 마음과 얼

굴에서 멀리해서는 안 됩니다.

당신의 랑.

1972. 4. 26.

사랑하는 옥이.

여보, 오늘 달이 밝군요.

저 달처럼 웃고 있는 당신이구려.

당신은 나의 생일을 기억하고 계시는군요. 당신이 없는 방에서 홀로 금복주 한

병을 사놓고 앉아있었더랍니다.

여보, 오늘 이발을 했다오. 이발을 하고 올 때면 칭찬을 아끼지 않던 당신. 당신

은 퍽 친절하신 분.

랑인 당신이 머리를 다듬었을 때는 칭찬을 해주지 않았답니다. 퍽 섭섭했겠죠.

여보, 여보, 랑인 항상 속으로 칭찬을 하고 있다는 것을, 당신은 알고 계실 겁니다.

당신도 화장을 하고 머리도 다듬으면 칭찬해줄게요. 애기처럼 좋아하긴.

우리 방에 깔 양탄자를 짜고 있다고요? 우리 방에 퍽 어울리겠지요.

오늘 귀빠진 날 사랑하는 당신을 그리워하는 랑이 보냅니다.

1972. 4. 27.

영옥이.

날씨가 오전에는 퍽 좋더니 오후엔 비가 내렸답니다. 오늘도 귀여운 옥이는 밝은

웃음을 짓고 있겠지요. 당신의 밝은 표정을 생각하면 랑이도 웃게 된답니다.

옥이.

에덴공원이 퍽 멋있었지요?

달빛에 어린 연못 속의 우리의 모습.

그러나 랑인 너무도 오순도순한 얘기가 없나 봐요. 그러나 친절한 당신은 말이

많은 편. 그래서 그 중용이 좋을 듯 랑인 당신에게 좀 더 다정한 얘기를, 당신은

조금의 공백을 준비해야겠어요. 당신의 생각은?

우리는 좀 더 끈기를 갖고 그러한 인내 속의 행복, 그것이 필요한 것입니다. 그

렇다고 우리가 끈기가 없다는 것은 아니랍니다.

아니 뭐 이렇게 매일 비판이요 훈시냐?

미안.

옥이.

6일 토요일 다시 에덴공원으로 갑시다. 미리 안 중위에게 6시 태양에서 만나자

전화해 주오.

그럼 안녕.

랑.

1972. 5. 1.

여보.

오늘은 날씨가 어제와 완전히 대조적이었죠.

당신과 부모님들 모두 안녕하신지요?

랑인 오늘 당신의 편지를 몹시 기다렸는데.

여보, 당신 혹시 TV 특집 드라마 '이름 없는 편지'를 보셨는지요? 방금 랑인 보

고 왔답니다.

참된 여인의 사랑은 무한한 것. 오늘 새롭게 랑인 당신의 사랑을 느낄 수 있었

답니다. 생명이 다하도록 해도 못다 할 우리들의 사랑, 못다 한 노래, 아름답고

착하고 선하고 무한한 집념, 당신을 간직할 이 행복.

오직 당신과 나의 행복한 세계.

그 모든 것을 꿈꾸면서.

당신의 랑.

1972. 6. 7.

옥.

안녕?

오늘은 쓸쓸한 휴일이었나 보오.

오늘은 육이오.

당신이 언젠가 랑에게 전해 준 모윤숙의 '국군은 죽어서 말한다'를 몇 번이고

몇 번이고 읽었답니다.

남십자성 아래서 당신을 알았던 날.

랑은, 이름 모를 골짜기에서 밤이슬 내리던 풀숲에 앉아서….

당신을 만나는 날을 염원했었더랍니다.

내 사랑하는 이여.

죽음과 전화 속에서 나는 당신을 알았답니다. 그러나 전쟁은 비참한 것. 헤아릴

수 없는 비화를 남기나 다행히 우리는 사랑을 알았군요.

이제 우리의 염원은 숭고한 날과 영원한 행복. 우리의 행복은 우리가 찾아야

하는 것.

사랑과 생활을 서로 보태 가면서 힘차게 살아갑시다.

옥이, 밤이 깊었소. 자, 포근히 잠드시구려.

당신의 랑.

1972. 6. 25.

옥아.

나는 너를 사랑한다.

그래서 나는 당신을 꾸중했었죠. 당신의 모든 마음과 사랑을 알면서도 생트집

처럼. 그러나 당신은 아무 말 없이 고분고분 받아들였고. 나는 마음속 깊은 곳

에서 당신의 고매한 인격과 사랑에 무척 감사했었답니다. 당신은 떠나면서 몹

시 섭섭하였겠지. 그러나 랑일 한없이 사랑하면서, 랑이도 당신이 없는 집을 찾

아들었을 땐 한없는 허전함을 느낀답니다. 왜 같이 지낼 수 없는가를 나에게

몇 번씩이고 물어본답니다.

그러나 우리가 결혼하는 날 우리는 당당한 완성을 이룰 수 있으리라 생각합니다.

당신은 그런데 왜 랑의 잘못을 이야기하지 않는가요? 내가 변명을 하기 때문인

가? 별로 그런 것은 없었을 텐데 우리를 위해 채찍질하여 주오.

옥이.

이제 랑이도 공부를 하겠어요. 몇 번이나 약속을 어겼지요. '남아 일언 중천금'

이라는데 이젠 당신에게 실행을 요구했던 나 자신이, 나 자신에게 실행을 요구

해야겠군요.

옥이.

몇 개월 남은 동안 부모님을 많이 도와드리고 귀여운 딸이 되어야겠지요.

그럼, 당신의 건강을 빕니다.

당신의 랑.

1972. 7. 6.

옥이.

당신이 있는 부산도 비가 내리고 있겠지요? 내일은 토요일, 우리가 만나곤 하던 그날들을 잃어버린 지도 꽤 되었군요. 그때마다 당신은 한없는 아쉬움을 삼키면서 참고 있겠지요.

옥이.

그러나 우리에겐 불만은 없겠지요. 우리를 존재케 하여 준 신과 부모님들께 항상 감사를 드리며 복되게 살아가야 해요. 이것은 하나의 자위도 아니요, 오직 우리의 생활이요 신념이겠지요. 랑인 당신을 생각할 때마다 당신의 아름다움을 알 수 있답니다. 랑인 당신의 마음에 항상 아쉬움만을 주었고 그래도 당신은 행복을 찾으려고 노력했습니다.

랑인 항상 당신을 의젓이 사랑하고 즐거워한답니다.

당신을 힘 있게 안아주고 싶은 밤, 당신은 포근히 내 품에 잠들구려.

당신의 랑.

1972. 7. 7.

결혼

뒤늦게 시작한 신학 공부와 결혼을 사이에 두고 고민하는 시기가 왔다. 부산의 우리 집에 그이를 소개시킨 뒤, 우리들 사이에서는 자연스럽게 결혼에 대한 구체적인 이야기가 오고 갔다. 나보다도 그이의 입장에서 빨리 결혼을 하자고 재촉했다.

나는 1년을 더 공부해야 목사 자격과 졸업을 하게 되는 신학 대학 문제가 쉽게 포기되지 않았다. 아무리 사랑으로 온 날을 보내는 때였지만, 그 당시 새롭게 접한 해방신학이나 서구의 철학 사상에 커다란 호기심을 갖고 공부하였기 때문이었다. 만일, 결혼을 하게 된다면 군인인 그이의 생활에 내가 맞추어야 하므로 더 이상 부산에서 공부할 수는 없는 일이었다. 하지만 부산 우리 집에서의 권유도 있고, 나 스스로도 결혼 쪽으로 기울어져 우리 두 사람은 해를 넘기기 전에 결혼식을 올리기로 결정하였다.

김해에 있는 그의 집에 처음으로 인사를 올리러 가기로 한 날이었다. 그이는 평소에 내 외모에서 청초한 것을 강조했고 특히 색조 화장하는 것을 싫어했지만, 나는 처음 뵙는 그이의 부모님께 잘 보이고 싶었다. 아침부터 미장원에 가서 생머리에 컬을 넣었고 엷게나마 화장을 했다. 거울 속의 얼굴은 언뜻 보기에도 세련된 도시풍의 아가씨 멋을 풍기고 있었다. 전혀 다른 모습으로 서 있는 거울 속의 내가 엉뚱하게 보이기도 했으나, 성숙한 여인의 티가 나야 결혼 승낙을 받을 수 있을 거라는 생각이 들어 나름대로 만족하며 김해로 떠났다.

두근거리는 마음으로 김해의 그이 집을 방문했을 때, 아담하고 깨끗한 그의 집에는 많은 분이 계셨다. 아마 막내며느릿감이 온다는 이야기를 들으시고 주위에 일가친척들께서도 일부러 오신 듯했다. 머리끝에서 발끝까지 따지듯 바라보는 주위의 시선에 다소 어리둥절했으나 그런대로 실수 없이 인사를 드렸다. 그러나 문제는 다른 곳에 있었다. 몸이 불편하셔서 누워계시다가 나를 맞았기 때문인지 그이의 어머님은 그리 반기는 기색이 아니셨다. 어느 정도의 친절함을 베푸시는 아버님도 당신의 막내며느릿감이라기보다는 막내아들의 여자 친구 정도로 대하는 행동이셨다.

예전에 그의 입에서 단편적으로 흘러나왔던 이야기들, 즉 김해에서 꽤 알려진 명문가 규수들로부터 중매결혼 요청이 많이 들어온다고 한 말이 언뜻 머리에 떠올랐다. 아마도 내가 인사를 가기 전에 이미 그이의 집에서는 마음에 든 신붓감이 있었던 것 같았다. 하지만 정작 본인이 주위에서는 다 좋다는 신붓감을 고사하고 다른 아가씨를 데려왔는데, 그 아가씨의 겉모습이 시골 부모님에게는 영 탐탁지 않으셨던 것이다. 무릎 바로 밑까지 오는 짧은 스커트를 입고 머리를 요상하게 말아 올린 그 수줍음 없는 도회풍의 발랄한 아가씨가 두 분 마음에 흡족하게 들 수는 없었던 일이다. 내 딴에는 꽤 신경을 쓴 시부모님과의 첫선이었는데 보기 좋게 나는 반대 결정을 맞고 말았다.

걱정하는 내 모습과는 달리 그이는 자신만만하였다. 아직 부모님들이 며느릿감의 진면목을 보지 못하셔서 그렇다고 하며, 곧 결혼 승낙을 받게 될 것이라는 등의 말로 나를 안심시켰다. 그러나 내가 영천에 있는 그의 하숙집을 방문했을 때, 책상 위에는 김해 집에 결혼 승낙을 요청하는 그의 간절한 편지가 놓여있었다. 의외로 김해 집에서는 강한 반대를 들고나오신 듯하며, 거기에 맞서서 그이도 나와의 결혼을 포기하는 것은 부모 형제와의 사이도 포기하는 일이라는 등의 협박성 간청을 올리고 있었다. 나는 그 편지를 본 후 눈물이 핑 돌았으며, 그이와 그이 집의 편안함을 위해 내가 돌아서야 할 것 같은 생각이 들었다. 하지만 나의 그러한 결심은 가장 위선적인 내용들이었으며 막상 그이에게 그 뜻을 말하자 그는 화를 냈다. 그까짓 일 때문에 우리가 헤어진다고 생각한 나 자신이 창피하게 느껴졌다.

그이의 끈질긴 설득과 애원이 있었던 덕분에 결국 우리는 결혼을 승낙받았다. 날짜는 그해(1972년) 12월 23일이었다. 우여곡절 끝에 성공하게 된 결혼이라 그런지 우리 두 사람뿐만 아니라 주위의 많은 분도 우리의 결혼을 반갑게 맞아 주셨고, 우리 두 사람에게 용기 있는 말을 많이 해주셨다.

부산의 우리 어머니께서는 막내딸의 결혼 혼수품 장만에 대단한 열의를 보이셨다. 가구는 물론 식기류, 주방용품들을 직접 일일이 골라 사셨으며, 특히 이부자리는 일곱 채나 해 주셨다. 그 이불을 만드는데도 금슬이 좋다는 할머니들 몇 분을 수소문해서 모셔다가 짓게 하셨다. 초록색과 빨간색의 천으로 어우러진 목화솜의 이불 일곱 채 중 아직 한 번도 덮지 않은 채, 장롱 속에 개어져 있는 것도 있다. 그이와의 짧았던 결혼 생활에 비해 혼수품 장만은 너무 성대했던 것 같다.

특별한 결혼식을 구상하느라 두 사람이 머리를 맞대고 의논했으나, 모든 것은 의논에서만 끝나 버리고 시골에서 오시는 분들을 생각해서 그냥 평범하게 결혼식장에서 올리기로 결정하였다. 그래서 부산 시내 남포동에 있는 '제일예식장'에서 결혼식을 올리기로 하였는데, 그 결혼식장에서 결혼을 한 부부는 제일로 행복하다는 말이 있기도 했던 곳이었다. 제일예식장은 지금 지하철 공사 관계로 없어졌다.

1972년 12월 23일 12시.

드디어 우리 두 사람의 결혼식이 사실로 옮겨지는 날이었다. 공교롭게 그날은 새벽부터 굵은 비가 퍼부었다. 겨울비치고는 굵게 오는 비를 안타깝게 바라보면서 나는 로봇처럼 타인의 손에 이끌려 다니며 그날의 주인공 치장을 하였다. 다행히도 12시 예식이 진행되기 얼마 전부터는 가랑비로 변해 조금은 날씨에 대한 원망을 풀 수 있었다.

국화꽃으로 머리를 장식하고 귀에는 커다란 링을 달았다. 생전 처음으로 요란한 화장을 한 내 얼굴은 도깨비 같다는 생각이 들었다. 주위의 친구들과 친지들이 예쁘다는 찬사를 쉴 새 없이 들려주었지만 요란한 가면을 쓴 듯한 내 얼굴은 타인 같은 느낌을 주었다. 그러나 예식에 대한 긴장감과 흥분으로 그러한 기분은 쉽게 떨쳐 버릴 수 있었다.

그날 신랑은 바지의 허리띠를 하지 않은 채 예식장에 나타나 주위 친구들로부터 짓궂은 놀림을 받았다. 평소에도 장갑 같은 소지품을 잘 분실했는데, 아무리 그래도 신랑이 정장 차림으로 나타나면서 허리띠를 잊었다는 것은 큰 웃음거리였다. 친구들은 그에게 너무 좋아서 그런 것도 잊었다며 놀려댔다. 급히 친구의 허리띠를 빌려서 예식에 나타났던 그의 모습이 지금도 눈에 선해서 웃음이 나온다.

지금 나에게는 그날 녹음된 결혼식 테이프가 한 개 있다. 어쩌다가 녹음기에 그 테이프를 집어넣고 들어보면 내가 들을 수 있는 그이의 목소리는 "예" 하는 한마디뿐이다.

"그대는 신부를 사랑하는가?"

"예."

성혼 선언문의 한 대목이다. 지금처럼 비디오가 있어서 그이의 모습을 담아 놓았다면, 비록 지금 내 두 눈으로는 볼 수도 없지만 그이를 그리워하는 많은 이들에게 좋은 기록이 될 수 있었겠다는 아쉬움은 늘 있다.

결혼식을 올리기까지의 고행들에 비해 그날의 결혼식은 너무도 짧게 끝난다는 서운함이 들었다. 신랑 신부의 퇴장이 있고 나자 그이는 나의 면사포를 살며시 들어 올리며 한마디 하고는 기쁘게 웃었다.

"나의 신부 백영옥 씨, 기막힌 미인이십니다."

"백 사람 눈에 예쁘면 미인이지만 한 사람 눈에 들면 인연이지요."

사랑스러운 신부는 의젓하게 대답했다.

그에게 지키지 못한 약속

우리는 사랑했다. 그 사랑의 영원한 지속을 위해 함께 인생의 길을 가기 위해서 우리는 결혼을 약속했다.

결혼 며칠 전에 우리는 서약을 했는데 내가 그이에게 준 것은 세 가지였다.

1. 버리지 말 것
2. 정신적 고통을 주지 말 것
3. 하루 3회 이상 키스해 줄 것

다분히 유치하고 낯 뜨거운 서약문에 그는 자신의 사인을 했고 가볍게 내 뺨에 입을 맞춰주었다. 그리고 자신의 서약문을 내 앞에 놓았다.

1. 버림받지 말 것
2. 말없이 행동할 것
3. 까불지 말 것
4. 트집 부리지 말 것
5. 솔선수범할 것
6. 효도할 것
7. 남편 기분을 미리 판단할 것

8. 정직할 것

9. 아들 하나 딸 하나를 의무적으로 낳을 것

10. 근면·검소한 생활을 할 것

11. 절대 아프지 말 것

12. 항상 공부하고 생각할 것

13. 이상과 같은 것을 감안하여 부인다운 부인이 될 것!

그이는 서약문 중에 9번과 11번에 크게 별표를 그려주고 중요 표시를 해 주었다.

그러나 결혼 생활 중에 아기 소식은 없었다. 그이에게 미안하여 산부인과에 가 볼까 하는 제의도 했었는데, 그이는 아기가 없어도 괜찮다며 항상 나를 위로해 주곤 했다.

"아기가 없으면 어때? 당신과 늘 이렇게 대화를 나누니 난 정말 행복하다구. 당신만 곁에 있으면 제일이야. 무슨 일이든지 할 수 있을 것 같은걸!"

그이는 아기 문제에 전혀 신경을 쓰지 않았다. 그렇지만 나는 뒤에서 늘 미안한 마음을 감출 수가 없었다.

친정어머니께서는 대전의 유명 한의원에서 임신이 잘 된다는 약을 지어 보내주시기도 하셨다. 그 집 약을 먹으면 자손이 생긴다는 소문이 난 집이었는데 대전까지 일부러 찾아가셔서 약을 지어 오셨던 것이다.

나는 그 약을 처음엔 꾸준히 먹었다. 그러나 약의 분량이 너무 많아 복용을 중지하고 작은방에 놓아두었다. 그리곤 그냥 잊고 지냈다.

어느 날인가. 물건을 가지러 작은방에 들어갔는데 방 창문에 작고 까만 벌레들이 가득히 붙어 있었다. 하도 징그러워 그냥 문을 닫고 나왔다가 다시 벌레 죽이는 약을 들고 가서 그 벌레들을 죽였다.

그러나 그다음 날에도 똑같이 벌레가 많았다. 자세히 살펴보니 서랍 속에 넣어 둔 어머니가 지어 보내주신 약에서 생긴 벌레들이었다.

어머님의 정성을 외면한 대가라는 생각이 들었고 불길한 예감을 떨쳐 버릴 수가 없었다. 그것은 처음 보는 벌레들이었다.

그는 가장 결정적인 약속을 지키지 못했지만 살아있을 때만큼은 내가 준 서약문의 내용을 단 하나도 어긋나지 않고 충실히 이행했다. 나 역시 그에게 최선을 다해 서약문을 지키려고 노력했지만 끝내 그이가 내세운 서약문 중의 9번은 영영 지키지 못한 약속이 되어 버렸다.

지금도 미안한 마음 금할 수 없다.

제3부

끝나지 않는 연극

찬밭에 펼쳐진 신혼일기

경주에서의 신혼여행이 끝나고 우리의 신혼살림은 대전시 용두동에서 셋방살이로부터 출발하였다. 남편이 충남대학교 학군단 교관으로 근무하게 되었기 때문이었다. 이미 대전에는 나의 작은아버님이 서대전에서 자리를 잡고 계셨기 때문에 어느 정도의 낯섦을 모면할 수 있었다. 우리가 세를 든 주인집은 대전 홍은여고 교장 선생님 댁이었는데 아주 오래된 기와집이었다. 그 집의 뒷마당에는 늙은 감나무가 있어서 감꽃이 떨어지는 달밤이면 감꽃목욕을 하는 풍치를 즐길 수 있었다.

한 칸의 좁은 셋방에 우리는 나름대로 풍족한 재산을 가졌다. 원래 군인의 가족이란 이동이 심하기 때문에 간단한 살림살이만을 갖고 지내는 것이 보통이다. 더군다나 부대 배속이 안정되지 않은 초급장교들의 신혼살림이란 기껏해야 비키니 옷장과 몇 개 안 되는 식기류가 전부이다. 그러나 우리는 그러한 것 외에도 철제로 된 캐비닛 옷장 두 짝과 조립용 장식장, 더불어 조립용 찬장을 갖출 수 있었다. 남편은 최소한의 살림 도구만 있으면 된다고 하였으나, '신혼방'이라는 분위기를 꾸미려는 내 욕심이 궁리 끝에 조립용 가재도구를 갖추도록 한 것이다.

나는 빈약한 살림 도구들이지만 온갖 지혜를 짜내어 신혼방의 분위기를 연출해 내느라 많은 신경을 기울였다. 조립용 찬장에는 크고 작은 인형들을 진열해 놓았으며, 여기저기서 결혼 축하 선물로 들어온 장식품들로 온방을 꾸며 놓았다. 거기다가 내가 시집올 때 가져온 조선백자 한 점을 중앙에 놓자 그윽한 멋과 장식품의 무게를 더해주었다. 그리고 방의 한구석에는 고려청자 무늬가 수놓아진 가리개 한 점으로 병풍의 분위기를 연출했다. 그렇게 해 놓고 보니 딱딱한 철제 옷장이나 초라한 장식장들이 훌륭한 가구들로 변신하게 되었다. 집안 꾸미는 일이 끝나는 날, 나는 어린아이처럼 좋아했고 퇴근한 남편에게 저녁 내내 자랑하는 어리광을 부렸다.

충남대 학군단 생활은 우리의 신혼 기분과 멋지게 맞았다. 발랄하고 마냥 순수한 대학생들과의 접촉은 우리 부부에게 끊임없는 생동감을 줬다. 특히 학생들은 남편을 아주 잘 따랐다. 그들은 우리에게 잉꼬부부라는 별명을 붙여 주기도 하였으며, 그들 대화의 주 소재로 삼는 일이 흔했다는 것을 학생들에게 자주 들었다.

그해 12월 내 생일날, 학생들을 작은 신혼방으로 초대한 적이 있었다. 그들은 나에게 통기타를 생일선물로 안겨 주었으며 남편은 촛불잔치를 준비했다. 그날 우리는 선물로 사 온 통기타를 치며 밤늦도록 노래를 부르며 놀았다. 생활은 즐거움만이 있었다고 믿는 순간들이었다.

충남대 학군단원 중에서 아직도 나와 친분을 유지하고 있는 분들이 있는데 이병주 씨와 그의 부인 김임준 씨이다. 이병주 씨는 남편이 1973년 충남대 학군단 1년 차 교관을 담당할 때 3학년으로 학군단원이었다. 그의 애인인 김임준 씨는 대전 ◇◇방송국의 아나운서 활동을 하는 분으로 '여성 살롱'이라는 음악프로를 담당한다는 말을 들었었다. 그들 두 연인은 그 당시 학군단에서도 소문난 열정적인 연인들이었는데 결혼해서도 아주 깊은 애정으로 살아가는 사람들이다.

12·12를 겪고 난 후, 나는 핑크빛 카네이션 두 다발을 들고 대전의 그 부

부를 방문한 적이 있었다. 그들은 교관인 남편과 함께 방문했을 때보다도 극진하게 나를 대접해 주었다. 그들은 내 앞에서 감히 남편의 이야기를 꺼낼 엄두도 내지 못했지만, 나의 홀로 된 방문을 보면서 쓰라린 가슴 아픔을 며칠 동안 간직했으리라.

신부로서의 내가 얼마나 능력이 부족했는가를 지금에 와서 뒤돌아보면 너무도 부끄러움투성이이다. 특히 음식 솜씨에서는 더욱 그러하다. 결혼을 앞두고 부산 친정집에서 '신부 연습'이라는 것을 한다며 많은 시간을 부엌에서 보낸 일이 있었다. 그러나 결혼 생활이라는 실전에서의 요리 솜씨는 형편없었다.

남편의 입맛에는 아랑곳하지 않고 요리책에서 배운 솜씨를 티 내느라 마냥 모양과 색깔에만 치중했다. 특히 호박전은 한 번도 제대로 부친 적이 없었다. 너무 굵게 썰어 익지 않는 호박전을 상에 올리는 일은 그만두고라도 다른 한쪽을 익히기 위해 뒤집는 일은 몇 번을 시도해도 실력이 늘지 않았다. 언제나 타거나 조각나는 호박전이었다. 보다 못한 남편은 자기가 호박전을 잘 부치니 호박전 요리는 토요일 오후에만 해 먹고자 하며 나를 위로했다. 결국 토요일 오후에만 호박전을 먹을 수 있는 식탁이 마련되었다.

한번은 무더운 여름날, 뜨거운 연병장에서 땀을 흘리고 있을 그가 안타까운 생각이 들어, 근무지로 음식을 만들어 갖다 주기로 마음을 먹었다. 그러면 남편의 사기도 올라갈 것이고 어여쁜 신부라는 칭찬을 받을 수 있다는 욕심이 들었다. 나는 샌드위치를 만들었는데 맛을 내기보다는 당근, 상추 등을 이용한 색깔 내기에 여념이 없었고, 담긴 샌드위치보다는 담아 갈 그릇에 더 큰 신경을 썼다. 그리고 샌드위치를 바구니에 담아 커다란 리본으로 장식해서 가져갔다.

자랑스럽게 내민 그 샌드위치를 남편이 얼마만큼 맛있게 먹었는지는 지금도 모른다. 맛이 어떠냐는 질문은 한 번도 안 했다. 내가 만든 음식이라는 사실만으로도 남편이 맛있게 먹을 것이라는 자만심(?)이 가득했었으니까.

남편은 내 앞에서 한 번도 음식 투정을 하지 않았다. 해주는 음식은 무엇이든지 훌륭하다며 잘 먹었다. 그러나 지금 생각해 보니 그것은 남편의 사랑과 인자함에서 가능한 일이었다. 남편은 직접적으로 음식의 맛을 평가하지는 않았지만, 늘 김해의 시어머니 음식 솜씨를 감탄하며 나에게 자랑거리로 말하곤 하였다.

그이의 어머님은 자그마한 체구에 양순한 성격을 지니신 분이었다. 내가 결혼식을 올리고, 당신의 며느리가 되어 김해로 찾아뵐 때는 친정어머니 같은 자상함과 편안함을 가족 어느 분보다도 깊게 보이셨던 분이었다. 남편은 막내로 자랐기 때문인지 어머님의 사랑을 눈에 띄게 받고 있었고 장교 복장의 그이도 어머님 앞에서만은 어리광 부리는 막내아들로 돌아갔다. 그러고는 어느 곳에서 근무하더라도 항상 어머님을 염두에 두고 틈만 나면 찾아뵙는 극진한 효자였다.

12·12로 남편이 유명을 달리했을 때, 어느 누구도 당신의 막내아들이 사망했다는 말을 시어머님에게 들려 드릴 수 없었다. 시아버님마저 몇 해 전에 돌아가신 뒤였고, 연로하신 분에게 그 같은 충격적인 사실을 도저히 알려 드릴 수가 없었던 것이다. 틈만 나면 꼭꼭 찾아뵙고, 바쁠 땐 전화로 어머님의 안부를 수시로 확인하던 막내아들이 어느 날부터 갑자기 전화조차 없자, 시어머님은 매일매일 막내아들 걱정으로 애간장을 태우셨다. 밭의 채소를 뽑으시며 서울 애들 집에 갖다주고 어찌 사는지 보고 오라고 그토록 애원하셨는데, 결국 아들의 운명을 알아내시곤 정신 줄과 함께 생명의 끈마저 내동댕이치신 시어머님….

시어머님의 음식 솜씨 자랑이 신부에게 간접적으로 음식의 맛에 대한 평가임을 병아리 신부가 알아차리는 일은 너무도 어려웠다. 구하기 힘든 재료만을 애써 골라서 모양과 색깔을 예쁘게 해야 한다는 '요리 철칙'을 가진 그 당시의 신부 요리사는 신랑의 깊은 마음 씀씀이를 알아차리기에는 너무 들떠 있었다.

인생의 내 몫은

군인의 아내 대부분은 유별나게 느껴질 정도로 군인 아내라는 자부심이 강하게 자리 잡고 있기 마련이다. 더욱이 우리나라와 같은 군부 정치구조에서는 육군사관학교를 졸업한 남편은 사회의 엘리트라는 의식이 더욱 강하게 작용하는 게 일반적이다. 그래서 지난 1985년 12대 국회의원 선거 당시 종로·중구에 입후보한 정모 후보가 익살스럽게 표현한 "요즈음은 학사위에 석사, 석사 위에 박사, 박사 위에 육사가 있다더라"라는 말이 대중에게 공감을 주지 않았던가. 어쨌든 남편 자신이 장교라는 자아의식이 강하니 그 아내도 닮아가는 모양이다.

나의 남편도 그러하였다. 언제나 당신의 길은 군인의 길임을 다짐하였고 그 길만이 있을 뿐이라는 의식이 강했다. 레슬링과 태권도로 단련된 몸이라 겉보기에도 단단해 보였으며 감기에도 잘 걸리지 않는 건강한 신체였다. 늘 자신에게는 충치 하나 없다고 하며, 대한민국의 건장한 남성임을 자처하였다.

남편의 천직이 군인이라는 의식은 나에게도 전이 되어, 항상 군인의 아내라는 푯말이 나의 뇌리에 박혀 있었다. 그래서 남편이 육군사관학교를 졸업할 때 받은 보은 반지를 영천의 다리 위에서 연애 시절 사랑의 표시로 받은 뒤, 나는 가장 소중한 물건으로 여겼으며 손가락에서 떼 놓지 않는 습관이 생겼다. 지금도 결혼반지보다도 그것을 더 아끼며 자랑스럽게 만지작거린다.

장교의 아내가 된 내게 제일 먼저 절실하게 느껴진 것은 군인 남편을 내조

하기 위해 해박한 지식이 있어야겠다는 사실이었다. 남편이 부대에서 일을 마치고 집에 돌아왔을 때, 멍청한 아내로 보인다는 것은 매우 수치스러운 일이라는 생각이 들었다. 나는 닥치는 대로 많은 책들과 신문, 잡지들을 구해다 보았다. 특히 전쟁과 장군에 대한 책들은 빠짐없이 읽었다. 또한 지휘관으로서의 남편에게 무엇보다도 필요한 것은 인간관계를 능숙하게 엮어나가는 기술과 슬기로운 처세술이라는 생각으로 그 분야의 서적들도 탐독했다. 그리고 나름대로 정리한 지식들을 남편에게 알려주었으며, 퇴근 후 많은 시간을 남편과 토론하는 일로 보내기 위해 노력을 기울였다. 그러한 생활 습관들은 어느 위치, 어느 장소에서 살게 되더라도 군인 아내의 기본적인 자세로 생각하게 되었으며, 군인 아내로서의 역할이 끝날 때까지 지속된 일이었다.

서툴게 시작되는 군인 아내로서의 홀로서기에 많은 도움을 주신 분이 육사 20기 출신의 이강용 소령님 부인이시다. 이 소령님은 남편과 함께 충남대학교 학군단에서 근무하신 분이다. 그때 남편은 대위 계급으로 1년 차 교관을 담당했으며 이 소령님은 2년 차 교관을 담당하셨다. 남편과 이 소령님은 학군단 운영에서 훌륭한 콤비가 되었으며, 두 분의 탁월한 지휘 능력이 빛을 발해서 1973년도 말에는 공로 표창을 받기까지 하였다. 그 당시 학군단 단장이신 소병욱 대령님과 전 장병들이 일치단결하여 학생 군사교육에 전력을 다했다는 점, 특히 임전무퇴의 군인정신 함양과 실전적인 교육훈련으로 후보생의 전술 전기능력을 향상시켰다는 점들이 평가 내용이었던 것 같다. 1973년도 군 교육 사열 및 종합고시 우수부대로 평가되어 받은 표창장을 남편은 자랑스럽게 내 앞에 들이민 적도 있었다.

이강용 소령님의 부인은 갸름한 얼굴의 미인이셨는데 늘 해박한 지식과 깊은 통찰력으로 대화를 이끌어가는 능력이 대단하셨다. 군인 아내로서의 자질을 갖추려 생활 속에서 노력하며 실천하시는 그 부인의 모습은 막 시작되는 나의 군인 아내라는 역할에 좋은 본보기가 되었다.

언젠가 퇴근 후 집에서 한가롭게 신문을 읽던 남편은 갑자기 신문을 앞으로 밀어 놓으며, 나에게 이렇게 물어왔다.

"대한민국에서 항상 눈물이 그치지 않는 곳이 어딘지 알아?"

"글쎄요."

"거긴 바로 동작동 국립묘지야. 그리고 그곳은 군인이 마지막으로 영광스럽게 돌아갈 수 있는 영원한 휴식처가 되기도 하구. 나도 국립묘지로 돌아갈 수 있을까?"

"죽는다는 이야기는 무서워요. 하지 마세요."

그러나 남편의 말처럼, 군인들의 운명이 국립묘지에서 종결되고 그렇기 때문에 군인 아내들의 인연도 국립묘지에서 이어진다는 것을 경험으로 터득한 일이 있었다. 그것은 3년 전, 현충일에 국립묘지에 갔을 때의 일이다. 남편의 묘비 앞에 앉아있는 나에게 누군가가 다가옴을 느꼈다. 사각거리는 옷 소리로 보아 한복을 입은 여자라는 직감이 들었다. 나는 앞이 안 보였으므로 겸연쩍어하며 누구시냐고 물었다.

뜻밖에도 상대방은 신혼 초 충남대 학군단 시절 함께 생활했던 이강용 소령의 아내라고 했다. 나는 이 소령님 부인 되는 분이 내 남편의 소식을 어디에선가 듣고 나를 위로하기 위해 오셨다는 생각이 들어 고맙다는 뜻을 표현하려 했다. 그러나 사실은 그게 아니었다. 부인은 소복 차림이며, 부인 자신도 남편을 찾아 국립묘지에 왔다고 한다. 그럴 수가? 놀라움과 당황스러움에 머뭇거리는 나에게 부인은 학군단 생활 이후 이강용 소령님이 대령으로 진급해

다른 곳에서 생활하던 중 사고로 인해 돌아가셨다고 설명해 주었다.

결국 군인 아내들의 운명이란 이런 것이구나 하는 생각이 들었다. 잦은 이동으로 인해 안타깝게 헤어지고, 서로가 못 만난다고 해도 남편들의 종착지인 국립묘지에서는 똑같은 동료가 되어 만나는 것이 바로 군인 아내의 운명이며 인연인 것이다. 나의 남편 김오랑 소령님은 29 묘역 맨 앞줄에 안장되었다. 그리고 이강용 소령님은 그 29 묘역 맨 뒷줄에 누워계신다. 1980년 2월, 남편이 국립묘지에 안장될 당시만 해도 29 묘역에는 한 줄의 묘비밖에 없었는데, 해가 지날수록 공터는 줄어들고 똑같은 묘비들이 줄지어 세워졌다. 해마다 찾아오는 소복 차림의 여인네도 그만큼 늘어나고.

이강용 소령님의 부인은 자식들을 훌륭하게 키우셨다. 장성한 자식들과 묘비 앞에 서 계시는 부인은 혼자서 서 있는 내 모습보다는 덜 외로울 것 같다는 생각이 들었다. 언제나 혼자 찾는 남편의 묘지는 쓸쓸함이 강하게 스며든다.

군인 가족들의 이사

약 1년 동안의 대전 신혼살림을 마치고 우리는 또다시 떠돌이 부부처럼 광주로 이삿짐을 옮겨야 했다. 남편이 전라도 광주에서 군사교육을 이수해야 했기 때문이었다. 이사는 우리 부부의 남다른 달콤함이 구석구석 배어있는 단칸의 셋방을 등지고 낯선 도시로 가는 행군이었다. 이삿짐은 겨우 세 뭉치에 지나지 않았으며, 우리는 그 적은 이삿짐을 화물로 부치고 유성온천에서 하루를 쉬는 여유도 보였다.

광주는 문화도시였으며 금남로, 충장로 등의 번화가는 대도시의 거리라기보다는 왜소하고 차분한 느낌을 주었다. 우리가 두 번째 신혼살림을 차린 곳은 광주공원에서 그리 멀지 않은 사구동이라는 곳이었다. 다행스러운 일은 남편의 육사 동기생들이 대부분 함께 교육받는 것이었다.

그때가 1974년이었으니 남편은 육사를 졸업한 지 5년이 흘렀던 셈이다. 그런데도 아직 결혼하지 않은 동기생들이 절반 정도로 많이 있었다. 육사 25기 중 남편이 55번째로 결혼을 하였다고 한다. 남편의 이름 중에 '다섯 오'라는 글자를 생각해 보니 우리 부부가 '다섯'이라는 숫자와 인연이 깊다고 하며 웃었었다.

저녁에 잠자리에 들 시간이 되면 미혼 동기생들이 일부러 집으로 찾아오곤 하였다. 그들은 밖에서부터 큰 소리로 '호랑아, 와랑아' 하고 불러댔으며, 깜짝 놀란 우리 부부는 마치 장난하다 들킨 어린애들처럼 멋쩍어하며 문을 열어 그들을 반겼다. 워낙 두 사람이 사는 적은 살림이다 보니, 그런 식으로 친구들이 한번 다녀가면 우리 부부가 먹을 식량 반달 분이 한꺼번에 없어졌다.

그러나 우리는 친구들과 밤늦도록 노래 부르며 즐겁게 지내는 일을 매우 좋아했다. 친구들이 나에게 노래를 시키면 그 당시 인기 있었던 시각장애인 가수 이용복 씨의 노래인 '눈을 감으면 저 멀리서~'로 시작되는 유행가를 잘 불렀다. 특별한 이유가 있었던 것은 아니었는데도, 나는 그 노래를 습관처럼 흥얼거렸다.

왜 그랬을까? 시각장애인 가수의 모습을 보면 마치 미래의 내 모습이 투영된 것인지도 모르겠다.

광주 생활 중 잊지 못할 일이 있는데 언짢은 일이다.

나는 치아가 매우 좋지 않았다. 그래서 고기라든가 신 과일 등을 마음대로 먹지 못했다. 어느 때는 남편이 고기를 절반 정도 씹다가 나의 숟가락에 얹어 놓아주면 나는 맛있게 먹기도 하였다. 그러다 치아가 너무 아파 광주통합병원 치과에서 치료받기로 하였다. 남편은 아침 일찍 서둘러 통합병원에 데려다주었고 의사는 어금니 3개가 거의 썩었으니 치료하려면 금 두 돈 반을 가져오라고 하였다. 나는 풍족하지 못한 생활비에 금니로 봉합한다는 데 망설였지만, 남편의 절대적인 강요 속에 그 이튿날 금 두 돈 반을 사다가 치과에 주었다.

그런데 그 이튿날 치료를 받으러 갔더니 의사는 전날 내가 갖다 준 금이 두 돈밖에 안 되더라고 하였다.

"분명히 금방에서 두 돈 반을 사다가 주었는데요."

하며 의아해하는 나에게 의사는 인상까지 찡그리며 말했다.

"재어보니 두 돈이었어요. 반 돈을 더 가져오셔야 합니다."

달리 따질 방법이 없어 금 반 돈을 다시 사다가 병원에 주었다. 환자 입장이니 시시비비를 가린다는 것도 어려웠다. 지금은 그러한 일들이 없겠지만 그당시만 해도 통합병원 의사들의 횡포는 꽤 빈번했다. 나 이외에도 그렇게 금을 갈취당했다는 말을 몇 사람에게서 들었다.

6개월 동안의 군사교육을 마칠 때 남편은 우등상을 받았다. 남편은 미리내게 알리지 않고, 우등상을 내 앞에 보여주며 싱긋 웃음을 지었다. 우리 부부는 매우 좋아했다. 간혹 힘들다고 느껴지는 병아리 장교의 생활에 커다란힘을 준 상이었다. 남편은 그 상장을 내 손에 쥐여주며 참다운 군인의 길을걸어갈 것을 다시 한번 맹세하자며 나의 사기까지 북돋워 주었다.

광주에서의 군사교육을 마치고 나니 또다시 이사할 일이 걱정되었다. 이번에는 또 어느 도시로 살림을 옮겨야 할지 궁금하기도 하였다. 그러던 중 남편은 저녁에 집에 돌아와 밑도 끝도 없이 공수부대라는 것을 알고 있냐고 물었다. 나는 잘 모른다고 대답했다.

그러자 남편은 나의 어깨에 손을 얹어주며 공수부대란 군인 중의 군인들이모인 정예부대이며, 우리가 거리에서 본 검은 베레모를 쓴 군인들이 바로 공수부대원이라 하였다. 나는 공중에서 낙하산을 타고 내려오는 사람들이 공수부대라고 생각했기 때문에 약간의 두려움이 앞섰다. 편안하고 안락한 군인생활을 원했던 것은 아니었지만 아무래도 공수부대가 위험성이 높다는 생각에 막상 남편이 차출되고 보니 마음이 편치가 않았다.

쓸데없는 걱정이라고 일축해 버리는 남편의 말을 위안 삼으며 서울 거여동의 공수여단으로 이동하게 된 것은 1974년도의 절반이 지나갈 무렵이었다.그동안 살림살이가 불어나서 트럭으로 옮기게 된 사실이 약간 자랑스러웠다.짐을 트럭 뒤 칸에 싣고는 우리는 운전사 옆에 동승을 했다. 작업복 차림의 우리 부부는 결혼 생활에 꽤 익숙해졌다는 분위기를 연출하려고 애썼지만, 운전사는 우리가 병아리 신혼부부라는 것을 쉽게 눈치채고 일부러 신나는 음악을 틀어주는 등의 신경을 써 주었다. 더욱이 남편이 미리 이삿짐 속에서 시집을 몰래 준비해 두었다가, 나에게 시를 읽어주는 배려까지 보였으니 즐거운 군인 가족들의 이사였다.

광주를 떠날 때 날씨가 찌뿌듯했는데 서울에 도착하여 이삿짐을 옮겨 놓자 비가 내렸다. 새로운 서울 생활 첫날부터 비가 내린 것이다. 결혼식 날도 속절없이 퍼붓던 그 비가.

벚꽃 속의 모범 부부

지휘관으로서의 남편은 매우 엄하다는 평을 듣는 게 일반적이었다. 항상 철저하고 냉철한 군인정신을 스스로 각인시키는 모습에서 쉽게 발견할 수 있었다.

한번은 일요일 날 남편과 함께 담요를 빨고 있는 모습을 때마침 집에 놀러 온 부하들이 보게 되었다. 부하들은 팔을 걷어 올리고 담요를 주물럭거리는 자신들의 상관 모습을 매우 놀란 표정으로 바라보았다. 그리고는 '집에서의 김 대위님은 양, 부대에서의 김 대위님은 호랑이'라며 놀려댔다. 남편은 겸연쩍어하면서 싱긋 웃음을 그들에게 보였다. 그들의 말처럼 나에게 김 대위님은 언제나 순한 양이었다.

1977년, 남편이 소령으로 진급할 무렵, '유신 사무관'이라는 제도가 생겼다. 그 제도는 대위에서 소령으로 진급할 때 군대를 예편하면 일반공무원으로 발령이 나는 제도로, 거의 3급에 해당하는 고위공무원직으로 가게 되는 것이 일반적이었다.

월남전이 끝난 후 생긴 장교 출신자들에게 일종의 특혜를 주는 제도였다. 남편도 소령으로의 진급과 유신 사무관으로의 진출에 대해 고민하는가 싶더니 결정권을 나에게 주겠으니 선택해 보라고 하였다. 나는 서슴없이 '당신은 군인입니다. 생명이 다할 때까지 참 군인의 길을 걸으실 분이죠'라고 대답했다. 그러자 남편은 크게 기뻐했다. 남편도 참 군인의 길만이 자신의 길이라고

생각했지만, 아내인 내가 군인 생활을 힘들어하며 유신 사무관으로 나가주
길 바라고 있지 않을까 하고 걱정을 했단다.

안정적이고 편안한 생활을 원하는 것은 인간의 본심이다. 그렇지만 나는
군인이 아닌 남편의 모습을 생각해 본 적이 없으며, 군인 아내로서의 생활이
못 견디게 고달프거나 지겹다는 생각을 가진 적이 없었다. 단 한 번도 오직
나에게 있어서 중요한 것은 사랑하는 남편과 함께 살아간다는 일이며, 그것
만이 최고의 판단 기준이 될 뿐이었다. 군인의 아내이기 전에 나는 김오랑 씨
의 아내이기 때문이었다.

1978년은 새해부터 우리 부부에겐 즐거운 일이 많았다. 남편이 진해에 있
는 육군대학 입학시험에 합격하는 영광을 안았기 때문이다. 또한 2월에 소령
으로 임관하게 된 일도 순조로운 한 해를 예고해 주었다.

진해 육군대학은 장교들 모두가 수료하기를 희망하는 전문 군사교육 과정
이었다. 우리 부부는 다른 군인 가족들의 부러움과 축하를 받으며 거여동 살
림을 정리하고 진해로 이삿짐을 옮겼다. 진해는 해군사관학교와 육군대학이
도시의 중심지에 위치하고 있는 조그마한 도시였다. 부산과 인접한 곳이라
나는 결혼 전에 부산대학교 다닐 때 친구들과 다녀간 경험이 있었다. 그때에
는 진해가 초라한 소도시라는 느낌과 흩날리는 벚꽃도 기대보다는 화려하지
않다는 인상을 받았었다.

그로부터 몇 년 뒤 장교의 아내가 되어 진해를 방문했을 때, 나는 진해가
아주 수려한 거리가 되었다는 인상을 깊게 받았다. 세일러 복장의 해군사관
학교 생도들의 발랄함도 느낄 수 있었고, 벚꽃의 향연도 생명감 있게 즐길 수
있었다. 아마 사랑하는 사람과 미래에 대한 행복을 꿈꿀 수 있는 위치에 있
게 된 점이 그 같은 감상 변화를 초래했으리라.

남편은 진해 육군대학 정규 24기로 입학했다. 24기 중에는 남편의 동기생들도 몇 명이 있었으며 선배들도 꽤 많았다.

진해 육군대학의 교육 기간 동안 거주할 아파트를 배정받는 일은 조금 특색이 있는 방식이었다. 우습게도 아파트 배정이 육군사관학교 시절의 성적순대로 이루어지기 때문이었다. 결국 남편이 생도 시절 성적이 부진한 가정은 맨 꼭대기 층에서 살게 되는 고달픔이 있게 되는 것이다. 다행히도 남편은 육군대학에 입학한 동기생 중에서 아파트 배정순위가 앞번호에 속해 있었다. 그 덕분에 우리 부부는 2층에서 생활할 수 있는 특권을 누렸다. 남편이 생도 시절 성실하였음을 보여주는 또 하나의 사례가 되었다.

남편은 고3 입시생이 된 기분이 들어서인지 매우 열심히 공부하였다. 장교로서의 정복을 입고 출근하는 일이 그 이전과 달라진 일이었으며, 짧은 스포츠형의 머리를 조금 길게 기르고 다닌 것도 달라진 모습이었다. 수도자와 같이 공부에만 열중하는 남편의 옆에서 나도 똑같이 수도자가 되어야만 했다. 그래서 궁리 끝에 선택한 일이 손뜨개질이었다. 옆집에 사는 박은식 씨의 부인이 훌륭한 뜨개질 솜씨를 나에게 전수해 주었다. 그 덕분에 나는 남편을 귀찮게 하는 부덕함을 모면할 수 있었고, 편물로 된 옷가지와 방석 등 살림살이가 늘어나는 이득도 보았다.

학생 시절로 돌아간 남편을 따라 나에게도 학생 시절의 풋풋함을 느낄 수 있는 일들이 생긴 것이 진해 생활의 즐거움이었다.

청명한 가을날 육군대학 교정에서 가진 운동회는 삼십이 넘은 학부형이기조차 한 부인들을 십 대의 여고생으로 변모시키는 일이 되었다. 남편들이 운동장 한가운데서 운동복 차림으로 축구를 하고 달리면, 부인들은 스탠드에 열을 지어 앉아 열띤 응원을 보냈다. 특히 내가 속한 팀의 응원단장은 육사

25기 동기생인 서정길 씨의 부인이었는데, 부인은 여고 시절 체육 대회 때 그랬던 것처럼 까만 인디언 복장을 하고 나왔다. 넓은 바나나 잎으로 스커트를 만들어 입고, 얼굴과 손을 까맣게 칠해 멋진 인디언으로 변장을 한 것이다. 그러고는 열정적으로 응원을 리드했다.

응원단장의 지휘에 따라 스탠드의 부인들도 목청 높여 소리를 지르고, 발을 동동 구르며 응원하였다. 남편이 축구선수와 달리기 선수로 활약했기 때문에 나는 누구보다도 열정적인 응원을 했다. 그다음 날 평상복 차림의 부인들을 만났을 때는 너무 창피한 기분이 들 정도였다.

김해가 가까운 거리에 있어 남편과 자주 시댁에 다녀올 수 있었던 일도 잘된 일이었다. 우리는 공휴일이나 주말을 이용해 김해의 시어머님을 뵙고 왔다. 시아버님은 이미 우리가 거여동에서 살 때 돌아가셨기 때문에 남편과 홀로 계신 어머님을 자주 찾아뵈었다. 남편은 시댁에서 막내로 자라며 부모님의 사랑을 특히나 많이 받았고, 집안의 기대를 받으며 성장했기 때문인지 지극한 효자였다. 시아버님이 돌아가셨을 때 굵은 눈물을 흘리며 우는 남편의 모습은 아직까지도 나의 가슴에 아픈 장면으로 새겨져 있다.

1년 동안의 육군대학 생활도 12월의 졸업식을 끝으로 마치게 되었다. 1년의 진해 생활에서 우리 부부에게 붙여진 별명은 '정열파 부부'라는 것이었다. 나는 대전의 신혼살림에서부터 익혀진 습관이기도 하지만, 아파트 층계를 올라오는 남편의 발걸음 소리는 정확하게 분간해 냈다. 남편이 현관문을 열기 전에 뛰어나가서 그를 포옹하는 것이 저녁 일과 중의 하나였으며, 어느 때는 현관문을 두드리고 여는 시간이 아까워 저녁 시간이 되면 현관문을 조금씩 열어두기까지 하였다. 더군다나 다른 집처럼 아기가 없었기 때문에 우리 부부는 서로에게 세심한 신경과 열정적인 사랑을 주었다. 우리가 김해 가는 날을 제외한 공휴일은 육군대학 뒤편 잔솔밭으로 산책을 나갔으며 테니스를 한 나절 내내 치기도 하였다. 우리 부부가 함께 다니는 모습이 자주 눈에 띄었기 때문에 '정열파 부부'라는 별명이 붙여졌던 것 같다. 남편도 나도 그 별명을 매우 좋아했다.

'정열파 부부'라는 별명과 함께 자랑스럽게도 '모범 부부'라는 제목이 우리 부부에게 추가되는 행운이 있었다. 육군대학 생활을 거의 마칠 무렵 아파트 내에는 각 가정마다 부부들의 친절성과 예의범절, 원만한 인간관계 등을 묻는 설문조사가 돌려진다. 그리고 그 결과에서 평점이 제일 높은 부부는 '모범 부부'라는 영광을 안게 되는데 육군대학 24기에서는 우리 부부가 채택되는 행운이 따른 것이다.

육군대학의 총장실에서 직접 이 소식을 들은 남편은 그날 저녁 극진한 칭찬을 나에게 보냈다. 현명한 아내의 슬기로운 내조 덕분에 표창장까지 받게 되었다며 모든 영광을 나에게 돌린다는 등의 찬사를 아끼지 않았다. 남편의 우수한 육군대학 성적과 모범적인 군인 생활 덕택에 받게 된 표창장임을 잘 알고 있는 나로서는 쏟아지는 남편의 찬사가 다소 부끄럽게 느껴지기도 하였다. 그리고는 더욱더 겸손하고 착실한 군인 아내가 되기 위한 노력을 해야겠다고 다짐을 해 보았다.

슈퍼마켓의 김 소동

아름다운 잔디와 갖가지 장미꽃, 그리고 연못 위의 수련꽃이 한 폭의 풍경화를 연출해 내는 진해의 육군대학을 졸업하고 우리 부부가 이삿짐을 옮긴곳은 부천시였다. 대전 용두동의 신혼 단칸방에서 광주 사구동의 한옥, 그리고 잠시 서울 거여동에서 머무르는가 싶더니 진해로 내려가게 된 일, 이제는 부천시라는 낯선 도시로의 이동, 결혼한 지 6년이 지나면서 이삿짐을 벌써 네번씩이나 옮겼고 우리 부부가 생활한 집이 다섯 군데나 되는 셈이었다. 결국 1년이 조금 넘을 때마다 거주지를 옮긴 떠돌이 생활인 것이다. 부천시 이주는 남편이 ○○여단의 작전참모로 배속받아 그곳에서만은 좀 더 오래 살기를희망하면서 육군대학에서 마련해 준 저녁 기차를 탔다.

1년 동안 같은 아파트에서 함께 생활한 군인 가족들과 깊은 정이 들었는데또다시 헤어지는 운명이 되었다. 군인 가족들에게는 당연한 운명이었지만.

저녁 시간에 기차를 탔기 때문에 기차가 한창 달릴 때는 한밤중이었는데도 불구하고 모든 가족이 이야기꽃을 피우는 데 여념이 없었다. 기차는 어느 역에 멈출 때마다 헤어진다는 절박한 상황 때문에 더욱 이야기를 나누려고 애를 썼던 것 같다. 진해에 처음 도착해 아파트를 성적순대로 배정받았던 일, 가을날 체육 대회 때의 열광적인 응원, 추석날 송편 빚기 내회를 가졌던 일 등, 모든 일들이 영화의 한 편이 되어 모두의 입에서 즐겁게 오르내리고 있었다.

나는 다른 가족들과 많은 이야기를 나누기도 하고, 남편의 어깨에 기대어 어두운 차창 밖을 내다보며 앞으로의 생활에 대한 기대와 두려움으로 몸을 움츠리기도 하였다. 그리고 기차가 영등포에서 멈추고 우리 부부가 내렸을 때 전송해 주는 군인 가족들이 얼마 안 되는 모습을 보면서, 나는 우리네 인생이 저와 같은 빈 기차의 모습이 아닐까 하는 생각도 해 보았다.

인천행 전철을 타고 목적지에 도착했을 때, 날씨는 제법 추웠다. 더군다나 남쪽 지방에 있다가 올라온 사람들에게 옷 속을 파고드는 겨울바람은 황량한 들판으로 몰아세워진 느낌을 갖게 하였다. 그러나 남편의 팔짱을 끼고 서 있는 나의 마음은 수 세기 전의 개척자들처럼 우리 부부의 삶도 그러하다는 생각을 가지면서 씩씩한 행군을 하고 있었다.

부천시는 유난스럽게도 안개가 자주 끼었던 도시였다. 새벽의 짙은 안개로 한 치 앞 분간조차도 힘든 날이 많았다. 우리 부부가 거주하게 된 ○○여단 관사의 빈집은 넓은 평수의 단독주택이었다. 얼마 동안 사람이 안 살았기 때문인지 집안이 너무 추웠으며 덕분에 우리는 도착하자마자 짐도 풀기 전에 장작불을 피우는 소동을 벌였다.

남편이 속한 ○○여단의 부 여단장님과 대대장님이 남편의 육사 선배라서 그분들이 많은 도움을 주신 것도 잊지 못할 일이었다.

그리고 또 한 가지 이곳 생활 중 잊지 못할 일은 김 소동이었다.

1979년 1월은 유난히도 흰 눈이 많이 내렸는데, 폭설 속에서도 우리는 또 다시 ○○공수여단 아파트로 입주했다. 부부 단둘이 사는 살림이라 아파트 입주는 나에게 다행스러운 일이었다. 그 아파트 입주가 일주일쯤을 지난날, 퇴근하는 남편은 커다란 박스로 상반신을 가린 채 들어왔다. 앞을 제대로 볼 수 없을 정도의 커다란 박스를 안고 뒤뚱뒤뚱 들어오는 남편이 우스워서 박스를 받을 생각도 못 하고 그냥 서서 웃었다.

"그게 뭐예요?"

"김이야."

남편이 대답하며 박스를 내려놓았다.

"김이라뇨?"

의아해하며 반문하는 나에게 남편은 싱긋 웃으며 말했다.

"먹는 김 말이야. 밥 싸 먹는 김도 몰라."

나는 박스에 차근차근 쌓여 있는 많은 양의 김을 내려다보며 물었다.

"이게 웬 김이에요?"

너무도 많은 양의 김을 보고 아연실색하지 않을 수 없었다. 남편은 그날 여단의 다른 장교들로부터 하루에 김을 3장씩 먹으면 눈에 좋다는 말을 듣고 아파트 단지 내 슈퍼에서 김을 모조리 사 왔다는 것이다. 그러면서 아마 내일은 슈퍼에서 김을 사려는 사람들이 주인에게 항의하는 일이 발생할 것이라며 장난스럽게 웃었다.

내 눈에 눈물이 핑 돌았고 뿌옇게 보이는 김 상자가 모두 남편의 애정 덩어리가 되어 나의 몸에 들어오는 것 같았다. 언제나 그랬다. 남편은 늘 나를 위하는 일을 먼저 생각했고, 나를 위해서는 어려운 일도 서슴없이 해냈다. 자신이 나의 영원한 수호신이라는 역할을 부족 없이 해내는 능력 있는 남편이었다.

조국의 하늘 아래 참 군인

모든 직업군인이 그러하듯이 나의 남편도 자신이 직업군인이라는 의식이 언제나 철저했던 사람이었다.

육군사관학교 25기로 입학한 남편이 소위 계급을 달면서 1969년 초 졸업할 때, '북극성'이라는 육사생들 졸업앨범 속에는 다음과 같은 글귀가 그의 사진 밑에 있었다.

'사랑과 투쟁.'

이것이 그의 4년이며 또 일생이 될지도 모른다.

공과 사의 구별이 엄격하고 냉철한 이성의 소유자.

레슬링으로 단련되고, 태권도 유단자였던 그는 불의와 타협을 모르는 냉철한 사나이.

깊은 사색과 위인전을 통해 체득한 깊은 미소는 인간의 말에 귀 기울일 수 있는 온화함과 엄격함을 동시에 겸비한 사나이임을 보여주는 듯했다.

앨범 속의 글귀처럼 나에게 있어서도 그는 투철한 군인정신과 냉철한 의지력을 강하게 풍기며 살았던 장교 남편이었다.

원래 남편은 육군사관학교를 졸업한 직후 최전방에서 근무한 경력이 있었다. 그곳은 북한과 매우 근접한 위치로 철책선조차 없는 곳이었다 한다. 만일 북한군이 야음을 틈타서 내려온다면 언제든지 아군과 접전이 가능할 정도였다고 한다. 그 당시 육군 소위 계급을 가진 남편은 수색중대의 소대장으로 근무하였다.

월남전이 발발하고 한국의 많은 군인이 월남으로 파병될 때 남편도 육군 중위 계급을 달면서 맹호부대 소속으로 파월되었다. 남편은 월남전에서도 수색중대를 담당했는데, 끝도 시작도 분간하기 힘든 상상 불허의 밀림 전쟁 속에서 몇 번의 사선을 넘은 참전군인이었다.

적과의 싸움터에서 수류탄이 날아들어 미처 피하지도 못했으나 다행히도 불발탄에 그쳐 생명을 건질 수 있었던 일, 부하들을 이끌고 작전을 나간 지역이 온통 지뢰가 묻혀 있던 곳이라서 몇 시간 동안의 고전 끝에 간신히 빠져나올 수 있었던 일 등을 남편의 무용담으로 들었다. 그러나 무엇보다도 월남이라는 이국에서의 싸움은 정신적인 고통이 가장 큰 문제였다고 남편은 강조하였다. 그래서 남편은 부하들과 그 고통을 함께 덜어보려는 노력으로 장교에게 주어지는 외출을 거의 하지 않으면서 축구라든가 씨름이라든가, 그 외 전쟁 막사에서 가능한 운동을 즐겼다고 했다. 그러한 놀이만이 전쟁에서 오는 심리적인 불안을 극복시켜줄 수 있다는 것이 남편의 지론이었다. 그의 그 같은 태도 때문인지 월남에서의 귀국 후에도, 이국에서 함께 전쟁을 치른 전우들과의 친밀한 관계는 계속되었다. 그들로부터 편지가 날아들었고, 기회 닿는 대로 술자리를 갖는 것 또한 자주 보았다.

아마도 전쟁터에서의 남편에게는 그가 젊은 날 4년 동안 자신을 형성시킨 육군사관학교의 신조가 유일한 믿음이었으리라.

"우리는 국가와 민족을 위하여 생명을 바친다. 우리는 언제나 명예와 신의 속에 산다. 우리는 안일한 불의의 길보다 험난한 정의의 길을 택한다."

이 사관생도의 신조를 그가 4년 동안 외쳤던 것 이상으로 총알이 빗발치는 전쟁터에서도 외쳤을 것이리라.

남편이 소령으로 특전사 사령관 비서실장으로 근무하던 때인 1979년 4월 21일, 육사 25기 임관 10주년 기념 파티가 육군사관학교 교정에서 열려 다시 남편과 함께 그곳을 찾은 일이 있었다.

나는 여러 행사 중에서도 특히 '갈매기의 꿈'이라는 영화를 보고 큰 감동을 받았다. 그때까지 국내에서는 미개봉된 상태에서 볼 수 있었던 것인데, 갈매기와 끝없이 펼쳐지는 바다, 푸르른 창공 속의 갈매기 비행 장면들이 생생함을 안겨 주었고 특히 닐 다이아몬드의 배경음악은 감동을 더해 주었다. 습관적인 행동에 머무르지 않고 저 높이 날아오르려는 갈매기 조나단 리빙스턴 시걸에 대해서는 경이로움과 존경심까지 갖게 되었다. 낭만적이며 감상적인 성격인 나에게 그때 그 영화 한 편의 감상은 9년이 지난 지금에도 잊히지 않는다.

그날 저녁에 남편과 나는 군대 내에서의 지휘관에 대한 여러 가지 이야기를 나누었다. 우리 부부 모두 '갈매기의 꿈'에서 받았던 감동에 대해 이야기하면서 자연히 연결된 지휘관 이야기였다. 남편은 인간을 가장 많이 대하는 직업은 바로 군대의 지휘관으로 사회에서 아무리 커다란 대기업을 운영하는 사람이라도 군대의 지휘관에는 못 미친다고 하였다. 하나의 예로써 군대의 사단 병력만큼의 숫자를 이끌어 본 사람을 사회에서 찾기는 힘든 일이라고 하였다. 결국 인간을 가장 많이 다루고 인간경영에 탁월한 능력을 가진 사람은 바로 군대의 지휘관으로 볼 수 있다는 것이다.

또한 일반사람들이 군대를 획일적이고 명령과 복종만이 있는 단순한 집단으로 보는 경향과 특히 육사 출신의 군인들은 누구나가 정치권력에 대한 욕심이 있는 것으로 여기는 일반적인 통념은 사라져야 할 것임을 지적했다. 물론 우리나라는 현재 군인의 정치 관여가 빈번한 것이 사실이나, 정치군인이 여타의 더 많은 모든 직업군인을 대표하지는 않음을 강조했다. 정치권력이라는 전면무대에 등장한 군인들보다는 조국의 방위와 안전을 위해 참다운 군인의 길을 걸어가는 사람들이 더 많다는 것이다. 덧붙여서 남편 자신도 참 군인의 길을 걸어가기 위해 더욱더 노력할 것이라는 각오도 표명하였다. 평소와는 다르게 흥분하며 열변을 토하는 남편에게 나는 달리 할 말이 없어 국가가 위기 처했을 때 나라의 안위를 피부로 가장 절실히 느끼는 사람이 군인 가족들이며, 이들의 안보와 비상사태에 대한 인식이 남달라야 하는 부분은 인정한다고 답변해 주었다. 남편은 잠시 나를 물끄러미 바라보더니 '역시 당신은 군인의 아내야' 하며 기분 좋게 웃었다.

특전사령관 정병주 소장님

　부천시의 ○○여단 아파트로 입주해 장판을 새롭게 장만하고 도배를 깨끗하게 끝내고 난 며칠 후, 남편은 느닷없이 서울로 이사해야 한다고 말했다. 기가 막혔다. 진해에서 올라온 지 15일도 안 되었는데 이사를 또 해야 한다니, 싫은 기색을 보일 수도 없어서 일부러 재미있다는 목소리로 꾸며서 왜 그러느냐고 물었다. 그러자 남편은 공수특전사령부의 사령관 정병주 소장님의 비서실장으로 발탁되었다는 것이다. 비중 있는 자리로 남편이 전출하게 된 사실이 기뻐서 조금씩 신물이 나기 시작한 이삿짐을 즐겁게 정리해야겠다는 다짐을 남편 몰래 해보았다.

　이사를 며칠 앞둔 어느 날 아침, 베란다에 나가보니 전등이 떨어져 산산조각이 나 있었다. 깜짝 놀라서 주위를 살펴봤으나 전등을 깰 만한 다른 물건은 없었다. 저절로 전등이 깨졌다는 사실이 빗자루로 쓸면서까지 마음에 걸렸으며, 그날 하루 종일 기분이 안 좋아 서울로의 이사에 불안한 예감까지 들게 하였다.

　2월이 되자 우리는 서둘러 이사를 했다. 사령부 군인아파트인 사자아파트에 입주하게 되었다. 이 아파트는 장교들의 관사로서 육사 17기 조 중령, 육사 20기 장 중령, 육사 26기 최 소령 등이 남편과 친분을 유지하며 함께 살게 되었다.

　이곳은 나에게 처음이 아니었다. 진해로 내려가기 전인 1974년 여름부터

약 3년 조금 넘게 살았던 적이 있었다. 광주에서 6개월간의 군사교육을 이수하고 남편이 공수부대라는 곳에 처음으로 차출되면서 근무하게 된 곳이 제 ○○여단 ◎◎대대의 지역대장이었다. 그 당시에는 여기가 신개발지역이었기 때문에, 서울이라 하기보다는 전원적이며 목가적인 냄새가 물씬 풍기는 근교의 소도시 느낌이었다. 그때 우리가 살았던 작은 양옥집 앞에는 콩과 들깨가 심긴 넓은 밭이 있었으며, 가을이면 벼가 익어 황금벌판을 이루며 출렁거렸다. 더욱이 창문 너머로 초가집이 한 채 서 있었고, 초가집 앞에는 송아지가 늘 매여 있었다.

집 뒤쪽의 남한산성 계곡은 항상 맑은 물이 흐르고 있었고, 정자가 세워져 있는 과수원에서는 제철 과일을 먹을 수 있는 특혜까지 누릴 수 있었다. 또 하나 기억되는 것은 그때부터 '조국과 나라에 충성'이라는 구호로 시작되는 장교들의 부부 동반 파티에 참석해 의연한 군인 아내의 품을 잡기도 하였다는 점이다.

그로부터 3년이 지나 다시 왔을 땐 많은 것들이 변해 있었다. 남한산성의 계곡 물은 그대로였으나 그림같이 남아 있던 초가집은 사라져 버렸고, 넓은 콩밭 대신 많은 집들이 들어서 있었다. 비 오는 날이면 진흙 길에 푹푹 빠지던 신발을 꺼내느라 애를 먹던 길이 아스팔트로 말끔히 포장되어 있어 좋았는데 나도 그렇게 조금씩 서울과 세상에 길들어졌던 것이리라.

거여동 풍경의 변화에 격세지감이라는 단어를 떠올리면서, 다시 돌아온 우리 부부는 무엇이 달라졌을까 하는 생각이 들었다. 남편이 대위에서 소령으로 진급했다는 사실, 장교로서 탄탄한 길을 걸어가는 남편에게서 물씬 군인 냄새가 풍긴다는 것, 그리고 살림 도구들이 어느 정도 불어났다는 점, 나머지는 비슷한 느낌이었다. 단지 내게서도 군인 아내라는 말이 조금은 자연스럽게 우러나올 것이라는 자부심이 생겼다는 점이 달라졌을 것이다.

남편은 사령관 비서실장으로 출근하면서 항상 장교복 차림이었으며, 그 이전과는 다르게 양복을 자주 입었다. 남편이 양복을 입고 출근하는 날에는 두 사람 모두가 넥타이를 제대로 못 매서 쩔쩔매는 광경이 벌어졌다.

남편의 직속상관인 특전사 사령관 정병주 소장님을 직접 뵙게 된 것은 어느 토요일 오후였다. 정병주 소장님 내외분이 우리 부부를 점심식사에 초대하셨다. 우리는 사령부 내의 연회실에서 비프스테이크를 먹으며 환담했다. 그때 나는 별을 두 개 단 군인을 처음 본 셈이었는데, 정 소장님은 머리가 희끗희끗하셨고 엄격하고 과묵한 분위기를 풍기셨다. 한편으로는 평소에 남편이 내게 말했던 대로 형님과 같은 인자한 느낌도 받을 수가 있었다. 그리고 정 소장님의 부인은 한복을 곱게 입으시고 짧은 파마머리를 하셨는데, 그분을 보면서 한 송이의 금잔화를 연상하게 되었다.

후일에 기회가 닿아 청파동에 있는 정 소장님 자택을 방문한 적이 있었다. 소장님의 사저는 그리 크지 않은 오래된 가옥으로 응접실의 많은 수석과 분재가 특히 기억에 남는다. 살림들이 잘 정돈되고 깨끗한 집 구조에서 우러나는 고풍스러움을 물씬 느낄 수 있었다.

요즘도 정병주 소장님은 부산으로 가끔 전화를 주신다. 이제는 긍정적으로 모든 일에 즐거움을 느끼는 나의 생활태도를 자세히 알려드려도 소장님은 여전히 가슴 아파하신다. 남편의 죽음을 진심으로 애도하시는 유일한 상관이라는 생각이 든다. 나리(양딸)가 읽어 준 어느 기사에서 표현한 것처럼, 1979년 12월의 일 중 유일하게 충성스런 부하를 두었다는 그분의 인품을 변함없이 느낄 수 있다.

나에게 있어서 정병주 소장님은 개인적인 존경심과 더불어 나의 남편이 죽음으로까지 모시려 했던 상관이라는 의미 하나만으로도 커다란 비중을 차지한다. 정 소장님의 따뜻한 체취를 직접 느낄 수 있는 것은 동작동을 방문하시는 날 뿐이지만 언제나 그분은 내가 살아가는데 또 하나의 기둥으로 자리 잡고 계신다.

사신死神의 그림자

운명론자는 아니나, 어쩌면 인간의 삶은 태어나기 전에 이미 각본을 가지고 있을 것이라는 생각이 들 때가 자주 있다. 서로가 다른 상황 속에서 자신들의 삶을 살아간다고 해도 '죽음'이란 명제 앞에서는 똑같이 승복할 수밖에 없다는 점이 더욱 그러한 생각을 갖게 한다. 부자이건 가난한 사람이건, 인생을 즐기는 사람이든 비애 속에 살던 사람이든…. 그리고 한 국가의 절대적인 권력을 쥐고 많은 세상일을 좌지우지한 사람일지라도.

1979년 10월 26일. 18년간이나 절대권력으로 군림했던 박정희 대통령이 서거하였다. 많은 사람이 그 대통령을 무시무시한 독재자라 했으며 죽음에 대해서도 많은 말들이 오고 갔다. 그러나 군인의 아내로서 삶을 살던 나에게는 대통령의 죽음이 남편의 비상사태를 불러일으켰다는데 더 큰 비중을 차지하며 다가섰다. 10월 26일의 사건이 발생하고 남편은 비상이 걸려 집에 들어오지 못하는 일이 잦아졌다. 군대 내에서 어떠한 변화가 있을 것 같기도 하였으나 평소에도 군대 내부의 문제를 나에게 상세히 말해주는 남편이 아니므로 꼬치꼬치 물어볼 형편이 아니었다. 더군다나 평소 군대에 대한 믿음이 컸던 만큼, 얼마 동안의 시간이 지나면 잘 수습되리라 믿었다.

남편은 항상 바빴다. 1979년 2월 사령관 비서실장으로 근무하면서 특히 바쁜 나날을 보냈다. 그러면서도 언제나 나의 건강 상태에는 늘 세심한 신경을 보여주었다. 남편 자신이 집에 못 들어오는 날이 있게 되자, 나 혼자 밥을 안

먹을 것 같다며 저녁 시간까지 밥 먹은 흔적을 그대로 남겨두라는 간청을 하기도 하였다. 나는 몸도 그리 건강한 편이 못 되었고, 넓은 아파트에서 혼자 먹을 음식을 장만하는 일이 신명 나지 않아 식사를 거를 때가 많았다. 그러나 남편을 안심시키기 위해서라도 억지로 음식을 장만해 먹고는 저녁 늦게까지 설거지를 하지 않고 그대로 둘 때가 많았다. 하지만 남편이 그 그릇들을 확인할 수 있는 날도 점점 줄어들었다.

주위 사람들 중 많은 분이 남편이 박정희 대통령과 흡사하다는 말을 했었다. 그리 크지 않고 다부진 체구와 강직해 보이는 성격, 특히 유난히 반짝이는 눈이 닮았다고 했다. 그러한 말을 들을 때마다 나는 싫지 않은 기분이었다.

물론 독재자로서의 박 대통령을 흠모한 것은 아니나, 군인의 통수권자인 대통령을 닮았다는 말은 군인인 남편을 볼 때 기분 좋은 말이었다. 그러한 말들이 죽음도 똑같이 총탄으로 맞이한다는 의미가 있으리라고는 상상조차 못했던 날들이었으니 말이다.

이상한 일이었다. 10·26을 전후해 나는 박정희 대통령에 대한 꿈을 자주 꾸었다. 어느 날의 꿈은 박정희 대통령이 느닷없이 우리 집을 방문하는 것이었다. 현관문을 들어서는 대통령의 모습이 뚜렷하게 보였고 그럴 때마다 나는 놀라움과 두려움 속에서 그분을 응접실로 안내했다. 그리고 응접실 의자에 앉아 있는 대통령의 모습이 짧은 순간에 사라지고 대신에 내 남편이 앉아있는 것이었다.

죽은 분이 자주 꿈에 나타나는 일이 즐거운 일은 아니었다. 더군다나 비상사태로 남편이 집을 비우는 일이 잦을 때, 그러한 꿈을 꾼다는 것이 마음 한 구석에 앙금이 가라앉는 듯한 기분을 주었다.

정확하게 말로써 표현할 수 없는 헝클어진 기분에서 며칠을 보냈는데, 부산에서 친정 식구들이 방문했다. 아버지와 어머니, 큰언니가 오셨다. 남편은 그때만큼은 집에 들어와서 함께 있어 주었다. 식구들이 상황에 대해 걱정하자 남편은 별일은 없을 거라며 우리를 안정시켰다. 다행한 일이었다. 어느 정도의 미래에 대한 의혹과 불안감이 씻어졌다.

이틀을 묵고 친정 식구들이 내려간 뒤에 이상한 꿈을 꾸는 일은 계속되었다. 온 천지가 하얀 설산에서 나는 흰옷을 입고, 흰 구름을 타고 내려오는 꿈을 몇 번이나 되풀이하여 꾸었다. 벚꽃과 라일락, 사과나무꽃과 배꽃 등이 산과 계곡을 뒤덮으며 흩날리는 아름다운 광경 속에서 하얀 소복을 입은 내가 의식 없이 서 있기도 하였다. 계곡의 꽃비 향연을 넋 놓고 보는 나의 모습이 잠시 보이더니 금방 바람이 불어와 수많은 꽃잎이 공중에서 어지럽게 휘날리고 어딘가를 정신없이 올라가는 내 모습이 보이기도 하였다. 나의 앞에는 남편이 걸어가고 있었으며 나는 남편을 부르며 정신없이 뒤쫓아갔다. 그러나 남편은 나의 목소리가 전혀 들리지 않는 듯 어딘가를 향해서 부지런히 걸어갔고, 결국은 꽃비 속에서 남편을 잃고 방황하는 내 모습만이 있을 뿐이었다.

계속되는 이상한 꿈 때문에 나는 달라진 상황이 없는데도 안절부절못하는 날이 많게 되었다. 그렇다고 남편의 근무지에 전화를 걸어 남편의 안부를 물을 수도 없었다. 평소에도 사적인 전화를 무척이나 싫어한 남편이었고, 그러한 남편의 성격을 잘 아는 내가 비상 상태에서 전화를 건다는 것은 더더욱 안 될 일이었다.

불안정한 심정의 나날 속에 11월이 지나 12월이 되었다. 12월 16일은 내 생일이었다. 남편은 생일을 며칠 앞둔 9일, 무엇이 필요한가를 내게 물었다. 나는 땅콩, 호도, 잣, 밤이 필요하다고 대답했다. 그러자 남편은 크게 소리 내어 웃으면서 무슨 생일선물이 열매들뿐이냐고 반문했다. 그렇지만 아내인 내가 원한다면 얼마든지 사주겠다고 말했다.

나는 필요한 물건도 없었고, 단지 남편의 아침 식사를 밤, 잣 등의 주로 견과류 열매들을 갈아서 죽을 만들어 주었기 때문에 항상 필요한 것이 열매들이었다. 바쁜 일과 속에서 남편이 쉽게 피로해질까 봐 아침 식사는 위에 부담 없이 높은 영양을 공급해주는 열매 죽을 해드리고 있었다.

그날 오후에 당번병이 한 아름의 열매 상자를 들고 집에 왔다. 업무가 너무 바빠서 직접 가져오지 못해 미안하다는 남편의 메모가 있었다. 그리고 메모의 시작과 끝에 당신을 사랑한다는 말을 빼놓지 않았다. 나는 기쁜 마음으로 상자를 받아 들고 남편에게 고맙다는 말을 전해달라고 당번병에게 부탁했다.

그러나 소중하게 받아들인 그 열매들은 어느 것도 구실을 하지 못했다. 그날 이후 남편은 영영 집에 돌아오지 못했으며 내가 남편의 얼굴을 볼 수 있었던 것도 그날이 마지막이었다.

3~4일이 지나도록 남편은 집에 돌아오지 못하였다. 남편으로부터 전화를 한 통도 받지 못했다. 부대 내에서 처리해야 할 일이 많이 있거나 자리를 비우지 못할 상황이거니 내 나름대로 생각하면서, 나는 평소에 하던 대로 신문 스크랩과 외신기사 중 남편에게 도움이 될 만한 것들을 정리하면서 시간을 보냈다.

12월 12일 저녁, 오늘쯤에는 들어오시겠지 하는 생각에 저녁상을 보아 놓고 온 방의 불을 환하게 켜 놓았다. 집안은 정적만이 감돌았고 형광등만이 구석구석을 환하게 비추고 있었다. 안방에서 문을 열고 응접실로 나오던 나는 응접실의 형광등 빛이 마치 살인 불빛 같다는 느낌이 잠깐 스쳐 순간 몸을 움츠렸다.

그때 전화벨이 요란스럽게 울렸다. 소스라치게 놀라며 시계를 보니 저녁 8

시가 조금 넘고 있었다. 수화기를 들었다. 전화선을 타고 나온 목소리는 뜻밖에도 남편의 다급한 음성이었다.

"오늘 저녁도 못 들어갈 것 같아. 미안해."

그 말뿐이었다. 남편은 급히 끊었다. 내가 몇 마디 말하기 전에 남편은 수화기를 내려놓았다. 그런 식의 남편 전화를 나는 결혼 이후 단 한 번도 받은 적도 없었지만, 마지막으로 한 '미안해'라는 말이 계속 귓전에서 맴돌았다. 미안하다니 뭐가 미안하다는 말일까? 야전 행군을 나갈 때 한 달 이상이나 집을 비울 때도 있었지 않았던가.

남편에게 다시 전화를 걸어 되묻고 싶은 심정을 가까스로 달래고 잠자리에 누웠다. 오지도 않는 잠을 한참 뒤척이다가 잠깐 잠이 들었다. 갑자기 타는 듯한 갈증이 생겨 주방으로 가 물 한 모금을 마셨다. 조금 정신이 맑아졌다. 베란다로 가서 창문을 열어보니 밖은 어두웠고 평상시 그대로의 모습들이었다. 지금 생각해 보면 나 자신이 한없이 어리석지만, 그때 나는 평상시와 똑같이 보이는 외부 풍경을 보고 안심하면서 잠자리에 다시 들었다. 아파트와 가로등, 그리고 한산한 거리만을 믿고.

훗날 목이 타서 깬 시각이 바로 남편의 가슴에 총탄이 박히던 시각이라는 것을 알고 가슴 미어터지는 통증을 느꼈다. 단지 죽은 채로 서 있는 어둠의 풍경만을 보고 안심하며 잠을 잤던 나. 나의 분신인 그이가 어마어마한 운명을 맞이하고 있었는데, 그리고 이미 영혼이 되어 나에게 다가왔던 남편을 받아들일 수 없었던 나 자신이 한없이 저주스럽고 어리석게만 느껴졌다.

12월 13일 아침. 평소와 똑같은 시간에 일어나 집 청소를 하고 아침 신문을 읽고 있었다. 그때 같은 아파트에 살고 있던 박 대위 부인과 김 상사 부인이 방문했다. 나는 즐겁게 그들을 맞아들이고 다과를 먹으며 이런저런 이야기를 나누었다. 그 부인들이 뭔가 석연치 않은 태도를 보였다는 것은 아주 오랜 시간이 지나서야 깨달은 사실이었다. 그때에는 다른 날의 방문처럼 즐기기 위한 방문으로만 생각했다.

오후에는 군의관이 다녀갔다.

"별일 없죠?"

군의관은 현관에서 나를 살피다가 별일 없다는 나의 말을 듣고 황급히 돌아갔다. 나는 그저 내 건강 상태를 확인하려고 들렀다고 생각했다.

남편에게는 여전히 아무런 연락이 없는 채 달력은 14일을 알려주었다. 아침에 또 박 상사 부인이 방문했다. 평소에 그리 친하게 지냈던 분이 아니라, 나는 더욱 반갑게 그 부인을 맞이하고 이것저것 음식을 마련하려 했다. 그러나 박 상사 부인도 특별한 말은 없이 그저 안부 정도만 묻고 잠시 앉아있다가 돌아갔다. 다음에는 내가 박 상사댁을 방문하겠다는 약속을 하고 박 상사 부인이 돌아가자 박 대위 부인이 찾아왔다. 박 대위 부인은 어제도 방문한 터라 많은 이야기를 나누지는 않고 금방 돌아갔다. 단지 뭔가 나보다도 불안한 기색을 갖고 이리저리 나를 살피는 듯한 태도를 보였는데 나는 남편들이 비상사태에 있어서 그렇겠지 하며 오히려 부인을 위로하여 돌려보냈다.

그런데 오후에 군의관이 또다시 찾아와서 나의 건강 상태를 묻고 돌아간 직후, 박 대위 부인이 다시 왔다. 놀랍게도 박 대위 부인은 울면서 나의 품에 안기는 것이었다. 그러고는 다짜고짜 말했다.

"김 소령님이 돌아가셨대요."

"무슨 그런 말을…?"

"김 소령님 초상화가 아파트 앞의 사진관에서 확대되어 사령관실로 들어갔다는 소문이 온 동네에 퍼졌어요."

박 대위 부인의 울음 섞인 말들이 무슨 뜻인지 조금도 알아들을 수가 없었다. 뭔가 부인이 착각하고 있으려니 하는 생각만이 들었다. 그러나 부정하려 해도 남편이 죽었다는 말을 듣고 그대로 앉아있을 수는 없었다. 육사 20기로 선배인 장 중령님 댁으로 달려갔다. 장 중령님 부인에게 부대 내에서 무슨 일이 있었느냐고 물었다. 허둥대는 내 모습과는 대조적으로 장 중령님 부인은 아주 침착한 어조로 부대 내에서는 아무런 사태도 발생하지 않았다는 말을 어제 장 중령님께 들었다고 말했다. 나는 다소 안심이 되었으나 그래도 한 번 확인해 달라고 부탁드렸다. 장 중령님 부인은 내 앞에서 부대 내의 장 중령님께 전화를 걸어 아무런 일도 없었다는 전화 통화를 하셨다. 그리고 나에게 안심하라는 미소를 지어 보이셨다.

할 수 없이 장 중령님 부인의 말을 믿으며 집으로 돌아온 나는 사령부 비서실로 전화를 걸었다.

"김 소령님 계세요? 자택입니다."

비서실에서는 당번병이 전화를 받았다.

"비서실장님은 지금 사령관님 수행 중이십니다."

별수 없이 수화기를 놓고 아무런 일도 없을 것이라는 사실을 믿으려 안간힘을 썼다. 그러나 얼마 지나자 또다시 불길한 예감이 나를 엄습했고 나는 비서실로 다시 다이얼을 돌렸다.

"실장님 계세요? 확실한 사실을 제게 말씀해 주세요."

이미 내 목소리는 울음이 뒤섞였고 애원에 가까운 말투였다. 당번병은 아무런 대답도 하지 않은 채 머뭇거리다가, "저는 이 전화를 받을 수 없어요" 하며 다른 당번병에게 수화기를 넘겨주는 듯했다. 난 또다시 다그쳐 물었다.

"실장님 어디 계세요?"

"예, 사령관님 수행 중이신 것이 틀림없어요."

앞의 당번병과 똑같은 대답이었다.

그대로 수화기를 내려놓았다. 그들로부터 다른 대답을 듣는다는 것은 어렵게 느껴졌다. 후에 안 사실이지만 그들이 내 전화를 받을 때는 사령관실 내에 흩뿌려진 그이의 피를 청소하고 있었다고 한다. 자신들이 모시고 있던 상관의 피를 닦으며 그 부인에게서 걸려 온 전화를 차마 받을 수가 없었을 것이다. 더군다나 상부의 지시에 따라 거짓말을 해야만 되는 상황이었으니 아마 그들은 내 전화를 괴롭게 받았을 것이다.

어떠한 이야기도 확실한 것이 없는 상태가 되자 나는 제정신을 차릴 수가 없었다.

'만약 박 대위 부인이 한 말이 사실이라면?'

'아냐, 그럴 리가 없어. 전투가 발생한 것도 아니고 야전 훈련을 나가신 것도 아니잖아. 사령관님과 중요한 일에 수행 중일 거야.'

'정신을 차리자. 나는 장교 부인이 아닌가. 그분이 항상 나에게 강조한 장교 부인의 침착성을 잃지 말아야지. 의연하게 기다려보자. 곧 그분에게서 연락이 오겠지.'

나는 옷을 갈아입었다. 똑같은 실내복이지만 뭔가 정리를 해야 할 것 같은 생각이 들었기 때문이었다. 옷을 단정하게 입고 거울 앞에서 머리를 곱게 빗어 내렸다. 마치 그러한 의식儀式들이 나에게 닥쳐올 불행을 씻어줄 것이라는 강한 바람을 가지면서 거울 속에 내가 있었다.

끝나지 않는 연극

당번병의 석연치 않은 대답을 듣고 불안은 더욱 커져만 갔다.

'뭔가 나만 모르는 사실이 있는 거야. 남편에게 무슨 일이 생긴 게 틀림없어.'

하는 생각이 들자 미친 듯이 다시 장 중령님 댁으로 달려갔다.

"무슨 일인가요, 제발 사실대로 알려주세요."

애원하듯 물었다.

부인은 아무런 말도 하지 않고 나를 가만히 안아주셨다.

"사실은 그저께 사령부 내에 조그만 사고가 있었대요. 그 사고에 김 소령님이 다쳐서 지금 통합병원에 입원 중이시라고 하네요. 이제 곧 입원 결과가 알려질 테니 조금만 더 기다려봅시다. 커다란 사고는 아니라고 하니 너무 걱정하지 말아요."

장 중령님 부인은 안타까운 표정으로 나를 안정시키려 애쓰셨다. 그사이 다른 부인들이 다가와 걱정스러운 얼굴로 나를 보고 있었다. 그들은 모든 것을 알고 있다는 표정들이었다.

나는 그 자리에서 그만 정신을 잃었다. 눈을 떴을 때는 우리 집 안방이었다. 어느새 연락을 받고 온 군의관이 주사를 놓고 있었다. 나는 어두운 계곡의 수렁에 빠져들어 가는 기분이었다. 그러나 무슨 일인지 알아봐야겠다는 생각이 들자 머리가 맑아지는 듯했다.

'알아봐야지. 통합병원? 경상 정도인데 왜 연락을 하지 않았을까?'

누군가에게라도 사실 여부를 묻고 싶었으나 누구도 사실을 이야기해 줄 것 같지 않았다. 모두가 똑같은 표정들이었다. 묵묵히 바라보는 눈들, 눈가에 촉촉한 물기가 서려 있는 눈동자들뿐.

느닷없이 부산에서 친정아버지와 김해에 계실 시아주버님, 큰시누이가 아파트 현관문을 열고 들어오신 것은 그날 저녁이었다. 주사를 꽂고 누워있는 내 모습을 보자 모두가 넋을 잃은 모습들이셨다. 아버님은 나의 손목을 잡고 눈물을 흘리셨다. 크고 점잖으신 아버지가 눈물을 흘리며 우는 모습을 나는 처음으로 보았다. 아버지가 우시다니…. 큰 시누이는 아예 통곡을 했다. 의아하게 바라보는 내가 답답했던지 시아주버님이 다그쳐 물으셨다.

"우리 오랑이가 왜 전사했습니까?"

"전사라뇨? 조그만 사고 때문에 경상을 입어 지금 통합병원에 입원 중이신데요"

"그럴 리가요. 지금 김해에서 전사 통보를 받고 올라오는 길입니다. 그럼 제수씨는 아무런 소식도 못 들었다는 말입니까?"

전사라니? 전사라면 군인이 죽는 것을 의미하는 말이 아닌가! 그렇다면 내 남편이 정말로 죽었다는 말인가? 믿기지 않았다. 믿을 수 없는 일이었다. 통합병원에 있을 사람이 죽었다니.

분명히 어떤 오해가 있을 거라는 생각을 억지로 가졌다. 군대 내의 행정적인 착오로 인한 오해라 믿고 싶었다.

믿고 싶지도 않았고 믿을 수도 없었던 사실들이 실화로 둔갑해 내 눈 앞에 펼쳐진 것은 '전사'라는 말을 시아주버님에게서 들은 지 며칠이 지나지 않아서였다. 가족들의 부축을 받으며 남편이 안치되어 있다는 사령부 연병장에 마련된 영결식장에 갔다. 그곳이 바로 장례식장이라고 누군가가 옆에서 말했다.

작은 단 위에 촛불과 과일 등이 놓여있었으며, 그 중앙에 어떤 남자의 초상화가 검은 리본에 싸여 있었다.

'누구인가, 저 남자는 누구인가.'

웃음을 머금고 있는 듯한 얼굴의 저 남자.

아, 나는 순간 아득해짐을 느꼈다. 그대로 힘없이 주저앉으며 다시 사진을 쳐다보았다.

'아니, 왜 당신 사진이 이런데 놓여있어요. 검은 리본은 왜 장식했죠?'

속으로 수없이 물었으나, 입 밖으로 나온 소리는 아무것도 없었다.

'아냐, 연극이야. 연극무대일 뿐이야.'

난 믿을 수 없는 사실들을 내가 연극을 보고 있다는 것으로 치부하려 애썼다. 마치 심술궂은 어린아이가 엄마에게 억지투정을 부리듯이.

주위에는 몇몇 사병들이 장작불을 지피며 장례식장을 맴돌고 있었다. 가족들은 남편의 시신을 확인하자고 하였다.

"시신은 무슨 시신입니까? 김 소령님은 지금 통합병원에서 치료를 받고 계시다니깐요."

나는 막무가내로 부르짖었다. 크게 외치면 외칠수록 나의 말이 사실처럼 될 것이라는 착각까지 들었다. 그러나 눈앞에 크게 다가서는 남편의 초상화를 보자 또다시 쓰러지고 말았다. 사람들이 달려들어 팔과 다리를 주무르며 정신 차리라고 하였다.

"나는 아무렇지도 않아요."

그들을 뿌리치고 시신을 확인하려 했으나 모두가 붙잡고 놓아주지 않았다. 아마 그때 내가 남편의 시신을 확인했더라면 정신병자가 되었을지도 모르겠다. 그들도 나의 상태가 걱정되어서 시신 확인만은 극구 말렸던 것이리라. 대신에 시댁 어른들과 친정 오빠들이 시신을 확인했다. 그들 모두는 침통한 표정이었으며 어느 한 사람 입을 떼려 하지 않았다. 나는 직접 확인해야겠다는 생각이 들어 여러 번 관이 있는 쪽으로 가려 했으나 번번이 가족들의 손에서 벗어나지 못했다.

"아무것도 믿을 수 없어요."

미친 듯이 절규하는 내게 누군가가 흰 저고리와 흰 치마를 가지고 와 입혔다.

"내가 왜 이런 옷을 입어야 하나요? 이 옷들은 내 옷이 아녜요. 내가 입을 옷이 아닙니다."

그렇게 말하고 또다시 정신을 잃었다.

사령부 연병장에 마련된 영결식장에는 사령부 군인들과 가족들이 참가했다. 누군가가 입힌 소복을 입고 나는 평소에도 많은 도움을 받았던 장 중령님 부인의 팔을 의지해 맨 앞줄에 서 있었다. 옆에서 절을 하라 하면 절을 하고 앞으로 나가라 하면 앞으로 나갔다. 주위에서 이끌면 이끄는 대로 움직이는 나는 내가 아니라는 생각만이 머릿속에 있었다. 단지 연극 속의 배우와 같이 연기를 하고 있을 뿐이라고 생각하였다.

커다란 태극기로 덮어진 관이 운구되는 것이 보였고 그 하얀 물체는 흰 앰뷸런스로 옮겨졌다. 나는 연극을 여기서 막을 내려야 한다는 생각이 들었다. 주위의 팔들을 뿌리치고 운구되는 관을 향하여 달려나갔다. 어떻게 해서라도 연극을 끝내야겠다는 생각뿐이었다.

그러나 채 서너 발도 움직이기 전에 타인들의 손에 잡혀있는 신세가 되었다.

'눈을 감자. 이것은 다 꿈이려니.'

앰뷸런스에 실린 관은 벽제 화장터로 향했다. 무감각하고 무의식적인 상태에서 나도 벽제 화장터까지 갔다. 친정아버지와 몇 명의 친지들이 계속 나를 부축하시며 건강을 염려했으나 내 머릿속에는 아무런 말도 들리지 않았다. 비록 내 성장기의 대부분을 메워 주신 친정아버지일지라도.

어디로 김 소령님을 모셔야 하는가에 대한 의견들이 분분하게 오고 갔다. 국립묘지는 어렵다는 말도 들렸고, 반드시 국립묘지로 모셔야 한다는 주장들도 들렸다. 나로서는 시종 알아들을 수 없는 말들이 오고 갔다.

'영결식장은 연극이 아니었던가?' 하는 의구심이 들 뿐이었다.

결국 남편은 국립묘지로 가게 되었으며 화장된 운구가 국립묘지 영안실로 옮겨졌다. 그리고 삼우제 날, 나는 타인의 손에 의지하면서 분향대 앞으로 나아갔다. 분향대 앞 중앙에는 '김오랑'이라고 쓰인 흰 종이가 붙은 하얀 상자가 있었다. 연극무대라 생각했던 사령부 내의 영결식장에서 보았던 초상화도 보였다.

나는 분향대 앞으로 나가 그 하얀 상자를 보았다. 내 남편의 유골 상자라는 것이다. 그 유골 상자를 가슴에 안고 가만히 귀를 기울여 보았다. 상자 안에서는 "서벅서벅" 하며 마치 바람 같은 소리가 났다.

"서벅서벅…."

그 소리는 내 품 안에서 상자를 기울이는 대로 내 남편이 나에게 말하는 통곡의 소리였다.

동작동에 남편을 묻던 날

1980년 2월 29일

2월의 마지막 날, 땅은 부풀어 있었고 촉촉했다. 곧 세상 전체가 움이 터나올 것만 같았다. 춥고 지리한 겨울이 서서히 그림자를 거두어 가고 그 자리에 봄이 슬며시 다가서던 날, 그러나 국립묘지만은 검은 대지였다. 담장 안으로는 결코 봄기운이 들어올 수 없는 듯한 갇혀진 성역.

그 성 속에 나는 남편을 묻고 돌아설 수밖에 없었다. 울지 않았다. 더욱이 졸도 같은 것은 하지 않았다. '기절이라도 한다면 얼마나 좋을까' 하는 생각이 든 적이 많았지만 마지막 장례의식이 끝날 때까지 흐트러진 자세를 보이고 싶지 않았다. 생전의 남편이 나에게 강조한 참 군인의 아내답게 의연함을 지켜야 한다는 의식이 강했다. 이미 남편의 육체는 한 줌의 하얀 가루로 변해버렸고 그의 쓸쓸한 영혼만이 내 가슴에 머물러 있지만, 나의 의연한 모습은 남편을 기쁘게 하리라는 생각이 들었던 것이다.

수십 개의 유골 상자가 차례차례로 봉함되어 운반되어가고, 남편의 유골은 까만 상의와 하얀 바지의 의장병들에 의해 29묘역 단지에 안장되었다. 누군가가 나의 손에 삽자루를 쥐여주고 하얀 석회 가루와 흙을 뿌리라고 일러 주었다. 그러나 내가 차마 삽으로 흙을 뿌릴 수는 없었다, 어둡고 차가운 흙 속에 갇히는 남편의 유골을 나마저도 차가운 삽으로 덮을 수는 없는 일이었다. 삽을 마다하고 맨손으로 석회 가루를 뿌리고, 그 위에 흙을 뿌렸다. 아주 천

천히, 그리고 조심스럽게 그것들은 내 손아귀에서 흘러내려 갔다.

유골 상자를 묻는 일이 끝나자, 묘 앞에는 비석 하나만이 세워졌다. 그 비석에는 '김오랑 소령의 묘'라는 글씨가 새겨져 있었다.

'김오랑 소령의 묘'

읽을수록 가슴 깊이 파고드는 그 글귀들에 정신을 쏟고 있을 때 군 목사의 목소리가 들렸다. 검은 복장의 군 목사가 한 손을 들어 올린 채 성경을 읽어 내려갔다. "하느님 땅에는 거하는 것이 많도다. 나는 새도, 들에 핀 백합화도 다 주께서 관장하시니 아무 염려도 걱정하지 말고 하느님 나라에 거할 것이로다."

이제부터는 하느님 나라에 거한다는 나의 남편.

그날 남편의 묘 앞에는 어느 사람의 묘 앞보다도 많은 참배객이 줄을 이었다. 꽃다발이 쌓이고 또 쌓였다. 참배객 모두가 남편의 죽음이 갖는 의미를 마음속 깊이 헤아리고 말로는 표현하지 못한다는 눈빛과 눈빛들이 오고 가는 듯했다. 나의 손을 잡아 주는 그들의 손마다 뜨겁고 힘이 있었다.

"세월에 맡깁시다."

"세월이 지나면 알 수 있을 겁니다."

그렇게 의미심장한 말들로 인사하는 사람들이 많았다. 그 말들은 그대로 내 가슴속에 날아와 화살처럼 박혔으며 언젠가는 무참하게 죽어간 나의 남편의 죽음이 갖는 진실이 밝혀질 것이란, 그리고 반드시 밝혀져야 한다는 의미로 새겨졌다.

남편의 유골을 국립묘지에 안장한 후, 나는 좀 더 정확하게 '12·12'라 불리는 그날의 상황에 대해 알고 싶었다.

그래서 사령부 내 정보 참모 등 사태 전 남편의 상관을 만나려 애썼으나 누구도 만나주지 않았다.

100일 탈상을 마칠 때까지도 뒤처리를 위해 남아계신 친정아버지와 함께 아파트에 있게 되었다. 서류가 잘못 처리되어 부산으로 내려가기로 한 날이 자꾸 연기되었다. 집안에는 어느 한구석을 보더라도 남편의 흔적이 없는 곳이 없었다.

더운 여름날, 방안에 들어온 모기 한 마리의 왱왱거리는 소리 때문에 잠을 제대로 못 자는 나를 위해 자다가도 몇 번이나 일어나 모기와 씨름하던 남편, 결혼 생활의 관례처럼 늘어난 내 요리 솜씨를 극구 칭찬하면서 소금 덩어리 찌개를 한 그릇 다 먹어 치우는 용기를 보였던 남편, 저녁에 퇴근하는 남편을 골려주기 위해 온 집안의 불을 다 꺼놓고 숨어있는 나를 발견하지 못해 허둥대던 남편, 그리고 그러한 모습의 남편을 보고 지레 겁나 엉엉 울면서 남편의 가슴에 묻혔던 일. 모든 일들이 살아있는 자막이 되어 내게 달려들었다. 나 자신이 살아있는지 아니면 죽었는지를 분간하기 힘든 나날들이었다.

모든 서류가 정리되어 부산으로 내려오기로 한 날, 창밖의 풍경은 2년 전이 아파트에 들어왔을 때의 모습과 거의 변함이 없었다.

집들이 그 자리에 서 있고, 나무가 있고 지프차가 공수부대 정문을 드나들며, 멀리서는 낙하산이 하늘의 꽃을 피우는 모습. 모든 것이 그대로였다. 변한 것은 창밖을 보고 있는 나뿐이었다. 엄청나게 달라진 것은 나 자신뿐.

태울 수 있는 가구와 살림살이들 모두를 아버님이 아파트 뜰 앞에서 태워 버리셨다. 나는 그중에서 목각인형 한 쌍을 발견하고 소중하게 품 안에 안았다. 그 인형들은 결혼 직후 남편이 충남대학교 학군단에서 교관으로 근무할 적에 학생들로부터 우리 부부의 상징물로 선물 받은 것이었다. 남자와 여자로 된 한 쌍의 인형에 우리 부부는 각자의 이름을 붙여 주고는 기분이 언짢으면 인형의 얼굴을 돌려놓는 방법으로 말하기 힘든 의사를 전달하였었다. 이제 한 쪽 인형은 주인을 잃어버렸고 자연히 다른 한쪽도 의미가 없어졌다.

나는 그 인형들을 남한산성 산허리에 묻어버렸다. 그렇게 하면서 우리 부부는 똑같이 흙 속에 묻히는 것이라고 생각하였다. 장례식 이후 수없이 찾아간 동작동 묘지 속에는 이미 '백영옥'이라는, '김오랑 소령'의 아내인 백영옥이도 함께 묻혔다는 생각이 들었다.

동작동 묘지 옆에서 살고 싶다는 나의 말을 듣고는 아버지는 서둘러 짐을 꾸려 부산으로 향하셨다. 전혀 살아있는 생동감이 없는 32살의 막내딸 손을 이끄시는 아버님의 가슴 아픔이 전해오는 손을 잡고 부산으로 내려간 것은 5월이었다. 그날도 초여름의 비가 내렸다. 아주 처절하게 얼룩지는 아파트를, 내 인생의 전부를 살았던 거여동 아파트를 뒤로하고, 그리고 내 남편이 묻혀 있는 서울을 뒤로하면서 부산으로 향했다.

그날은 30년을 산 '백영옥'이라는 여자를 다시는 세상 어디에서도 볼 수 없을 것이라는 생각을 가슴 속에 품은 날이었다.

숨겨진 진실들

  사람들은 숨겨진 진실은 어느 때가 되면 반드시 밝혀진다고 말한다. 그것이 역사의 필연성이며 진실이 갖는 절대적인 가치라고 한다. 나는 지난 7년 동안의 날을 가려진 진실 속에서 살았던 셈이다. 나를 안심시키려 했던 어느 부인의 말처럼 남편은 작은 사고에 목숨을 잃은 군대 내의 흔히 있는 죽음으로 포장되어왔다. 그러나 내 남편의 죽음이 '사고로 인한 죽음'이었다고 말하는 것은 진실 자체에 대한 외면이며 거역의 표현이다. 어떻게 1979년 12월 12일의 일을 '작은 사고'라고 말할 수 있는가.

  오직 한평생을 참 군인의 길만을 걸으려 했던 남편에게 총을 들이댄 사람들은 남편의 적이 아닌, 남편이 자신과 참 군인의 길을 함께 걷고 있다고 믿었던 동료들이었으며 '존경하는' 선배들이었다. 강재구 소령이 부하를 위해 죽었다면 김오랑 소령은 상관을 위해 희생되었다.

  남편을 국립묘지에 안장하고 돌아온 뒤, 저녁 시간이면 현관문을 열고 금방이라도 싱긋 웃으며 들어올 것 같은 남편, 그러나 몇 날을 기다려도 남편의 그러한 모습을 보지 못하던 날이 흐른 뒤, 나는 서서히 '남편의 죽음'이라는 엄청난 사실을 천천히 받아들였다. 아니 손톱만큼도 믿을 수 없는 일이었지만 스스로에게 믿도록 강요할 수밖에 없게 되었다. 이젠 더 이상 연극이 끝날 것이라는 기대가 남아 있지 않았다.

  어느 정도의 정신을 찾게 되자 나는 남편의 죽음에 대한 수많은 의구심을 풀어야겠다고 생각했다. 그래서 그 당시 비서실에서 근무한 당번병을 집으로 불렀다. 당번병은 처음에는 말을 하려 하지 않았으나 침착한 나의 태도와 이제는 더 이상 변명을 하지 않아도 된다는 생각이 들어서인지 조금씩 입을 떼었다.

12월 12일 밤 12시가 넘은 시간, 정확히 말한다면 13일 새벽 3시쯤 최세창 장군이 여단장인 공수부대 제3공수여단 ◎◎대대 병력이 M16 총으로 완전 무장을 하고 육사 23기인 박종규 중령의 지휘하에 사령부실로 쳐들어왔다. 이때 특전사 사령관실 내에는 아무도 없었으며 당번병도 이미 몸을 피하였다고 한다. 부대 전체가 무장되어 있지 않은 상태에서 정병주 사령관과 그의 비서실장 김오랑 소령은 사령관실의 문을 걸어 잠근 채 각자의 근무실에 있었다.

그때 비서실 밖의 잠겨진 문이 군홧발에 걸어차였고 몇 번의 발길질로도 문이 열리지 않자, M16 소총으로 문고리를 난사하여 박살 내고 일단의 군인들이 들이닥쳤다. 그 군인들의 무리 선두에는 박종규 중령이 서 있었다. 김오랑 소령은 평소에 호신용으로 갖고 다니던 권총으로 응사할 수밖에 없었다. M16의 요란한 총소리에 맞선 권총의 단말마적인 총소리, 그렇게 한바탕의 총격전이 지나고, 그리고 그들이 자신들의 직속상관인 정병주 소장의 팔에 총상까지 입히며 어딘가로 질질 끌고 간 뒤, 사령관실 내에는 정적이 돌아왔다.

당번병이 사령관실에 되돌아왔을 때, 이미 사령관실은 아수라장 지옥 그것이었다. 바닥과 책상은 검붉은 피가 낭자했으며 김오랑 소령은 문 앞에 기대어 서서 적에게 방어하는 자세를 취하고 있었다. 그러나 이미 김 소령의 가슴과 배 등에는 서너 발의 총탄이 꿰뚫고 지나갔고 새빨간 피가 분수처럼 솟아나고 있었다. 그의 축 늘어진 손가락 끝에는 권총이 힘없이 흔들리고 있었다.

허겁지겁 당번병이 김오랑 소령을 업고 지프차로 의무실까지 수송했을 때는 이미 김 소령의 모든 생명 활동이 끝나 있었다. 어떻게 손을 써 볼 수도 없는 상황이었다.

본인의 등에도 소령님의 뜨거운 피가 소낙비에 젖은 듯이 흘러내렸다고 말하며 당번병은 울먹였다. 그러고는 사령부 공관 내의 건물들 위치를 종이에 그려가면서 그날의 상황을 세세히 들려주었다. 자신이 알고 있는 사실은 무엇이든지 빼놓지 않고 밝히겠다는 자세였다.

당번병은 사령관실 내에는 응접실, 집무실, 비서실, 화장실, 목욕탕 등이 있으며 사령관이 있는 방은 반드시 비서실을 거쳐야 한다고 설명하였다. 그렇기 때문에 그날 김 소령님이 피하고자 마음만 먹었다면 어느 곳으로도 피할 수 있었을 것이며, 김 소령님이 비서실 자리를 지킨 것은 그분의 투철한 군인 정신이 있기 때문에 가능했던 일이라고 말했다.

실제로 그날, 사전에 '사태'를 전해 들은 사령부 내의 장교들은 이미 피신한 뒤였고, 남아 있던 장교들도 총소리가 나자 책상 밑으로, 캐비닛 속으로 몸을 피하고 달아나기까지 했다고 한다. 비서실에서 근무한 모 전속부관은 아파트 동기생 집으로까지 달려가 살려 달라며 숨었다는 이야기도 들었다.

남편은 사전에 그날 밤의 '사태'를 다른 동기생에게서 전화로 받았으나 결코 피신하지 않았다는 말을 후에 동기생들로부터 들었다. 그분다운 행동이었다. 비서실장인 자신이 어떻게 자기 한목숨 구하고자 상관을 버리고 도망갈 수 있었겠는가? 더군다나 자신은 장교가 아니던가! 언제나 말씀하신 참 군인의 정신력이 그렇게 처신할 수 있도록 해준 것이었으리.

그날 사령관실을 침격한 총지휘관인 박종규 중령은 남편과 평소에 매우 친근한 사이로 육사 23기인 선배이다. 우리 부부와 박 중령과는 오래전부터 인연이 있었는데 1974년 광주에서 군사교육을 마치고 서울 공수 ○○부대 여단에서 근무할 때, 박종규 중령은 대대 지역대장으로 있다가 여단 작전참모로 함께 근무하였다. 더군다나 그때에도 같은 아파트에서 생활하였기 때문에 아내들 간에도 친분이 무척 두터웠다.

남편은 늘 박종규 중령의 신사다운 매너를 높이 샀다. 그리고 그가 사격에 매우 능하고 영어 실력이 뛰어나서 외국에도 자주 왕래하는 능력 있는 충청도 신사라고 말했었다. 그의 부인도 시골의 질박하고 수수한 분위기를 풍겼으며, 화장을 거의 안 하는 깨끗한 용모를 가진 분이었다. 검소한 생활을 하는 두 내외를 보면서 나는 시골의 시원한 공기 같은 분들이라고 생각했었다. 그 후 1978년 초 박종규 중령 내외를 다시 만나게 되었을 때 우리 부부는 매우 기뻐했었다. 그리고 더욱더 친근하게 지내왔다. 12·12가 있기 바로 며칠 전만 해도 박종규 중령 내외가 우리를 집으로 초대해, 그들의 융숭한 대접을 받으며 유쾌하게 놀다가 온 일이 있었기 때문에 내 남편의 가슴에 박힌 총탄의 주인이 그 박종규 중령이라는 당번병과 그 외 분들의 말은 차마 믿기지 않았다. 그런 일이 도대체 어떻게 발생할 수 있다는 말인가?

사건 전모를 알아야겠다는 생각과 박종규 중령은 모든 사실을 알고 있다는 판단이 들어 박 중령을 만나러 이곳저곳을 찾아다녔다. 그러나 그가 있을 만한 곳 어디에도 그는 없었다. 부대에도 없었고 그의 집은 언제나 굳게 닫혀 있었다. 그가 퇴근했음직한 저녁 시간이면 어김없이 그의 집 현관문을 두드렸으나 안에서는 아무런 반응이 없었다. 그의 집은 차가운 어둠의 성처럼 서 있었다. 다른 사람은 몰라도 박종규 중령만은 나에게 모든 진실을 이야기해 줄 것이라는 나의 기대가 얼마나 순진했던가를 깨달은 것은 머지않은 훗날이었다.

박종규 중령의 문 앞에 서서 몇 시간을 기다리다가 얼어붙은 몸을 다시 집으로 되돌리는 날, 그날은 끝없이 눈이 내린 날이었다. 이미 몸 하나 가눌 힘이 없던 나는 그대로 눈 속에 쓰러졌다.

'이대로 얼어버리자. 이대로 눈 속에 얼어서 나도 눈이 되어 버리자.'

그때 지프차 한 대가 불을 밝히며 지나가는 모습이 보였다. 그 지프차의 헤드라이트에 하얀 눈이 어지럽게 흩날리는 것이 보였다. 나는 그 흩날리는 흰 눈이 남편의 유골이라는 생각이 들었다. 남편의 유골이 온 천지에 하얗게 하얗게 내리는 것이리라.

'그대 가슴 속에 묻히고 싶나니, 흰 유골 가루여! 내 몸이 보이지 않도록 계속 뿌려다오.'

얼마 동안을 그렇게 눈 속에 있었는지 모른다. 정신이 들었을 때는 아파트 안방에 누워있었다. 옆에는 친정아버지의 초췌한 모습과 침통한 표정의 가족들이 앉아있었다. 내가 밖으로 나간 시간이 오래 지나도록 돌아오지 않자, 가족들이 찾아 나섰다고 한다.

그중 친정아버지께서는 며칠 동안 계속 내가 박 중령 집을 방문하는 것을 생각하시고 그곳으로 찾아 나섰다고 한다. 그리고 박 중령 집에서 얼마 안 떨어진 눈 속에서 나를 발견하신 것이다. 나는 하얀 눈이 남편의 하얀 유골 가루로 생각되어 그의 가슴에 안기고 싶어 눈 속에 있었다고 말했다. 모두가 울음뿐이었다.

몸은 쇠약해질 대로 쇠약해져 혼자 거동하기도 힘들었으나 박종규 중령을 만나야 한다는 집념은 더욱 강해졌다. 집념이 강할수록 나는 박 중령으로부터 '김 소령은 사실 지금 작전상 통합병원에 입원해 있다'라는 말을 들어야 한다는 엉뚱한 생각 속에 빠져들었다.

집요한 나의 방문에 어느 날 박 중령이 응답을 보내왔다. ◎◎대대 사병이 나를 찾아와 박 중령이 저녁에 아파트 앞 다방으로 나오라고 한다는 말을 전했다.

온 힘을 다해 다방으로 갔다. 다방에는 몇몇 사병들이 모여 이야기를 나누고 있었다. 사람들의 왁자지껄한 말소리에 다방은 너무 시끄러웠다. 그들과 나는 다른 세계에서 살고 있는 생물체로 느껴졌다.

잠시 후에 박종규 중령이 다방에 들어섰다. 그는 애써 무표정하고 감각 없는 얼굴을 짓고 앉았다. 여느 때 같으면 '제수씨' 하며 반갑게 웃었을 그 얼굴에 나는 다방 안이 너무 시끄러우니 우리 집으로 가서 이야기하자고 제의했다. 잠시 망설이더니 박 중령은 마지못한 표정을 지으며 아파트로 자리를 옮겨 주었다.

"며칠 전까지만 해도 충성을 외쳤던 당신의 상관에게 장교인 당신이 군화 발길질과 총을 쏠 수 있습니까?"

"당신과 같은 장교이며 후배인 김 소령 가슴에 당신의 총탄을 박을 수가 있습니까?"

단지 그 두 마디의 말을 했을 뿐인데도 나는 이미 흥분된 상태였다. 끝까지 침착하게 사실을 확인받자고 수없이 다짐했지만, 막상 아무 일도 없었던 듯한 박 중령의 얼굴을 보자 도저히 감정을 억누를 수가 없었다.

박종규 중령은 나의 따지는 듯한 태도 때문인지 얼굴을 시뻘겋게 상기되더니 언성을 높여 대답하였다. 그의 말은 김 소령이 대세의 흐름을 모르고 반항했기 때문에 그 같은 변을 당했다는 것이다.

"여자인 당신이 무엇을 알겠다고 나를 찾아다닙니까? 몹시 불쾌합니다."

그러면서 박 중령 자신도 '작전' 때 엄지손가락을 다쳤다며 내 앞에 손가락을 들이밀었다. 엄지손가락이 너무 아프다는 듯한 표정도 지었다.

내 남편은 그가 쏜 총탄에 죽음까지 이르렀는데, 총을 겨눈 손가락 하나가 다친 사실이 더 중요하다는 듯한 박 중령의 태도에 망연자실하지 않을 수 없었다. 더욱이 자신의 위치를 떠나지 않은 사람을 대세의 흐름을 모르고 대든 반항이라니, 나는 박 중령 같은 사람이 군복을 입고 여전히 사령관실을 활보할 수 있다는 사실이 믿기지 않았다.

박종규 중령은 '더 이상 당신과 이야기를 못 하겠다'라며 화를 벌컥 내고 문을 박차고 나갔다. 황급히 뒤따라가 이러지 말고 차분하게 이야기 좀 하자며 나는 그의 소매 끝을 잡고 매달렸다. 그러나 박종규 중령은 나의 애원에는 아랑곳없이 거칠게 뿌리치고 가 버렸다.

12·12는 사고가 아닌 쿠데타

　1987년이 저물어가는 12월, 나라 안은 대통령 선거라는 일로 연일 들끓었다. 가급적 매스컴과는 단절된 상태에서 자비원* 활동에만 전념한 채 지내는 나로서는, 대통령 선거가 언제 실시되는지조차 모르게 무심한 생활을 하였다. 더군다나 8년 전의 12월은 나에게 얼마나 악몽의 날들이었는가. 그 이후로 12월이면 더욱더 무심하게 보내려 애쓴다.

　그러던 중 서울의 잡지사 기자들이 줄지어 자비원을 방문하고 나와 김 소령님의 지나간 일들을 묻기 시작했다. 갑자기 '숨겨진 여인'이 수십 개의 조명등을 받으며 무대의 가운데로 끌려 나오는 듯한 느낌의 날들이었다.

　애써 잊으려고 했던 사건, 그러나 내 인생을 밑에서부터 회전시키는 운명적인 계기가 되었던 그 사건을 어떻게 쉽사리 잊을 수가 있는가. 결코 가슴속에 맺혀 있는 그날의 한을 풀어 본 적이 없는 나날이었다. 단지 스스로 덮어두려는 나의 의지가 있었을 뿐이었고 그렇게 세월이 흘렀다.

　이제는 세상 사람들이 '12·12사태'라고 불리는 그날의 일들을 어느 정도 알고 있는 듯하다. 대통령 선거전에서 어느 야당이 여당 공격용으로 터트렸다고 주위의 한 보살님이 말씀해 주셨다.

　12·12사태 아니 정확히 표현하자면 '12·12쿠데타'라 해야 할 것이다. 그것은 제5공화국이 군림한 지난 7년 동안 어느 누구도 언급하지 못한 비밀 상자

---

* 백영옥 여사가 불교에 귀의하여 설립한 사회봉사 단체. 책 뒤쪽에 활동 내용이 나온다.

였다. 모든 진실이 암흑 상자 속에 갇힌 상태로 묻혀 지냈던 세월이었다. 통치권자의 막강한 힘과 주변 권력자들의 기득권 유지를 위해 밝혀져야만 할 많은 일들이 마치 '임금님 귀는 당나귀 귀'라는 우화처럼 되어버렸던 것이다. 그렇게 가려진 진실들 속에서 내 남편의 죽음도 단지 어느 날 밤에 발생한 군대 내의 우발적 사고로 인한 미미한 사건으로 처리되어 있었다.

한 번도 내 남편의 죽음이 단순한 사고였다고 믿은 적도 없었지만, 남편 가슴에 총부리를 겨눈 박종규 중령의 말처럼 설상 '대세의 흐름을 잘못 파악'했다 해도 군인으로서의 철칙을 끝까지 고수한 남편의 행동을 높게 평가해 줘야 한다는 생각이 나의 일관된 심정이다.

7년 여의 시간이 흐른 지금, 12·12가 어느 정도의 윤곽을 갖고 세상 사람들에게 밝혀졌다. 그러나 함 줌의 무리로 헤아려지는 수도권 지역의 군인들이 일시에 들고 일어나 당시의 군대 실권자였던 육군참모총장 겸 계엄사령관 정승화 대장을 체포하고, 총격전 끝에 국방의 중추를 장악한 사건은 그 배경과 진실이 아직도 베일에 가려져 있으며, 사건의 의미설정 작업도 정확하게 내려지지 않은 상태이다. 오히려 12·12쿠데타의 주역들이었던 현 정치권의 실력자들은 '사태가 우발적으로 일어나 확대된 것이지 결코 쿠데타가 될 수 없다'라고 억지 주장을 하기도 하고 '우리들은 정의의 편에 섰으며, 상관에 대한 불경보다 더 큰 명분과 바탕에서 이뤄졌다'고 공공연히 떠들어댔다.

과연 그들의 말처럼 12·12쿠데타가 '구국의 이념'에서 비롯된 '충정의 사건'이라고 할 수 있을까? 어리석은 사람들이라는 생각이 들었다. 지금까지 밝혀진 사실들만으로도 그 말을 믿는 국민은 한 사람도 없을 것이다.

1979년 10월 26일, 박 대통령 시해 사건이 발생하고 12·12쿠데타가 터지기 전까지의 국내 상황은 이상하리만치 평온했던 것이 그 당시의 분위기였다. 국민들은 10·26의 엄청난 결과에도 불구하고 전혀 동요하지 않았으며 10·26 이전 독재자의 억압에 '투쟁'의 기치를 높이 들던 학생들의 데모도 사라지고 있었던 터였다.

12월 12일 하루 전날인 11일, 〈크리스천 사이언스 모니터〉의 다음 사설도 이런 사실을 보여준다.

"현재 한국 내 상황은 급속한 변화의 방향으로 나가고 있는 것으로 보이며 이 같은 변화가 계속될 경우 한국은 정치적 민주화의 새 시대를 이룩할 수 있는 절호의 기회를 맞이하게 될 것이다. 최규하 대통령은 한국의 정치적 자유화 및 민주화를 공약함으로써 국민들에게 새로운 희망을 부여하는 방향으로 나아가고 있다. 오늘날 한국은 매우 활기차고 긴장된 과정에 들어서고 있으며 정치적 활성화가 조만간 이뤄질 것이라는 사실을 쉽게 예상할 수 있다."

남편도 비상이 걸려 집을 비우는 날이 많았지만 국내 상황에 대한 심각한 우려는 보이지 않았다. 오히려 이 기회에 정치장교들의 부대 복귀가 이루어지고 우리나라도 민간 정부가 들어서서 더 이상 군인에 대한 국민들의 비판이 없었으면 좋겠다는 나의 의견에 동조하기까지 하였다. 그러면서 그러한 나의 희망 사항들이 어쩌면 쉽게 이루어질지도 모른다고 말했다.

또 한 가지, 대통령 시해 범인인 김재규 씨의 추종 세력이 있었다는 것이 쿠데타 주역들의 주된 명분이었지만, 그것이 전혀 근거 없는 억측이라는 사실을 10·26의 전모와 함께 국민 대부분이 이미 다 아는 상황이었다.

군인의 아내인 내가 알기로는 군대의 생명은 명령계통을 지키는데 있고, 그래야 총탄이 빗발치는 전장에서 죽을 줄 알면서도 명령에 복종하는 강한 군대가 나올 수 있다. 그리고 짤막한 군대 지식으로 내가 아는 바에 따르면 군의 명령계통은 통수권자인 대통령에서 시작되어 국방장관 – 육참총장으로 이어진다. 그런데 12·12 당시 대통령의 재가가 이루어지기도 전에 총장을 하위 계급의 장교들이 연행했으며, 총장이 부재했다고 해도 대통령 – 국방장관 – 육참차장의 지휘계통은 엄연히 살아있었는데도 일부 군인들의 주관적인 판단에 따라서 임의로 상급자를 연행하고 병력을 출동시킨 행위가 군대의 규율상, 또한 안보의 논리상 어떻게 정당화될 수 있을까? 직속상관의 명령을 거부하고 다른 부대 지휘관의 명령에 따라 자기 상관에게 발포, 체포하는 자들의 하극상은 어떻게 평가될 것인가?

쿠데타 주역들은 자신들의 거사가 구국의 이념에서 비롯된 것으로 결코 권력 장악 의지는 전혀 없다고 강조했다. 또한 현 정치권에 군인 출신자들이 있으나 그들은 이미 군복을 벗었기 때문에 현 정권을 군정이라고 할 수 없다는 주장을 했다.

그러나 정치구조는 그대로 군사적 지배구조와 군사적 통치기구에 힘을 입어 이루어지는데 군인의 옷만 벗었다고 해서 군정이 아닌 민정이라 주장하는 일은 얼마나 단편적인 사고인가?

어느 정치학자의 표현처럼 원래 군정이란 군복을 입고 정치를 하는 것만을 의미하는 것이 아니라, 군복을 입고 권력을 장악한 후 군복을 벗는 것까지를 포함한다. 12·12 직후에 외견상 삼권은 쿠데타 주역들이 장악하지 않았으나 그 이후 제5공화국의 창건에서 보였던 것처럼 이미 그들은 모든 권력을 장악하고 있었다.

내 나름대로 조사하고 정리하면서 느낀 12·12는 촘촘히 기획된 쿠데타였으며, 잘못된 일부 정치군인들의 일방적인 공격 속에 내 남편은 무참히 죽어갔던 것이다.

남편이 죽기 몇 년 전 '유신 사무관' 제도가 처음 생겼을 때, 그 작은 특혜마저 거부하고 참다운 군인의 길을 고집했던 김오랑 소령. 나는 그분의 죽음이 언젠가는 우리 군 역사에 깊은 의미를 던져 주리라 굳게 믿으며, 비 오는 동작동 국립묘지에서 그분을 위로한다.

제 4 부

거듭나는 사람들

눈마저 빼앗기고

아버님 손에 이끌려 부산역에 내렸을 때, 형제들이 마중 나와 있었다. 그런데 손을 잡는 오빠의 모습이 어렴풋하게 보였다. 조카의 모습도 희미했고 길이 흔들리고, 어린 날 자란 집 대문이 넘어지고 장독이 날아 떨어지는 것이었다. 계단이 허물어져 내리고 집의 지붕이 무너져 내렸다. 너무 놀라 고함을 쳤다. 어지러웠다. 이유가 무엇인지 몰랐는데 조카가 다가왔다.

"이모, 눈동자가 이상해."

"어떤데?"

"이모 눈동자가 마구 흔들려."

이미 그때 나의 시력은 걷잡을 수 없이 나빠져 가고 있었고 그때는 '시력상실'이라는 엄청난 일이 진행 중이었던 것이다.

나는 친정집에서 문을 잠그고 두문불출하였다. 온 세상이 아득하게 보였으며 떠드는 방송 매체도 모두 듣기 싫었다. TV 총소리는 나로 하여금 곧잘 까무러치는 전율 속으로 몰아넣었다.

긴 머리를 아무렇게나 어깨 위로 풀어 놓은 채 책상에 엎드려 며칠이고 있었고, 거울 앞에서 몇 시간이나 의식 없이 앉아있었다. 충격 속에서 정신은 물론 시력까지도 허물어지고 있었던 것이다.

사인펜으로 글씨를 썼다. 크게, 크게, 좀 더 크게 써야만 내가 쓴 글씨를 가늠할 수 있었다. 만 원짜리와 천 원짜리 지폐도 눈으로 구별할 수가 없었다.

어느 날 안과에서, 맹인이 되어 시각장애 아이들을 지도하고 있는 '권'이라는 선생님을 소개해 주었다. 맹인에 대해서 알아야겠다는 생각에 그를 만났다.

병원에서는 절망적인 얘기를 했다. 정신적인 충격에서 시신경의 마비가 온 것이라고 했다. 운명이 부딪혀온 것이었다. 깊은 절망감에 몸을 떨었다.

그러나 그대로 머무를 수는 없었다. 극단적인 상황에 처하게 되면 차라리 고요가 오는가? 나는 과감하게 하루아침에 밀려온 운명을 받아들이고 또 다른 운명을 개척해 보자고 생각했다. 나 자신이 맹인이 된다는 사실, 남편의 죽음, 이 모든 것들이 믿기지 않았으나 받아들여야 한다는 사실 앞에 놓여있었다.

권 선생님을 만나, 그의 소개로 시각장애인들과 같이 생활할 기회를 갖게 되었다.

층계를 오르내리는 그들이 신기했고, 마지막 계단에서 다리를 번쩍 들어 헛발질하는 그들, 그들이 우스워서 크게 웃었던 일이 생각났다.

대학 다닐 때였다.

여름 방학 때 고등학교 동창인 친구 김재련과 시각장애인들이 수용되어 있는 곳을 방문했었다. 그 당시 나는 시각장애인들을 위해 용돈을 털어 여러 가지 음식을 장만해 갔다. 눈동자가 까맣게 있는데도 못 보는 것이 안타까워서 그들 앞에서 소리쳤다.

"이봐요, 조금만 더 눈에 힘을 주고 봐요. 그리고 똑바로 보세요!"

그때는 얼마나 시각장애인들이 이해되지 않았었던가! 그러나 지금의 나는 아무리 눈에 힘을 줘도 눈앞은 여전히 검은 천막뿐이고, 머리를 부딪쳐 봐도

---

* 초판본 당시에는 시각장애인을 맹인으로 지칭하여 책에서도 맹인으로 표현됐으나 재출간본에서는 맹인과 시각장애인을 혼용하여 표현했다.

불꽃이 튀고 무대는 여전히 암흑뿐이다. 아무도 출연하지 않는 빈 무대가 보일 뿐.

화장실에 갔을 때 느닷없이 들어온 시각장애인 때문에 부딪힌 일도 있었고, 시각장애인이 손을 씻다 말고 뒤에 서 있는 내게 그 구정물을 버려 뒤집어쓴 적도 있었다. 와글와글 시끄럽고, 너울너울 춤을 추듯 손을 뻗치며, 더듬고, 만지며, 잘도 다니던 그 모습을 한없이 신기해하던 내가 지금은 그 사람들과 같은 처지가 된 것이다.

나는 그들에게서 점자를 배웠다. 올록볼록 튀어나온 점들을 읽기란 매우 어려웠다. 왼손 검지로 더듬어 읽어야 하는데 손가락이 아리고 쓰리도록 더듬어 읽어도 한 시간에 한 페이지를 읽기가 힘들었다.

거기에서도 그들은 신고식을 하라고 하였다. 아마도 서열이 있는 듯했다. 시각장애인이 된 소감을 말해보라고도 하고 반갑게 맞는다는 의미로 지팡이를 선물로 주기도 했다.

그러나 나는 어쩐지 그 지팡이를 짚고 다닐 용기가 나지 않았다.

어느 날, 내가 시각장애인 모임에 지각하여 기합을 받게 되었는데, 일렬로 줄을 세우더니 힘센 남자아이가 한 차례씩 뺨을 때렸다. 단체 기합이라는 그 벌을 내가 늦었기 때문이라고 했는데 나는 그대로 서서 때리는 대로 다 맞았다. 나중에는 주저앉아 땅바닥에 쓰러진 채로 서럽게 울었다. 평상시에는 49~50kg의 날씬한 편이었던 내가 그때는 42kg밖에 나가지 않았었다. 뼈만 앙상하게 남았었다.

누군가 나를 부축해서 휴게실로 데려가 주었다.

'아 이것이 맹인이 되어 가는 과정이구나. 그들과 친해지는 과정이구나. 이 모든 과정이 좀 더 강해져야 하는 계기인가'라고 생각하면서도 나는 울고 또 울었다. 뺨을 때린 시각장애인이 미운 까닭이 아니었다. 그들은 이미 모두 내 동료가 아닌가.

나는 그들과 친숙해지고 동화하는 방법을 배우기로 각오했다. 그래서 나를 때린 그 20대 초반의 남자아이에게 과자를 사다 주었다. 그는 겸연쩍어하였고 우리는 서로를 위로하였다.

지금 나는 자비원을 찾아오는 방문객들에게 농담조로 웃으며 이야기한다.

"나는 더듬는 장기와 물그릇을 발로 차는 장기, 먼저 인사할 줄 모르는 장기, 부딪히는 장기를 갖고 있지요."

반찬에 젓가락을 대어갈 때, 너무나 많이 집히거나 전혀 집히지 않아 빈 젓가락을 빠는 모습, 밥을 허겁지겁 먹는 모습, 예전에 시각장애인들의 모습을 보고 웃었으나 이제는 나 자신이 그러한 모습이다.

처음에는 보지 못하는 내 모습이 싫어서 긴 머리를 풀어헤치고 앞머리를 잘라 이마와 눈동자를 가렸었다. 모든 것이 부끄러웠고 온통 숨기고 싶은 심정에서였다.

그러나 불교에 귀의한 지금, 있는 그대로의 자신의 모습을 사랑하는 법을 배웠다. 이제는 이마의 머리카락 한 올도 흐트러지지 않게 뒤로 단정하게 빗는다. 얼굴 전체의 윤곽이 드러나도록 머리를 빗는 것이다. 이제는 그 어느것도 부끄러울 것이 없다.

오히려 나의 이런 모습을 보고 타인이 상대적인 행복을 느낀다면, 나는 그 사람의 행복에 조금은 기여한 것이 아닐까 생각하기도 하면서.

참회록

　배꽃과 후리지아의 향기가 아침을 장식한다. 카우츠카 향나무, 그 가지 갈피마다 누군가의 시구처럼 '잘 빗질 된 바람'을 따라 향이 전해져 온다.

　꽃나무에도 하나의 이름만이 아닌 여러 개의 이름이 있다. 양귀비꽃은 실크 블라우스라고도 하고, 어떤 이는 또 '뽀삐'라는(강아지 이름 같다) 이름으로 부르기도 한다.

　양귀비와 개나리가 물러가고 오늘은 이화가 자비원에 가득하다. 날은 아직 쌀쌀하다. 후리지아의 향기만이 바깥 날씨를 잊게 하고 방안 가득 봄을 불러들여온 것 같다.

　누구에겐가 꽃을 한 아름 안겨주고 싶다. 나에게 언제나 손목을 잡아 이끌어주는, 투박스럽지만 인정 많은 김 보살에게는 소담스런 보랏빛 들국화 한다발을 가슴에 안겨주면 좋으련만. 지금쯤 내 걱정을 하고 있을 H대학의 B여성, 아니면 지난겨울 아름다운 내의를 선물해 주었던 길 건너 소아과 이 원장에게 붉은 장미를….

　누구라도 좋다. 정이 헤픈 처녀 아이처럼 이 사람 저 사람에게 웃음 지으며, 꽃을 들고 나가 마음 내키는 대로 선물해 주고 싶다.

　후리지아의 향기 속에는 달콤하기도 하지만 서구의 서늘한 슬픔이 깃들어 있다. 자스민의 향기와 어울려, 이 가슴을 조용히 문지르고 간다. 배꽃 나무는 우람한 선이 강직하면서도 동양적인 무 기교를 느끼게 해줘서 좋다. 테이블 밑으로 내려진 가지가 한 폭의 동양화 같다.

소나무와 국화로 바둑 교실에 들어가는 입구를 장식했다.

꽃 속에 묻혀서 살고 싶다. 꽃 속에 묻혀서 죽고 싶다. 어찌 보면 사치스러운 소망이다.

바람이 들창에 다가와 예쁜 소녀의 애교처럼 살랑살랑 노크를 하고 간다. 창가로 가서 아래를 내려다본다. 4층 건물이라 집들의 지붕만이 내려다보인다. 저 집들에는 지금쯤 봄을 준비하는 씨앗들이 땅속에서 힘차게 발돋움 하고 있으리라.

아무리 겨울이 길다기로 오는 봄을 막을 수 있을까? 연일 봄이 올 듯하면서 주춤대는 가운데서도 겨울은 그 기세가 꺾이고, 뜨거운 예감으로 봄이 문턱에까지 와 있음을 느낀다. 인간들이 사는 지구 어느 끝에까지 조물주의 힘은 모두 미치니, 우리는 그 인간 세계의 추위를 이기며 예까지 올 수 있었던 것이리라.

이런 날 아침에는 마음 내키는 대로 피아노를 쳐보고 싶다. 아니면 장구라도 앞에 놓고 신명 나게 굿거리를 쳐볼 텐데.

그러나 나는 지금 흔들리는 시야 속에서 현기증을 느낀다.

피아노가 넘어지고, 아그리파 석고상이 깨어지고, 가야금이 공중에서 춤을 춘다. 벽에 걸린 매화가 잎을 터뜨리고 가지가 부러지면서 내게로 다가온다. 칠판이 떨어지고 노란 원탁 테이블보의 레이스가 바람에 갈기갈기 찢어져 펄럭거리며 내게로 온다. 온통 천지가 제 마음대로 흔들리고 뒤틀리고 공중에서 무희처럼 춤을 춘다.

내가 쓰러져야 하는가?

내가 잠들어야 이러한 요동이 종식될까?

나는 어떤 마법에 걸린 여자인가?

왜 이러한 고통을 당하는 것일까?

눈 속에서 지진이 일어난다. 눈앞에 검은 해일이 다가와 나를 휘어잡아 검은 바닷속으로 끌고 들어간다.

'나는 저항한다.'

"안 돼! 수지야! 나를 잡아 줘."

아이가 온다.

"네 눈은 괜찮니?"

엄마의 눈은 왜 이렇게 요동을 치는 걸까? 차라리 누가 내 눈을 가져갔으면 좋겠다.

차라리 눈을 감자.

내 눈 속에서는 작은 독사들이 들어가서 춤을 추고 있는 것 같다. 마비가 온다. 사람들과 이야기하고 들어오면 진땀이 흐른다. 왼쪽 다리에 마비가 온다.

"수지야! 침봉을 다오."

나는 내 몸에 침을 꽂는다. 이따위 침쯤이야.

차라리 내 심장에 칼을 꽂고 싶을 때가 있다.

층계를 오르내릴 때 헛발질을 한다. 과거에 나는 시각장애인들의 헛발질에 깔깔대며 웃었었지. 나를 보는 사람들은 얼마나 내 모습이 우스울까? 그들을 이해하겠다고 시각장애인들을 찾아가 말도 안 되는 말과 도움도 안 될 몇 푼어치의 음식으로 어쩌면 나의 우월감을 확인하고 싶었던 것은 아니었을까? 누가 그러한 상태가 되어보지 않고 감히 상대방을 이해한다고 말할 수 있으랴?

그래, 헛발질을 한 번 하면 어떻고 두 번 하면 어떠하랴? 팔다리가 없고 심장만 살아있는 사람도 있지 않은가? 식물인간으로 의식도 없는 사람도 있지 않은가? 내일 사형장으로 끌려갈 사형수도 있지 않은가?

아름다움은 때로 눈에 보이지 않는 따스한 가슴일 때가 많음을 나는 알고 있지 않은가? 아름다운 쪽으로 마음을 돌리자.

나를 격려해 주고 사랑해 주는 이웃들이 내게는 얼마나 많은가? 그분들의 은공을 갚기 위해서라도 이 정도의 고통쯤은 참고 이겨야 한다. 내 곁에서 가녀린 손길로 나를 붙들어 주고 도와주는 내 딸 수지와 나리. 귀엽고, 예쁘고 착한 내 딸들, 나를 지켜봐 주시는 부모님들, 내 주위의 아름다운 비구니 스님들, 먼 곳에서도 나를 걱정해 주고 염려하여 직접 방문하기도 하고 전화해 주는 보살들.

더 이를 악물자. 견디는 힘의 극한까지 가자. 이까짓 시력쯤이야.

몸이 주저앉는 것은 나의 껍데기가 쓰러지는 것일 뿐이다. 나의 의지는 어디에서나 건재하다.

이까짓 아픔쯤이야 불에 타는 심장에 비교할까?

나는 튤립의 향기와 백합의 향기, 장미의 향기를 구분할 줄 안다. 튤립이 시들면 썩은 술 냄새가 난다. 백합은 고혹적인 향기가 나며, 장미꽃에서는 달콤하고 향기로운 풋사과와 아주 비슷한 냄새가 난다. 향기에도 색깔이 있다. 마음으로 보면 향기의 빛깔을 볼 수 있다.

꽃송이 몇 개 피지 않은 병풍의 매화 앞에 서면 나는 나비도 되고 벌도 되어 매화 향기에 매달리는 순진한 날개를 파닥거리게 된다.

마음으로 본다.

영혼으로 본다.

손끝으로 느낌을 본다.

피부로 본다.

나는 그러나 빛이 보고 싶다. 그래서 머리맡에 빨간 조롱박 모양의 스탠드를 놓고 있다. 만져보면 내가 빛 속에 살았던 시절의 정다운 빛깔들이 느껴진다.

내 체온으로 내 손끝으로 내가 만지는 사물에 내 느낌을 전해주고 싶다.

무생물인 그대들이여, 내 체온, 내 느낌 속으로 들어와 주오. 내 품 안으로 들어와 말해다오.

'나는 화장대예요. 당신의 얼굴을 보게 하지요.'

'나는 연적이에요. 나는 백자 항아리예요, 나는 붓이에요, 당신의 느낌표들을 종이 위에 풀어놓으세요.'

'왜 너희들은 입이 없는가? 나에게 말을 해다오.'

전위 미술, 초상화, 상상화, 진서·초서의 병풍들아! 너희의 시詩를 나에게 노래해 주렴.

어쩌면 모든 것이 전생의 업보일지도 모르리라. 그러므로 그 어느 것에도 미움을 두면 안 된다. 원망을 두면 안 된다. 만일 내 원망의 그물에 걸린 사람이 있다면 그들을 풀어 주어야지. 찾아가서 사과해야지.

가슴에서 한의 뿌리를 뽑아내자.

내 가슴의 원망, 미움, 한의 뿌리를 뽑자. 남은 날이 언제인지 그 누구도 모르는데 내가 할 일, 당신이 할 일, 그것은 사랑뿐이니까. 사랑만이 이웃을, 친구를, 죄에 절은 나 자신을 구원해 주는 유일의 치료책이고 우리가 우리 인생에 진 많은 죄들을 속죄하는 꼭 하나의 해결책이리라.

청격요법 카운슬링

2년 전 일이다.

상담이 계속되어 몸을 가누지 못할 정도였다. 무엇보다 신경을 많이 쓰면 시신경에 무리가 가서인지 어지럼증이 나를 몹시 괴롭힌다. 몸이 아프거나 마음이 산란할 때면 나 역시도 누군가에게 상담을 하고 싶어진다. 상담을 위한 상담이라고나 할까?

대청동에 있는 'S 신경정신과'를 큰딸 나리 손에 이끌려 가게 되었다. 병원은 가파른 계단을 올라간 뒤 겨우 힘들게 찾을 수 있었다. 숨을 몰아쉬며 문을 여는 순간 날카로운 남자의 목소리가 날아와 꽂혔다.

"여기가 어딘 줄 알고 왔어? 아침부터 무슨 동정을 바래? 어서 나가!"

나는 태연하였다.

왜냐하면 자기 병원에 온 환자에게 그런 식으로 소리를 지를 의사들이 세상에는 단 한 명도 없을 것이기 때문이었다. 우리 말고 동냥하러 온 누군가가 또 있을 테지, 나는 그렇게 생각하였다.

나리가 긴장해서 내 팔을 꼭 잡고 말했다.

"실장님…"*

그때 남자 목소리가 다시 들려왔다.

"어서 나가지 못해? 여기는 동정 베푸는 곳이 아냐!"

나는 나리에게 물었다.

---

* 두 양딸 중 첫째는 호칭을 어머니 대신 실장님으로 한 것으로 판단됨.

"무슨 일로 그러지?"

"우리에게 그래요."

순간 나는 폭탄을 안은 기분이었다.

"아니, 나가라는 선생님은 누구시죠?"

"이 병원의 원장이요."

"아, 그러십니까? 저는 선생님 환자가 되려고 온 사람입니다."

그 남자는 계속 미안하다는 말을 연발하였다. 얼굴색이 어떻게 변했는지는 모르지만, 나는 당황하지 않고 말했다.

"선생님은 훌륭하시군요. 충격요법으로 나를 카운슬링하고 계시는군요. 매우 감사합니다. 카운슬링에는 충격요법이란 게 있다는 것을 들었지만 아직 사용하지 못해 봤는데 선생님께서 적재적소에 사용하여 저의 현재 위치를 실감나게 해주었으므로 감사하게 생각하고 돌아갑니다. 저는 아무렇지도 않아요."

의사는 극구 변명하였다. 친구의 부인이 아침부터 찾아와 괴롭혔기 때문에 머리가 복잡해진 상태에서 착각하여 실수한 것이라고 했다. 또한 많은 장애인이 아침부터 저녁까지 들락거리며 동냥을 한다는 것이었다.

그러나 사회의 엘리트인 의사, 타인의 아픔을 치료하는 이의 입장인 신경정신과 의사의 입에서 그런 말들이 나온다는 사실이 새삼 끔찍했다.

문을 나서고 다시 계단을 내려오는 중간에 갑자기 울음이 나와 나리를 붙들고 막 울었다. '자비원'까지 엉엉 울면서 왔다.

그러나 곧 슬퍼하지 않기로 했다. 나 자신이 시각장애인이며 이것은 달리 어찌해 볼 도리가 없는 사실이라는 자각이 느껴졌다. 그날의 병원 가는 길은 시각장애인의 사회적 천대를 보호하는 데 앞장서야겠다고 결심을 굳히게 해준 '충격요법 카운슬링'이었다.

환생을 인도하는 분들

맹인이라는 또 하나의 특별난 이름이 미망인 옆에 따라다니는 날들이었다. 무엇보다도 견디기 힘든 것은 살아야겠다는 욕심이 마음 한구석에서 꿈틀거린다는 일이었다.

도대체 무슨 힘으로 살아갈 수 있는 것인가?

지루하고 답답한 여러 날을 보내던 중 친구에게서 전화가 왔다. 그녀는 광복동에서 전자기술고등학교를 운영하며 교육사업을 열심히 하고 있는 친구이다.

"영옥아, 뭐하니? 매일 그렇게 집에만 있으면 갑갑하잖아. 좀 놀러 오고 그래. 마침 시를 쓰시는 스님이 우리 집에 놀러 오셨구나. 영옥이 네가 글쓰기를 좋아하니 스님과 대화하면 통하는 점이 있을 거야."

그녀의 맑고 또랑또랑한 목소리가 들려왔다.

마침 기분도 울적하였고 특별히 할 일 없었던 나는 광복동 그녀의 사무실에 놀러 갔다. 친구의 사무실에는 여러 화가의 그림과 명필가들의 글씨가 보기 좋게 걸려있었다. 한편에는 넓은 야자수가 있었고, 남방에서 들여온 원숭이가 그의 친구로 재롱을 부리고 있었다. 이미 나의 시력은 한 치 앞도 분간 못할 정도로 떨어진 상태여서, 사무실 안의 모든 풍경이 희미하게 보였고 단지 감각의 기억 속에서 물체들이 머릿속에 떠올랐다.

친구의 사무실에서 밤늦도록 이야기를 나눈 분은 장현 스님이었다. 기독교에 대한 믿음이 있었던 나는 불교의 수도승이 갖는 낯섦을 쉽게 떨쳐 버릴 수가 없었다. 더군다나 어린 시절부터 사찰에 가졌던 두려움은 연애 시절의 잦은 사찰 순례로 다소 덜어진 느낌이었지만, 울긋불긋한 단청과 절 입구에 세워져 있는 도깨비들 – 실은 사천왕상이지만 – 의 영상이 스님을 보면 생각나는 터였다.

내 친정집이 독실한 기독교 집안인 것에 반해 시댁 쪽은 불교를 믿는 집안이었다. 시어머님이 지극한 불교 신자였고 시아버님 형제분 중에서 스님이 되신 분도 있다는 이야기를 들었다. 그러한 시댁의 분위기 때문인지 큰아주버님이 남편의 위패를 절에다 두고 해마다 제사를 지내자고 제안한 적도 있었다. 하지만 그 당시 나는 불교가 너무 생소했고 내키지 않아 반대했었다.

스님들의 잿빛 승복을 입은 모습을 보면 먼 옛날 신라시대의 사람들이라는 느낌을 받기까지 한 내가, 그날 밤 장현 스님의 많은 이야기를 듣고는 불교에 관심을 갖기 시작한 것은 정말 우연의 일이라고 할 수밖에 없다. 장현 스님은 인도를 다녀오신 경험을 재미있게 들려주셨다. 그중에서도 내가 가장 관심을 둔 이야기는 인간의 생사관이었다. 남편의 죽음으로부터 벗어나지 못한 나의 심리상태 때문이었던 것 같다.

인도인의 생사관은 우리와 매우 다르다는 것이 스님의 설명이었다. 그들은 사람이 죽으면 즐거워한다는 것이다. 특히 인도 힌두 종파가 더욱 그러한 경향이 있는데, 그들은 인간의 죽음을 사람이 왔던 본래의 곳으로 돌아가는 것으로 생각한다는 것이다. 즉 우리가 고향으로 돌아가는 일을 기뻐하는 것처럼 인도인들에게 있어 죽음이란 언젠가 돌아가야 할 풍족의 고향이 되는 것이다.

그래서 우리처럼 곡을 하며 장례식을 치르는 게 아니라, 온 마을 사람들이 시신을 앞에 두고 노래를 부르며 장례식을 치른다는 것이다. 막연하게나마 인간이 죽으면 천국과 지옥으로 갈라져 간다고 믿었던 내게, 죽음은 고통이며 생의 절단으로 생각하고 있던 내게 인도인들의 생사관은 큰 반향을 안겨 주었고 신기함을 주기도 하였다.

또 하나 새롭게 들은 사실은 인도인의 명상법에 대한 이야기였다. 장현 스님 말씀에 의하면 인도인들은 스스로 코브라에게 물려가면서 명상을 하고, 사람의 시신을 장작불 위에 놓고 그 시신이 타들어 가는 모습을 보며 명상을 한다는 것이다. 장작불 위의 시신에서 팔다리가 떨어지는 끔찍한 장면을 보며 마음의 고요를 찾는 명상을 한다는 사실은 본 적도 들은 적도 없는 나에게는 믿기지 않았다.

스님은 사람의 시신을 태울 때 가장 오래 타는 것이 무엇인지 아느냐고 내게 물어 오셨다. 나는 잘 모르겠다고 대답하였다. 스님은 바로 '심장'이라고 하시며 '백 보살도 가슴으로 살아가십시오'라고 말씀하셨다.

가슴으로 산다는 일, 순간 남편의 얼굴을 직접 못 봤지만, 사령관실에서 붉은 피를 쏟았을 그이의 심장이 떠올랐다. 무서웠다. 그러나 스님 말씀대로 나의 남편이 가슴으로 살다 갔다는 생각과 그 심장의 피를 다 쏟아 놓으면서까지 올바른 자신을 지킨 사람이라는 생각이 들었다. 그렇다면 종전에 내가 생각했던 것처럼 죽는다는 것이 우리 인간에게 고통과 절망만을 의미하는 것은 아니라는 느낌이 들었다. 가슴 밑바닥에 뭔가 꿈틀거리는 의식들이 금방 잡힐 것 같은 기분이었다.

그날 밤, 장현 스님은 경허 선사님의 시詩라고 하시면서 다음과 같은 시 한 편을 나에게 선물로 주셨다.

서리 묻은 나뭇잎이 바람에 불려

떨어진다.

떨어진 나뭇잎은 다시 바람에 굴려

날아간다.

어찌할 거나, 이 마음 맡길 데 없어

이 빗속에 길을 잃고 헤메이나니.

아마도 장현 스님이 내 심중을 헤아리고 그 시를 주셨던 것 같다. 그러면서 나의 헤매는 날들이 하루속히 그치고 어느 곳에든 정착하기를 바라셨을 것이다. 스님의 깊은 통찰력과 세심한 배려는 그날 들은 인도인의 생사관과 함께 나의 멍든 영혼을 치유하기 시작하는 계기가 되었다.

인간이 죽고 태어남은 과연 어떤 것일까 하는 의문점은 장현 스님과의 환담 이후 더 깊어만 갔다. 그러던 중 다른 친구가 포교 활동을 하고 계시는 정각 스님이라는 분을 소개해 주겠다고 하였다. 이제는 스승이나 사찰에 대한 소원함은 어느 정도 모면한 상태였고, 불교의 생사관을 좀 더 깊게 알고 싶다는 욕심이 생겨 친구의 제의를 고맙게 받아들였다.

정각 스님.

이분은 부산시 영도에 있는 봉래산 미룡사 주지 스님이다. 젊은 나이에 출가하신 후 17년을 넘게 미룡사를 기반으로 한 불교도 생활을 하고 계신 분이었다. 특히 정각 스님은 대중사회 계몽운동에 중점적인 활동을 하셨는데 언제나 '인간방생'을 중요시하였다. 스님의 인간 위주의 종교 활동은 다방면에 나타나는데 불교 교양강좌 개최, 부산불교 시보 발간, 교도소 재소자 교화사업 등으로 나타난다. 특히 스님은 21년이 넘도록 부산교도소에서 교화사업을 하셨다고 한다.

간단한 친구의 설명을 듣고 정각 스님이라는 분이 나와는 달리 사회적으로 폭넓게 활동하는 분이라는 것을 알았다. 나의 성격도 매우 활동적이고 적극적이었지만 그러한 성격은 언제나 내 주변에서만 있었던 일이다. 한 군인의 아내 역할에 충실한 정도로만 적극적이고 활동적이었다는 것이 솔직한 고백이다. 그렇기 때문에 정각 스님과 같이 여러 사람과 접촉하며 그들에게 도움을 주는 생활과는 본질적으로 다르다는 생각이 들었다. 그러면서 스님과의 만남을 기대하기도 하였다.

스님과의 첫 대면은 전화로 이루어졌고 목소리만의 만남은 그 후로 2년여의 세월 동안 계속되었다.

친구로부터 전해 받은 정각 스님의 전화번호를 들고 다이얼을 돌린 것은 심한 불면의 밤을 보내고 나서였다. 전화를 받은 정각 스님은 반갑게 대해 주셨다. 친구로부터 미리 나에 대한 이야기와 내가 전화를 할 것이라는 말을 듣고 아셨다고 한다. 전화선을 타고 흘러나오는 스님의 목소리는 상큼한 새벽공기를 마시는 듯한 느낌이었다. 또렷하고 맑은 목소리가 귀에 쟁쟁하게 울려 퍼졌다. 굵고 너털한 목소리일 것으로 상상한 나의 예상은 빗나갔고, 오히려 맑게 울리는 정각 스님의 목소리는 나에게 큰 위안이었다. 아마 그 전화 통화가 이루어지는 시각, 창밖에는 아침 햇살이 떠오르고 있었을 것이다.

정각 스님과의 대화는 전화로 인사를 나눈 후에도 계속 전화로만 이어졌다. 스님은 나에게 늘 포근하고 자비로운 목소리로 절망에서 벗어날 것과 그러기 위해서 삶과 죽음의 고통에서 헤어나는 지혜를 터득해야 한다는 점을 강조하셨다. 나에게 다시 사는 지혜를 일깨워 주는데 온 힘을 기울이는 것이었다.

내가 마음의 폭동을 견디지 못해 한밤중에 전화를 드려도 스님은 언제나 반갑게 맞아 주셨다. 바람 부는 날은 그 바람이 내 가슴을 헤집고 다녔기에 더욱 고통스러웠고, 가까운 집 앞 거리를 산책이라도 하려고 나갔다가 가로수에 부딪혀 아예 땅바닥에 주저앉았던 날은 눈이 퉁퉁 붓도록 울어버린 날이었다. 나는 그런 날마다 정각 스님께 전화를 드렸다. 때로는 걱정된 목소리로 마치 내가 살아가는 고통이 스님의 명령 때문이라도 되는 듯이 스님께 짜증을 부리기도 하였다. 그리고 또 어느 날은 당장 오늘이라도 생을 하직할 사람처럼 한탄을 끝없이 늘어놓기도 하였다.

수도승만이 가질 수 있는 깊은 인내심의 힘에서 가능했을까? 언제나 정각 스님은 고요와 평안한 음성으로 나를 잠재워 주셨다. 무궁무진한 법문을 쉽게 해 주셨고, 황순원 씨의 '소나기'와 이광수 씨의 '육바라밀' 등의 이야기를 자주 인용하며 나에게 의미 있는 말들을 전해주셨다. 그리고 시편을 낭독해 주는 일도 해주셨다.

스님과의 전화 대화가 여러 번 오고 갈수록 점차로 나는 내면적인 변화를 겪고 있었다. 죽고 사는 일이 인생의 전부가 아니라는 생각이 들었다. 지난날 장현 스님에게 들었던 인도인들의 생사관처럼, 죽음은 또 하나의 탄생이 될 수도 있을 것 같았다. 불교를 접하고 싶은 생각과 사찰을 찾아야겠다는 충동이 들었다.

불편한 몸을 이끌고 금정산 계곡과 범어사 경내를 돌던 날, 나는 강렬한 유혹 속에서 대웅전 불상 앞에 무릎을 꿇었다. 그렇게 오랜 시간을 엎드린 채 있었다. 그리고 뒤돌아 나오는 내 눈에는 눈물 줄기가 흘러나왔고 여전히 어둡기만 한 눈앞이지만 머릿속에서는 밝은 빛줄기가 스쳐 가고 있음을 느꼈다.

희망의 절벽

1983년 1월 1일 또다시 새해를 맞았다. 4년째 나 홀로 맞는 새해였다. 어디에선가 내 남편의 영혼도 새해를 맞고 있을 거라는 여유를 그날 아침에 가졌다. 작년과 비교해볼 때 놀라운 심경의 변화였다. 새해를 맞는다는 일이 두렵고 남편에게 죄를 짓는 기분으로 느껴졌던 것이 작년까지의 일이었다. 하지만 인간의 삶과 죽음을 동등한 가치 위에 두면서부터는 가슴에 응어리진 원한 덩어리와 슬픔의 기억들이 조금씩 용해되는 느낌을 갖게 되었다. 그러면서 나는 '불교 신자'라는 본질적인 변화를 겪고 있었다.

2년 동안의 전화 법문을 해주신 정각 스님을 새해 첫날 만나기로 하였다. 그동안 정각 스님께는 나의 송구한 마음과 감사의 마음을 표현하고 싶어, 직접 찾아뵙겠다는 생각을 하기도 하였으나 쉽게 실행에 옮기지는 못했다. 가장 큰 이유는 내가 맹인이라는 사실 때문이었다. 장애인 딱지가 붙은 내 모습을 스님에게 보여드리고 싶지가 않았던 것이다. 아니, 좀 더 솔직히 말한다면 도저히 스님 앞에 나설 용기가 없었다. 더듬거리는 내 모습을 보고 스님이 얼마나 실망하실까 하는 걱정이 앞섰다. 그때까지도 불교와 종교인에 대한 이해가 부족했기에 그랬던 것 같다.

한 바구니의 장미꽃을 스님 생일날 보내 드린 지 얼마 후, 스님은 우리가 이제는 만나도 될 것이라는 말씀을 하셨다. 망설이는 나의 심중을 파악하고 계시는 듯, 스님은 새해 첫날 태종대 '자살바위'라는 곳에서 만나자고 하며 전화를 끊으셨다. 막상 스님을 대한다는 일도 두려웠지만, 하필 자살바위 앞으로 나오라는 스님의 말씀이 의아하게 들렸다. 앞 못 보는 맹인에게 위험한 바닷가 바위 앞으로 오라고 하시니.

한복을 곱게 차려입고 태종대 자살바위를 찾아갔다. 바닷바람이 거세게 불었고 겨울바람인지라 매섭게 살갗을 파고들었다. 그 바람만큼이나 복잡한 심경으로 서 있는데 누군가 다가섰다. 잿빛 승복을 바람결에 날리며 정각 스님이 오신 것이다.

정각 스님과 나는 그 이전 수많은 날을 전화로 이야기했던 친구였기에, 비록 처음 얼굴을 대하였다 해도 오랜 친구를 만난 듯 자연스럽게 이야기할 수 있었다. 우리들의 단골 주제였던 인생의 삶과 죽음에 대한 이야기, 소설 이야기, 시詩 이야기 등이 오랜 시간 오고 갔다.

더듬거리며 태종대 자살바위에서 밑으로 내려오는 나의 손을 이끄시며, 정각 스님은 자살바위가 나에게 있어서는 희망의 절벽이며 모든 고통을 털어버리는 바위로 생각하라고 말씀하셨다.

다른 여타의 많은 사람에게는 '자살바위'라 불리는 곳이 나에게 있어서는 '희망의 절벽'으로 생각하고 새로운 삶을 살아갈 자세를 가지라는 정각 스님의 말씀은 나를 감동시켰다. '아! 그래서 일부러 자살바위라는 곳으로 약속 장소를 정한 것이구나!' 하는 생각이 들면서 정각 스님이 한없이 존경스러웠다.

나는 그 자리에서 삼배를 드렸다. 불교 의식儀式은 전화 통화 시절에 대강 스님께 들었던 터였다. 능숙한 것은 아니지만 어느 정도의 격식을 갖춘 절을 정각 스님께 드릴 수 있었다. 몸을 구부렸을 때, 잔솔가지 냄새와 흙 내음을 얼굴 바로 앞에서 맡을 수 있었다. 크게 숨을 들이쉬었다. 가슴 속의 후련함과 정신의 명료함이 일시에 일어났다.

몇 년 만에 느껴보는 생의 냄새들인가!

그렇게 정각 스님을 뵙고 온 몇 달 후, 나는 부산시 영도구 영선동에 '부산불교자비원'이라는 사회봉사 단체를 설립했다. 시각장애인이라는 신체적 악조건은 아무런 장애가 되지 않았다. 가슴 속의 모든 원망 덩어리가 풀어지지는 않았지만, 그 원망들을 지난날처럼 고통과 미움 속에서는 결코 풀 수 없을 거라는 의식이 들면서 친정아버님을 졸라 사무실을 얻고 간판을 달았다.

'부산불교자비원' 설립.

정각 스님의 끈질긴 노력과 신도들의 봉사 정신 속에서 가능했던 일이었다. 여러 가지 교양강좌 실시와 교육 프로그램, '자비의 전화'로 지칭되는 전화상담 등을 주요 골자로 하는 자비원 활동이 시작되었다. 나는 자비원의 상담실장이라는 중책을 맡을 수 있었다. 주위의 많은 분이 나의 거듭나는 생을 도와주신 덕분이다. 부족함이야 다른 분들보다 더하지만 새롭게 살아가는 지혜와 용기를 자비원 일 속에서 터득하라는 그분들의 속 깊은 배려가 있었던 것이다.

너무도 많은 분이 '백수린'이라는 여인의 탄생을 위해 수고를 아끼지 않으셨다. 그분들에게는 어떠한 말로도 고마움을 표현할 수 없다. 단지 새롭게 태어난 '백수린'의 새 모습을 보여줄 뿐.

그것이 그분들께 보답하는 나의 모든 능력이었다.

네 자비의 전화입니다 _자작시

따르릉
어둠을 가르고
청명한 하늘이 뭉그레
자비의 전화입니다.
있는 그대로
당신의 이야기를 나누어 볼까요.

작은 섬 영도
고뇌의 물결을 모으는 정각의 결실
초롱한 등대
네 자비의 전화입니다.

그 센 바람 속에 이리저리
터져 버린 가슴을
다정한 소리로
노크하는 자비의 꽃
싱그런 새벽의 까치
백인의 카운슬러들

따르릉 비탈을 돌고
계곡을 차고
내리 들판을 적시는 은혜의 강물
네 자비의 전화입니다.

당신의 이름
얼굴은 몰라도
어지러운 물속에서
높이 대공을 올려
연꽃을 피우고 싶은
우리는 형제인 것을

여보세요
횃불을 높이 드시오
침묵이 끝나는 곳에
광명한 아침을
준비하는
네 여기는 자비의 전화입니다.

종교 유감

'자비원' 활동 중에 자비원이 불교 재단이라 수업을 받을 수 없다는 종교적인 아집을 가진 이들이 종종 나타난다. 그럴 때만큼 가슴 아프고 답답하게 느껴질 때도 없다.

어느 날, 목소리와 말투로 보아 어느 정도의 지적 수준은 있을 듯한 부인이 꽂꽂이 회원으로 신청을 하다가 소스라치게 놀라며 말했다.

"아니, 여기는 불교 재단이잖아!"

그러면서 자기는 수업을 받을 수 없다는 것이었다. 왜냐하면 자신은 기독교 신자이기 때문이라는 것이다. 결국 그녀는 꽂꽂이 수업을 거부하고 그대로 나갔다.

자비원의 사업은 물론 불교 재단에서 시작한 것이지만, 우리는 종교를 초월한 문화적인 차원에서 이 사업을 벌이고 있고, 그러므로 기독교, 불교, 가톨릭이 어떻게 하여 시민 생활에 봉사할 수 있는가에 대한 세미나를 개최하기도 한다. 불교라는 한 종파의 포교 활동이 주목적은 아닌 것이다.

나의 언니는 환갑이 넘은 부산 반석교회의 독실한 기독교 신자로서 내가 신학을 공부하는 데 많은 영향을 주신 분이다. 그러나 지금은 6년째 전혀 왕래가 없다. 절실한 기독교인이기 때문에 나의 불교 귀의를 용납 못 하는 것이다. 내가 아파도 예전에 친하게 지냈던 조카들을 보내주지 않는다.

종교가 형제의 정까지도 끊어 놓는 것인가? 내가 믿는 종교가 다르다고 해서 배우고 싶은 수업도 배울 수 없게 하고 형제의 의를 끊어 놓는다면 과연 종교란 무엇일까? 그러한 폐단이 단지 내 주변에만 있지 않다는 데 문제의 심각성을 더한다. 자신의 종파에만 매몰되어 있는 종교인들이 좀 더 넓은 시각에서 종교를 보아야 한다는 생각이 든다.

지난 가을날의 아침, 업무에 들어가기도 전인 이른 시간에 어느 할머니가 오셔서 손수건으로 눈물을 찍어내셨다.

그 할머니는 30년 동안 삯바느질로 아들을 박사로까지 키워냈는데 그 아들이 신학을 공부한 며느리를 맞이하게 되었다는 것이다. 그런데 그 며느리는 어머니가 모시던 불상을 마당에 내동댕이치고 분가해 버렸다 한다. 참으로 딱한 일이 아닐 수 없었다. 몇십 년 동안 혼자 살면서 종교에 의지하여 자식을 길렀는데, 그것을 몰라주는 아들 내외가 섭섭하신 그 할머니는 하염없이 눈물을 찍어내고 있었다.

종교의 진정한 본질이 생활 속에서 자연스럽게 표출될 수 있는 풍토가 만들어져야만 할 것이다. 그리고 그러한 작업들은 어떠한 종교를 믿든, 참다운 신앙생활을 갈구하는 종교인들에 의해 이루어져야 할 것이다.

산다는 일 고달프고 답답해요

1987년 봄, 진눈깨비 내리던 날이었다. 남편이 봉래국민학교 교장 선생님이라는 부인이 서예 공부를 하러 자비원을 방문했다. 그 부인은 '왜 자비원 간판이 없느냐'고 물었다. 아마 간판이 너무 작고, 구석에 있어서 그런가 보다고 생각했다.

5년 전, 빌딩 왼쪽 현관 입구에 간판을 달았었다. 그 이후엔 간판에 신경을 쓰지 않고 있었는데, 86년 아시안 게임 때 환경 미화라는 명목으로 철거를 요청하여 강당 창문에 붙였던 '부산불교자비원'이라는 선팅을 솔선수범하여 제거했다. 그러자 모든 사람들이 자비원을 찾기 힘들다고 하소연을 해왔는데, 나는 그저 선팅을 제거해 그런가 보다고만 생각하고 있었다.

그런데 서예를 배우러 온 그 부인이 자기 남편의 솜씨가 좋으니 나무 간판을 하나 마련하자고 하셨다. 나는 간판이 있는데 또 할 필요가 있겠느냐고 사양했다. 그러나 그 부인은 기어이 나무 간판을 만들어 갖고 오셨다.

그런데 이게 웬일인가? 고마워하며 밖으로 나와서 달려고 하는데, 5년 전부터 현관 입구에 있던 자비원 간판이 없어진 게 아닌가? 거기엔 자비원 간판 대신 '컴퓨터학원'이라는 대형 간판이 걸려있었다. 손으로 더듬어 보니 대형 간판 뒤에 '부산불교자비원' 간판이 있는 것이 확인되었다.

5층 컴퓨터학원으로 올라가 원장을 만나자고 했으나 바쁘다는 핑계로 문을 닫아 버렸다. 나는 더듬으며 원장실에 들어가서 항의를 했다.

"같은 건물에 살면서 남의 간판 위에 또 다른 간판을 달 수 있는 겁니까?"

"그럼 왜 처음에 우리가 간판을 달 때는 아무 말도 안 했습니까?"

오히려 큰소리를 치는 것이었다.

나는 컴퓨터학원은 두 개의 간판이니 하나는 떼자고 말했다. 그랬더니 그 사람이 말했다.

"우리는 150평으로 더 넓으니까 두 개 다는 게 당연하지 않습니까? 그리고 3년 전에 간판 위에 달았을 때는 아무 말 없더니 왜 이제 와 야단이죠?"

그러면서 자비원 간판이 간판 같지 않아서 그랬다고 했다.

나는 서러움에 눈물이 왈칵 쏟아졌다. 초가삼간에는 문패가 필요 없고 빌딩과 양옥집에만 필요하다는 이야기와 무에 다를 것이 있단 말인가? 비싼 간판만 붙일 수 있고 작은 나무 간판은 붙일 수 없다는 억지에 자비원 사무실로 그냥 돌아왔다.

여자의 몸으로 혼자 운영하니까, 사소한 간판에서부터 문제가 발생하는가 싶어 몹시 속이 상했으나 다시 간판을 붙이고, 복도마다 '자비원' 표지를 붙였다. 이것이 자비원 설립 후 5년째 되던 해의 일이었다.

자비원 옆에는 통로를 하나 사이에 두고 사무실이 있다. '무도협회'라는 간판이 있어 아이들 태권도 도장쯤으로 생각하고 있었는데 매일 트로트 등 흘러간 가요가 들려왔다. 이상해서 김 보살님과 함께 노크를 했는데, 그 안에서는 여자와 남자들이 쌍을 이루어 빙빙 돌며 춤을 추고 있다며 김 보살님이 설명했다. 그 말을 듣고 어찌나 놀랐는지 나는 그만 입을 다물 수가 없었다.

봉사 단체인 자비원 옆에 남녀가 춤을 추는 장소가 있다니!

그 소음은 2년 동안이나 계속되었다. 건물 사무실에 내려가서 항의를 해봐도 소용이 없었고, 춤 선생에게 가서 볼륨을 낮추어 달라고 해도 소용이 없었다.

그 부인들에게 그런 곳에 가지 말라고 교양강좌를 하는 자비원 바로 옆에 사교댄스실이 있다는 것은 얼마나 아이러니한 일인가? 어떤 사람은 들어오면서 히죽히죽 웃으며, "여기는 극락 같군요. 매일 음악 소리가 들리니" 하며 농담을 하기도 한다.

박달나무같이 매끈하게 생긴 젊은 애들이 매일 들락거리고, 술에 취한 여자들도 그곳을 드나들었다. 거기엔 탈의실도 없었던지 여자들이 복도에서 옷을 갈아입었고 심지어 통로가 좁아서 어색하지 않게 들어올 수가 있다며 좋아하기도 했다. 왜냐하면 무도협회와 자비원이 좁은 통로 하나를 사이에 두고 있을 뿐이어서 무도협회에 들어가는지 자비원에 들어가는지 구분이 어렵기 때문이었다.

나는 하도 그 일에 신경을 써서 상담 전화벨 소리, 그리고 무도협회의 쾅쾅 울리는 노랫소리로 인해 신경쇠약에 시달리게 되어 해동병원에 입원하는 일도 있었지만, 건물관리인도 어떤 기관도 무도협회에 신경을 쓰지 않았다. 결국, 무도협회가 이사를 나갈 때까지 돌아보면 그때가 자비원 생활 중 가장 힘든 시절이었다. 무도협회가 이사하자, 나는 친정아버님을 졸라서 도움을 받고 내게 조금 있던 돈을 털어 그 사무실을 모두 인수하였다. 자비원은 그전에 40평 만으로도 운영이 가능했는데, 무도협회 건으로 너무 놀랐기 때문에 모두 인수했던 것이다. 그래서 현재 자비원은 70평이나 된다.

그 전의 무도협회 자리에 주부들과 어린이들을 위한 바둑교실을 개설하고 책상, 커튼, 꽃꽂이 등을 새로 설치하니 분위기가 전혀 달라졌다. 그러나 사무실이 넓어지니 어깨가 무겁고 경제적인 어려움이 따랐다.

어느 해 추석이 지난 가을날이었다. 몹시도 심한 폭풍이 치던 날이었는데 밤중에 작은애(수지)가 내 방으로 뛰어들었다. 도둑이 들었다는 것이다. 바람으로 인해 모든 창문이 덜컹거리고, 정전으로 캄캄한 상황이었다. 나는 당황하여 늘 외우고 있던 파출소 전화번호가 얼른 생각이 나지 않았다. 그리고 행여나 도둑이 전화 거는 목소리를 듣게 될까 봐 조바심 내며 죽어가는 목소리로 겨우겨우 파출소에 전화를 했다. 경찰관 4명이 달려와 강당 구석구석을 손전등으로 비추어 보았다. 그러나 도둑의 흔적은 아무 데도 없었다. 너무 강한 태풍으로 창문이 저절로 열렸다는 걸 알았을 때, 두 다리의 힘이 빠져 탈진한 상태로 아이를 껴안고 울었다. 모든 것이 두려웠다. 내 시야의 한계와 그 한계 속에서 무시무시한 상상으로 다가오는 현실의 소리들은 내게 공포와 불안만을 안겨 주는 것이었다.

그 이후로 갑작스러운 사고에 늘 당황하게 되어 항상 주위를 살펴보는 습관이 생겼다. 그러나 차츰 자신을 추스를 수 있게 되었다. 최악으로 떨어지는 과정이 무섭지, 막상 엄청난 사건 앞에서는 담담해지는 것이다.

자비원에는 슬픔을 가진 여인들이 많이 모여든다. 혼자서 세상을 살아가기가 너무도 어렵다고 그들이 하소연해 온다. '동병상련'이라고 그들의 말에 수긍이 간다.

세상 모든 사람의 사고방식이 많이 바뀌어야 할 것 같다는 생각을 자주 하게 된다. 자기 남편과 자기 아내, 자기 자식들만 위하고 그 범위 안에서 주고받는 사랑의 행위에서 벗어나 좀 더 넓은 차원에서 인간들을 대했으면 하는 생각들을 딱한 처지에 놓여있는 여인들과의 대화에서 더욱 절실히 느끼게 되는 것이다. 현실적으로 주위를 둘러볼 때 외롭게 떠돌아다니는 여인들이 상당수이다. 그녀들도 다 우리의 이웃이고, 누이로 생각하며 사람들이 받아들이고, 사회적으로도 그 여인들이 자립할 수 있도록 제도와 여건이 많이 갖춰지는 그런 사회가 되어야 할 것 같다.

나는 상담하러 오는 여인들에게 우리 '불교자비원'에서 인쇄해 놓은 '마음을 다스리는 글'을 준다.

'복은 검소함에서 생기고 덕은 겸양에서 생기며 지혜는 고요히 생각하는 데서 생기느니라.

근심은 애욕에서 생기고 재앙은 물욕에서 생기며 허물은 경망에서 생기고 죄는 참지 못하는 데서 생기느니라.

눈을 조심하여 남의 그릇됨을 보지 말고, 맑고 아름다움을 볼 것이며, 입을 조심하여 실없는 말을 하지 말고, 착한 말, 바른말, 부드럽고 고운 말을 언제나 할 것이며, 몸을 조심하여 나쁜 친구를 사귀지 말고 어질고 착한 이를 가까이하라.

어른을 공경하고 덕 있는 이를 받들며 지혜로운 이를 따르고 모르는 이를 너그럽게 용서하라.

오는 것을 거절 말고 가는 것을 잡지 말며 내 몸 대우 없음에 바라지 말고 일이 지나갔음에 원망하지 말라.

남을 해하면 마침내 그것이 자기에게 돌아오고 세력을 의지하면 도리어 재화가 따르느니라.

불자야 이 글을 읽고 낱낱이 깊이 새겨서 다 같이 영원히 살아갈지어다.'

자비원 생활은 늘 긴장 속의 연속이다. 나는 하나의 자구책으로 침대 위에 곤봉을 두고 자는 일과, 파출소의 전화번호를 손에 익히는 일을 연습하였다. 어느 날 한 회원이 곤봉을 보더니, "오히려 실장님이 곤봉에 당하겠습니다"라고 하는 바람에 곤봉은 치웠다. 그리고 그다음 날부터는 '염주'를 놓고 잔다. 그 후부터는 새벽 2-3시경에 강당에서 이상한 소리가 나도 전혀 무섭지가 않다. 이제는 염주를 들고 강당 안을 빙 둘러 보고 올 수 있을 정도이다. 아마도 신앙의 힘이 나를 강하게 해 준 것 같다. 생각할수록 곤봉에 의지했던 나 자신에게 실소를 금할 수가 없다.

양딸 수지

무더운 여름날, 한 중년 남자가 자비원을 찾아왔다. 그는 양팔에 남자아이 한 명과 무척 큰 눈에 복스러운 여자아이를 싸안고 있었다.

그 남자는 나를 보고 사정을 했다.

"아이 엄마와 이혼을 해서 두 아이를 키워야 하는데 지금의 경제 사정으로는 아이를 키우기가 무척 어려워서 그럽니다. 이 아이들을 어디에 맡겼으면 하는데 좀 도와주십시오."

아이의 어머니는 어디에선가 술집 겸 식당에서 일하고 있다고 했다. 남자아이는 명랑했으나 가끔 어른들의 눈치를 살피며 아버지의 말에 따라 울먹거려 몹시도 측은한 마음을 자아냈다. 그러나 그 두 아이를 다 키울 상황이 나에게도 안 되었던 까닭에 그 남자보다도 부탁받는 내가 더욱 난감해졌다.

그 남자는 이야기 도중에 화장실을 다녀오겠다고 나가더니 돌아오지 않았다. 하는 수 없이 아이들을 맡아 두길 했지만 여러 곳에 수소문을 해봐도 그 아이들을 맡길만한 마땅한 곳이 없었다.

그러던 중 미룡사 스님 한 분이 남자아이를 맡겠다고 전갈이 왔다. 무척 고마운 일이었다. 여자아이인 수지는 내가 맡아 키우기로 했다.

상처받은 어린것은 처음엔 그저 움츠러들기만 하더니, 아침저녁으로 내가 꼬옥 안아주기를 거듭한 결과 점차 명랑해져 갔다. 자신을 떠난 부모에 대한 원망의 마음을 풀어 주는 매일을 보내며 이제는 나를 '어머니'라 부르며 나를 잘 따른다.

처음엔 가슴에 안기던 애가 이제는 키가 나만큼 커졌고 몸무게도 47kg이나 된다. 초등학교 6학년인데 어떤 이는 17살까지도 보니 우리 수지도 이젠 아가씨 꼴이 박힌 모양이다.

수지는 인사성이 특히 바르고 차도 잘 끓여 온다. 나는 수지를 보면서 우리 모녀 둘 다 불쌍하다는 생각에 동료 의식을 느끼게 된다. 저녁 시간에는 말씨, 행동 등의 예절을 중점적으로 가르치는데 나의 제자가 되기도 하고 동료가 되기도 한다.

요즘은 매를 들 일이 별로 없지만, 전에는 잘못했을 때 매화가 그려진 죽비로 매를 때렸다. 언제 어디서나 꼿꼿하게 살라는 의미였는데 지금은 그럴 일도 없어 죽비는 항아리에 과거의 유산(?)처럼 꽂혀 놓여있다.

이번 신정 때에는 목련 꽃잎으로 목걸이, 팔지를 만들어 나에게 선물을 해 주었고, 내 생일엔 자기가 지은 시를 녹음해서 내게 주었다.

지난해 잡지 인터뷰 중에 나리와 수지가 함께 찍은 사진이 잡지에 실려 나간 후, 그 잡지를 본 수지의 생모가 찾아왔었다. 수지의 생모는 소박한 시골 여인이었고 식당에서 주방일을 보고 있다고 했다. 그녀는 몰라보게 자라고 성숙한 딸을 보고 놀라워했으나 수지가 엄마를 따라가지 않겠다니까 자신도 경제적으로 감당하기 어렵다고 그냥 떠났다.

요즘 수지는 나를 위해 천 개의 학을 접고 있다. 그 천 개의 학을 다 접으면 내 시력이 회복될 거라고 그 애는 믿고 있다.

'그러나 수지야, 이 엄마는 눈이 안 보여도 마음의 눈으로 이 세상을 본단다. 마음의 눈으로 보는 세상은 육신의 눈으로 보는 것보다 더 아름답다고 말하면 수지는 믿을 수 있겠니?'

나는 고아원과 양로원을 방문할 때 수지와 함께 간다. 그러면 수지는 단한 시도 내 손을 놓지 않고 나를 꼭 잡는다. 고아원에서 수지는 내게 귓속말을 한다.

"어머니, 하마터면 제가 이런 곳에 올 뻔했죠?"

나는 빙그레 웃을 뿐이다.

그뿐만이 아니라, 양로원에 갔을 때는 모든 것을 다 알고 있으며, 안심하라는 듯한 어른스러운 말투로 내게 말한다.

"어머니, 난 어머니를 언제까지나 모실 거예요."

"그래, 넌 고아원, 난 양로원에 갈 수밖에 없던 사람이었지. 그러나 우리 둘이 힘을 합친다면 그들까지도 도울 수 있지 않니?"

우리는 손을 꼬옥 잡는다.

미더덕은 참미더덕으로

"나리야! 콩나물은 좀 웃자라서 길고 통통한 놈으로 고르고 미더덕은 참미더덕으로 골라야 향기가 좋단다."

"아니, 실장님. 참 미더덕은 어떤 것인데요?"

"넓적하고 껍질을 벗길 수 없어서 그냥 썰어서 음식에 넣는 것은 개미더덕이고, 네 검지의 반 크기로, 껍질을 벗겨 놓은 것이 참미더덕이야, 구별 잘해사 오너라."

시력이 신통찮은 이유도 있지만 안타까운 사람들을 만나 매일 상담을 하고, 꽃꽂이, 가야금, 예절 교육 강의 등으로 바쁜 시간을 보내야 하는 나로서는 일일이 시장 심부름을 큰아이에게 시키는 경우가 많다.

미더덕찜이 무슨 큰 별미인가 하겠지만, 간편한 요리만 찾는 생활이다 보니 미나리, 방아잎, 고사리 등을 한꺼번에 넣어 만든 음식은 우리들의 식탁에 큰 별미일 수 있다. 고사리가 발암 물질이라 하여 음식을 만들 때마다 은근히 걱정스럽기도 하지만 물을 담가 푹 우려내고 더울 때 먹지만 않으면 된다고 하니, 그나마 안심하는 마음으로 요리의 고명으로 넣곤 한다.

미나리를 다듬던 나리 아가씨가 한마디 한다.

"우리나라 말에는 개, 참 자⁺가 왜 그렇게 많아요? 개살구, 참살구, 참외, 참나리, 개나리, 개복숭아, 개떡…. 호호호."

음식을 만들다 말고 우리는 깔깔거리고 웃는다.

"나리 너는 참나리냐 개나리냐?"

"저는 빛나리로 할래요."

"원자폭탄이 입안에서 터지지 않도록 수지는 미더덕에 구멍을 내서 씻도록 하고…."

한 가지 음식을 만들 때마다 나는 우리 두 딸을 동원하곤 한다. 그 애들은 나의 양녀들이다. 그래서 엄마의 의무를 다하여 솜씨 있는 딸로 키우고자 노력한다.

밥상 앞에 둘러앉은 우리는 합창한다. 공양송이 끝나자마자 상큼한 방아잎 향에 접시가 금방 비워진다.

"애들아, 고사리가 질기지 않니?"

"참 실장님, 고사리가 상당히 질기네요. 5월에 꺾어 말린 것인가 봐요?"

"네가 어떻게 그것을 아니?"

"어렸을 때 시골에 살면서 엄마 따라 하늘만 보이는 산속 깊숙이 들어가 고사리를 꺾어 온 적이 많았어요."

식사를 하다 말고 우리는 산속에 묻혀 있는 신비한 이야기를 주고받았다. 나중엔 백두산, 알프스, 히말라야, 눈사람, 등반대원들의 얘기, 지리산의 2백 살 먹은 할아버지 이야기들, 아름다운 산속의 유토피아 티베트의 깊고 깊은 낙원 이야기 등을 미더덕찜 한 접시에 놓고 먹으며 꿈꾸기도 했다.

향기를 발하는 사람들

자비원에서 생활하다 보면 많은 사람을 대하고, 그들 중에는 한 번 만나 돌아서면 이내 잊히는 사람과 그렇지 않고 두고두고 향기로 남아 여운을 주는 사람들이 있다.

가야금 회원 중에 39세의 박정자라는 여인이 있다. 늘 쪽머리에 비녀를 꽂은 고전적인 이미지의 여인이었는데, 시어머니를 모시고 와 함께 가야금을 연주하곤 했다. 그녀의 남편은 영문학 교수라고 하는데 그녀 역시 문학에 상당한 재능이 있어 시를 써 와서 나를 위로해 주기도 했다.

그녀는 나의 긴 머리를 쪽머리로 해 준다며 내게 비녀를 선물해 주기도 했는데, 시부모님 공경에도 남달라 효부상을 타기도 했단다. 그녀에게선 밝은 가을 하늘의 청명함이 느껴지고 타인을 사랑하는 마음이 은은한 향기로 퍼져 만나는 사람마다 그 분위기에 압도당한다. 그런 고운 이미지의 여인이 주위에 좀 더 많다면 우리네 일상은 훨씬 더 밝아지리라.

한번은 이런 일이 있었다.

12월의 몹시 추운 날이었는데, 사회봉사를 원한다며 전화를 준 30대 초반의 여인이 검은 외투를 입고 강당을 서성거렸다.

그녀는 '장 보살'로 통하는데 30대 초반의 키는 작지만 건강한 몸으로 누구보다 생활 의욕이 왕성한 여인이다. 하루에 한 가지씩 선한 일을 하라고 지은 이름이라는 '장일선'은 그녀의 행동과 무척 잘 어울리는 이름이다.

그녀는 경제적으로 우리에게 많은 도움을 주고 있다. 부산 자유시장에서 의류 도매업을 하면서 고아들을 위해 헌 옷 수집도 한다. 적극적이며 씩씩해 보이기까지 한 그녀의 행동을 보게 되면 누구나 생동감 있고 편안한 마음이 들게 된다.

그러나 그녀에게도 숨겨진 고민이 있었다. 현재의 남편은 전처 사이에서 난 자식이 세 명이 있는데 그녀는 초혼인데도 그런 그와 결혼하여 그 살림을 다 꾸려나가고 있었다. 그녀의 남을 위한 생활태도는 매우 진실하여, 만나면 어떠한 사회 봉사를 할 것인가를 의논해 오곤 했다. 꼭 경제적으로 여유가 있어야 남을 생각하고 도와주는 것은 아니라는 사실을 그녀의 모습이 단적으로 증명해 주고 있는 셈이었다.

실제로 우리 자비원을 도와주는 사람들은 20~30명 선인데 그들의 대부분은 사업가나 대기업 운영자가 아닌 장사를 하거나 그날그날 근근이 먹고 사는 소시민들이다. 그들은 알뜰하게 모은 돈 2~3천 원을 가져오곤 했다. 그 후원금 중 절반은 더 가난한 사람들에게 봉사하기 위한 기금으로 쓰이고, 그 나머지는 연말이면 회원들과 함께 한센인촌, 고아원, 양로원 등을 방문하는 데 썼다.

자비원의 경제 상태가 매우 불안정하여 어느 날은 몹시 걱정이 된다. 만일 내가 쓰러지면 누가 운영할 것인가? 수지를 생각하기도 하지만 어느 누구라도 자비원을 운영할 뜻이 있다면 함께 운영했으면 좋겠다는 생각이다.

'장 보살'과 극단적으로 비교되는 어떤 노인이 있는데, 그 할머니에게는 집도 몇 채 있고 약국을 경영하는 꽤 부유한 분이다.

어느 날인가 내가 봉사 활동을 하자고 권유했으나, 아직 더 돈을 모아야 한다고 거절을 하였다. 장 보살은 만나기만 하면 어떠한 사회봉사를 할 것인가를 의논해 오는데 반해 그 할머니는 어떠한 일을 해야 여생을 편안하게(육체적으로) 마칠 수 있는가에만 관심이 있다. 물론 봉사를 강요할 수는 없는 일이지만, 난 그 두 사람을 통해 어떤 것이 '인생을 아름답게 살아가는 방법'인지를 터득해 간다고 말할 수 있을 것 같다.

자비원 가야금 수강생 중에 28세의 아가씨가 있다. 그녀는 '김 약사'로 불리는데 나에게 남자를 소개해 달라고 했다.

나는 우리 자비원에서 피리를 가르치는 '이 선생님'을 그녀에게 소개해 주었다. '이 선생님'은 우리 사이에서 '피리 부는 사나이'라는 별명으로 더 유명한데 세피리, 향피리, 단피리 등의 피리연주가 일품인 사람이다. 그 어떤 피리라도 '이 선생님' 손에만 가면 깜짝 놀랄 만큼, 작은 피리 속에서 트럼펫 같은 웅장한 소리가 들린다.

그런데 그는 너무 말라서 회원들이 저마다 '뼈에다 가죽을 발라놓은 사람'이라고 한마디씩 하곤 한다. 야윈 얼굴에 눈이 커다란 게 항상 반짝거려 색다른 개성의 소유자이다.

반면 김 약사는 자그마하고 아담한 이로 체중이 40kg 정도밖에 안 나가는 여윈 몸에 티가 없고 맑은 성격이다. 그녀는 마치 프랑스를 다녀온 사람처럼 약간 콧소리를 내는 빠른 말씨가 매력적이다.

나는 피리 선생님이 '자비원'에 오셨을 때 두 사람을 소개해 주었다. 그 두 사람은 만나는 즉시 대화가 통해 이야기를 많이 나누었다. 그리고 그 후로도 몇 번 만나는 듯했다.

어느덧 주위 사람들에게 '이 선생님'과 '김 약사'가 사귀는 게 알려져 어느새 '공인된 관계'처럼 알려졌다. 김 약사의 친척 중 어느 분이 김 약사의 혼인을 중매하고 나섰는데, 김 약사는 '이 선생님'과 교제 중이라 안 된다며 거절

했다는 소리도 들려왔다.

그런데, 그 두 사람의 관계가 더 이상 진전이 되지 않았다. 나중에 이유를 알고 보니, 피리 선생님이 예전에 어떤 여자를 깊이 사랑한 경험 때문이었다. 그 여자가 떠났고, 그 후 피리 선생님은 그 여자에게 받은 상처로 인해 다른 여자도 한 사람의 이성異性으로 보지 못하게 되어 김 약사를 받아들일 수 없다는 것이었다. 그런 말을 들은 김 약사는 안타까움에 몹시 마음 아파했고, 나는 그러한 김 약사를 한참 위로해야 했다.

어느 날, '피리 부는 사나이'와 그의 친구인 '울산 시립관현악단'의 원 선생님이 자비원을 방문했다. 예전과 다름없이 이 선생님은 옛날 일제강점기 일본 순사들이 썼던 차양이 짧고 납작한 모자를 쓰고 35만 원 주고 산 중고 승용차와 함께 활짝 웃으며 나타나셨다. 나는 피리 선생님께 뭐라고 말을 해야 좋을지 몰라서 '김 약사' 얘기는 꺼내지도 않았지만 두 사람 다 좋은 사람들인데, 잘 되었으면 좋겠다고 생각하였다. 젊은 날의 고뇌라고 웃어넘기기엔 당사자들만의 또 다른 게 있겠지…. 어쨌든, 나는 두 사람이 잘 되었으면 하는 바람뿐이었다. 아름다운 사람들, 그 속에서 그들이 연주하는 고운 화음의 노래 같은 이야기들을 듣고 싶다면 그건 지나친 내 욕심일까?

나는 김 약사에게는 위로의 말과 함께 요즘 많은 사람들에게 읽힌다는 '홀로서기'라는 시집을 나리에게서 얻어다가 주었다.

기다림은 / 만남을 목적으로 하지 않아도 / 좋다. /가슴이 아프면 / 아픈 채로/ 바람이 불면/ 고개를 높이 쳐들면서 날리는 / 아득한 미소….

이렇게 시작되는 그 시가 나에게도 깊은 감명을 주었는데, 김 약사에게는 좋은 글귀가 될 수 있을 것 같았다. 그리고 향기로운 그녀가 될 수 있도록 상처를 빨리 극복하고 더욱 사랑이 충만한 아름다운 여인으로, 우리 주위에서 환한 빛으로 있어 주길 간절하게 바랐다.

일은 나의 생명

일전에 나는 '청소년 직업학교' 교장을 한 번 했던 적이 있다. 부산 사회봉사 단체에서 운영하는 그 학교는 내가 그들에게 어떠한 의미와 영향을 주었는지는 모르지만, 그 일은 내게 '일'에 대한 무한한 열정과 '사랑'을 심어 준 아주 고마운 경험이었다.

주로 낮에는 일하고 밤에는 공부하는 그야말로 '주경야독'하는 청소년들을 모아, 자원 봉사원들이 수업을 진행했다. 거기엔 구두닦이 소년, 신문팔이 소년 등 가지각색의 아이들이 모여 공부하였기에 나는 그들만이 쓰는 용어와 은어를 알아듣고 이해할 수 있게 되었다. 구두 닦는 아이를 '딱새'라고 부른다는 것, 구두를 모아오는 아이는 '찍새'로 통한다는 것 등이다. 학교에 슬리퍼를 마구 끌고 오는 아이들도 있고, 학교에 나오지 않아 찾아 나서기도 해야 하는 고통이 있었지만 모두 그 본바탕에 깔린 심성은 착하고 고운 아이들이었다.

그 애들은 열한 살 아이부터 서른이 넘은 어른까지 나이 분포가 다양했는데, 아이들 곁에 다가가면 후덥하고 비릿한 냄새가 났다. 내가 가까이 다가가 이야기를 나눠보려 하면 숫기가 없어서 모두 고개를 숙이기 일쑤였다. 나 자신이 아이를 양육해 본 경험이 없고 다 자란 아이들을 양녀로 들였기 때문에 어떻게 하면 그 아이들에게 내 감정을 제대로 잘 전달해야 할지가 가장 난처한 문제점이었다.

그들 중에는 부모에게 버려진 아이들이 상당히 많았다. 이것은 어느 한 개인만의 문제가 아닌 우리 사회 전체가 안고 있는 문제점으로 볼 때, 그들을 위한 교육과 처우가 사회 제도적으로 이루어져야 하는 것이 시급한 것 같다.

그래도 아이들은 고맙게도 앞도 못 보는 이 교장 선생을 곧잘 따라 주었다. 나는 내가 알고 있는 지식을 다 동원하여 '에디슨' 얘기도 해주고 '황희 정승' 얘기도 들려주었다. 그들은 그러면 그들은 흑요석 같은 까만 눈을 반짝반짝 빛내며 듣곤 했다. 모두 다 예쁘고 귀하고 애처로운 내 자식들이다. 지금은 임기가 끝나 그 학교와 직접적인 관련은 없다. 그러나 마음은 언제나 그들을 걱정하고 있다.

나는 그 일을 통해서 좀 더 적극적인 자세로 일을 하기로 결심하게 되었다. 특히 장애인, 노인, 고아 등 사회 일각에서 고통받고 소외된 외로운 사람들을 위한 일이라면 발 벗고 나서서 행동할 것이다. 이러한 나의 행동을 어떤 이들은 위선이라며 손가락질하고 비난할지 모르지만, 난 심히 상관하지 않는다. 더불어 살아가는 세상이어야 하고, 함께 손잡고 살아가야 할 우리인데 왜 그토록 많은 '이기주의'와 '무관심'이 팽배해야 하는 것일까?

나는 요즘의 세태를 보면 우화 '지나쳐 간 사람들'이란 동화가 생각난다. '앤슬리벤'이라는 사람이 쓴 이 우화는 실로 우리 현대인 모두를 향해 날카로운 풍자의 화살을 꽂는다.

유난히 풍랑이 거칠던 어느 날 물고기 욱이는 바닷가 모래사장으로 밀려나 몹시 난처하게 된다. 그는 지나가는 사람에게 계속 자기를 바다 한가운데로 던져 달라고 요청한다. 어떤 사람은 시간이 없다고 그냥 가고, 어떤 사람은 자신의 작은 친절이 근본적인 상황 개선에 그다지 도움이 안 될 것이라고 생각하며 그냥 지나치고, 어떤 여인은 죽어가는 물고기에게 의존심만 생김을 염려하여 스스로 자신을 돕는 방법을 생각해 보라며 그곳을 떠난다. 결국 물고기 욱이는 숨이 가빠 죽어버리고 나중에 다시 돌아온 그 여인네는 숨이 가빠 이미 죽은 욱이를 파도가 밀려와 바닷속으로 데려간 것은 모르고, 기쁨에 찬 목소리로 말한다. '나는 알고 있었어. 그가 정말 하려고만 한다면 스스로 그 문제를 해결할 수 있다는 것을!'

우리는 흔히 '가난 구제는 나라도 못한다'는 말로 타인에 대한 사랑의 부족, 이해 부족을 그런 식으로 합리화하고 있는 건 아닐까?

사실 현재 자비원 활동을 도와주는 사람은 20~30명으로 그들의 대부분은 지극히 가난한 서민들인 경우가 태반이다.

나는 이 세상에서 그 무엇보다 사람들이 좋다. 얼굴이 모두 다 다르듯이 그들이 가진 기쁨과 슬픔의 빛깔도 모두 다르다. 성격도 모두 다르다. 그리고 그 모든 다름 속에서 각자의 빛나는 '개성'이 있다. 아름다움이 있다. 내 비록 세상에서 가장 아름다운 영혼을 가진 사람을 잃어버렸지만, 그 잃음의 상처를 극복하게 해준 것은 '인간에 대한 애정' 그것이 아니었나 생각된다. 사람들을 위한 것, 나의 친구들을 위한 일이라면 지금의 주어진 내 처지에서 혼신의 힘을 다해 나는 일하고 또 일할 것이다.

아까운 나이에 역사의 희생물이 되어 저세상으로 간 그이도 지금의 내 모습을 내려다보고 있을 것이다. 이제 나는 내 길을 완전히 알았다. 더 이상의 방황이나 슬픔은 없을 것이다. 이제는 계속 가는 일, 앞으로 나아가는 일만 남았다. '로버트 프로스트'의 시구처럼 '가 보지 못한 길'에 대한 아쉬움은 없을 것이다.

나는 지금의 내 선택을 후회하지 않으며 또한 이 일에 대하여 뜨거운 애정을 가지고 있기 때문에 삶의 비애는 더 이상 내 곁에 머무르지 않는다. 다만 내가 자비원 일을 꾸려나가는 데에 필요한 건강과 내 양딸들이 착하고 곱게 자라주는 것, 그 외에는 소원이 없다.

모든 것이 부처님의 말씀대로 이루어지리라 믿는다.

독백 _자작시

1
생명의 소리
이제 막 두 아름 숯불이
타고 있어라.
끊어진 산자락 휘휘 돌아
나그네 오고
목어는 밤새 울지 않아라
바람은 어디 있노
날아도 날아도
끝없는
탁겁'의 모래 언덕
청산 어디메쯤 내 바람을 벗어 놓을꼬
양귀비 잎에 쌈을 싸던 님의 꿈
또 한바탕 자리를 옮겨
객수를 풀어 놓으리라
생명의 소리
이제 막 두 아름 숯불이
타고 있어라.

---

* 불교 용어로 재앙과 재난이 끊임없이 닥치는 말세(末世)를 뜻한다.

2

내 어두운 영혼 앞에

그대 향 피워 합장할 때

나는

하늘을 헤쳐 내리는 바람이 되어

한 가닥 기별을 띄우네

동짓달, 돌고 돌아

서런 세월 겹겹이 지난 뒤

우리의 한 올 슬픔은

터지는 환희가 되어

우련 밝아올 줄

아무도 모를 것이네.

3

간밤 내 머리맡을 뒹굴었던
무상의 잎새들
이제 한 줌 빛으로 물러가고
오고 가는 모든 것들을 위해
새벽의 끝에서
종을 울리게 하소서
어느 물결 일던 날
숲속을 헤매이다 몸을 떨며
달려갔었지
따스한 찻잔을 들어 묵향 번지는
당신의 자리에 있게 하소서
돌아다보면
빈 발자국만 고독한 세월을 지키는
허허로운 미루나무여
애써 하나이려 하는 풀꽃을
뒤뜰 그늘 아래
피게 하소서
본래의 곳으로 돌아가는 모든 것을

배웅하는 그 손길로
울게 하소서
그리하여 이별의 참 의미를
터득게 하소서
가사 눈물 자리를 맴돌며
고뇌의 불꽃을 사르는
스님의 조용한 미소 앞에
노래로 남게 하소서
애써 하나이려는 풀꽃을
빗장 열어 당신의
뒤뜰 그늘 아래
피게 하소서.

돈보다은 더 소중한 것

중국의 춘추전국시대 때의 이야기이다. 맹자 선생님이 양나라 혜왕을 찾아간 적이 있었다. 혜왕이 맹자의 방문을 반가워하면서 "노인께서 불원천리 오셨으니 우리나라에 이익을 주시려는 것입니까?" 하고 물었다. 이에 맹자 선생님이 대답하길 "왕께서는 왜 하필 이익을 말씀하시나이까? 만일 왕께서 이익을 찾으시면 신하는 자신의 집안 이익을 찾을 것이고 또 그 밑의 백성들은 그 자신의 이익만을 찾을 것이니, 나라 꼴이 어찌 되겠습니까? 오직 왕께서는 인의仁義로서 나라를 다스리기 바랍니다"라고 하였다.

정치라는 단어가 그리 친근한 생활은 아니지만 나 또한 국민이기 때문에 그 정치라는 일들을 무시하고는 살 수 없다. 가끔은 정치를 하는 사람들의 말에 귀를 기울이기도 하고 주변의 보살님들을 통해 요즈음 돌아가는 이야기도 상세히 듣는다. 어쨌든 지금의 정치권력자들이 십 년 전의 내 남편의 일과 매우 밀접한 관계가 있는 사람들이기 때문에 저절로 관심을 두게 되는지도 모른다.

앞의 단편적인 글은 가끔 읽는 고전들 중 내가 특히 좋아하는 대목이다. 중국의 고전들 중에는 우리 모두에게 깨우침을 주는 내용들이 많다. 수천 년의 세월이 흘러 정치구조가 바뀌고 사람들 생활 양태도 변모하고, 더군다나 첨단기술이 극도로 발전했다는 현대에도 인간사의 보편적인 진리들은 어느 시대를 막론하고 궤를 같이한다고 생각한다. 그렇기 때문에 고대로부터 있었던 가정과 사회, 국가의 존재 기반과 발전 과정 중에서 정도의 차이는 있겠지만 항상 인간이 중심이라는 생각만은 동일하다고 하겠다.

국가라고 하는 거대한 복합체를 만들어 운영하는 것도 따지고 보면 그 구성원인 인간들을 위한 일인 것이다. 이 때문에 수 세기 전 맹자 선생님이 강조했던 '인본주의' 사상은 현대에까지 보편타당한 진리로 전해오는 것이라 보며 그 같은 입장에서 나는 가끔 우리 주변을 둘러보고 아득함을 느낄 때가 너무 많다.

유구한 역사 오천년의 자랑.

수 세기 동안 유지되었던 왕조 국가의 형태 속에서도 역사의 발전은 이루어져 왔으며, 근대사에 얼룩진 일제강점기에도 점진적인 발전은 있어 왔다. 하지만 돌이켜 보건대 외세에 의한 일제 지배의 종식과 그들 논리에 따른 국토의 분단이라는 참혹한 현실로 우리 현대사가 시작된다. 민주주의 국가라는 이념을 표방하면서 정치권력을 쥔 자와 그렇지 못한 사람, 그리고 보다 민주적인 국가건설을 요구하는 사람들 사이에서는 언제나 티격태격의 잡음이 끊이질 않았다. 그러나 그러한 잡음들은 민주주의라는 우리들의 최고 가치 이념을 실현하는데 필요한 것들이고 사회의 전반적인 발전을 촉진하는 일들이었다.

국민들의 입장에서 군사 쿠데타는 그야말로 '어느 날 갑자기' 발생한다.

5·16쿠데타 후 군부 통치가 시작되면서 전반적인 사회구조의 개편이 뒤따랐다. '잘살아 보세'라는 새마을운동 구호와 함께 산업사회로 둔갑되었던 것이다. 그러한 일들이 경제성장이라는 결실을 몰고 왔고, 보릿고개라 불린 궁핍의 날들이 우리네 의식 속에서 사라졌다. 급기야는 풍족한 물질문명은 대다수의 사람에게 황금만능의 풍조를 만연시키는 병폐를 가져왔다. 크게는

재벌로부터 부동산투기, 탈세, 권력형 비리 등이 횡행하고 사회 저변에는 살인, 강도, 강간, 가정파괴범들이 꼬리에 꼬리를 물고 있다. 그 결과 대도 조세형이 서민의 동정을 받으며 의협심의 사나이로 평가되었고, 양심적이고 바르게 살아가는 사람들이 무능력자로 몰리는 반면에 권력을 탈취한 자들, 그런 권력에 금방 달라붙는 카멜레온 족속들, 사기와 협잡꾼들이 능력자로 평가받는 세상이 되었다.

윤리와 도덕성을 논하면 학교에 가서 알아보라 한다. 양심과 인권을 이야기하면 교회에나 가서 물어보라고 한다. 힘 있는 특권층의 집권자들은 이러한 망국적인 상황을 산업사회 과정에서 파생된 부작용으로 치부하며 숫자놀음에 불과한 GNP 5,000불 선진국론을 계속 운운한다. 그들이 말하는 선진국이 되면 우리 사회의 모든 병폐가 사라진다고 하니 지상낙원을 만들려고 하는 것 같다.

그러나 아무리 좋은 무릉도원이라도 그것이 일정한 계층에게만 주어져서는 아무런 의미가 없다고 본다. 민주주의가 뭔가? 백성이 주인이 되는 세상을 만들자고 하는 것이 민주주의 아닌가!

물론 GNP 5,000불 시대를 이룩하는 것도 좋은 일이지만 나라의 소득이 국민 모두에게 골고루 나누어지는 정치경제구조를 이루는 일이 선행되어야 할 것이다. 극심하게 나타나는 우리 사회 '부익부 빈익빈' 현상도 가진 자들이 솔선수범하여 나눔을 행한다면, 사회에 널린 병폐들과 함께 치유되리라고 생각한다.

학교 주변에서 일어나는 어린 학생들의 범죄를 법으로 다스린다는 명목하에 '전과자'라는 이름표를 달게 하고, 가정파괴범을 사형시키며 강력범죄에 대응하기 위해 경찰들이 총기를 휴대한다고 해서 우리 사회가 평온해질 수 있을까?

이런 문제는 본질적인 치유책이 없이는 해결되지 않을 것이다. 황금만능주의의 씨앗이 더 자라나기 전에 뿌리를 뽑아야 할 것이다. 또한 우리가 살고 있는 '사회의 황무지화'는 백성이 나라의 주인이며 모든 정책 결정에 국민을 가장 우선해서 고려하는, 참된 민주주의 세상을 이루어야 근본적으로 막을 수 있을 것이다. 참된 세상을 만드는 힘, 권력자들의 횡포를 막을 수 있는 힘은 국민들에게서만 나올 수 있음은 물론이다.

양의 탈을 쓴 늑대

지난해 연초의 일이다. 하루에 수십 통씩 걸려오는 상담 전화를 받을라치면 오후에는 자연히 기진맥진하기에 십상이다.

잠시 몸을 길게 눕히려고 하는데 또 전화벨이 울렸다. 나쁜 짓을 하다가 들킨 사람 모양으로 급히 수화기를 들었다.

"거기 부산불교자비원이죠?"

카랑카랑한 30대 후반의 여자 목소리였다.

"네, 그렇습니다. 말씀하시죠."

나는 여느 때와 같이 부드럽게 대답했다.

"자비원이라는 곳이 무얼 하는 데죠? 혹시 불교라는 종교 이름을 내걸고 사리사욕 채우는 곳 아녜요? 전 불교 신자인데요, 그곳 자비원이라는 곳이 형제복지원처럼 가면을 쓴 곳이 아닌가 하는 의심이 들어서요."

아닌 밤중에 홍두깨라고 무슨 말을 하는지 전혀 짐작이 안 됐다. 더군다나 따지는 듯 물어 오는 내용들이 평소에 받던 상담 전화와는 다르다는 생각이 들자 조금 당황하게 되었다. 그러나 곧 침착한 어조로 되물었다.

"무슨 말씀을 하시는 건가요. 잘 모르겠는데요. 저희 부산불교자비원은 사회봉사 단체로 주로 교육 프로그램을 진행하고 있는 곳입니다."

"그럼 부랑아나 고아들을 수용하는 곳이 아니라는 말이에요?"

"네, 저희는 수용시설이 아니라 시민 교양강좌와 전화 상담을 주 업무로 하는 곳이지요."

그러한 나의 대답이 있고 나자 그 여인은 한동안 말이 없다가 그렇다면 자신이 실수를 한 것 같다며 죄송하다는 말과 함께 전화를 끊었다.

부산 형제복지원.

언젠가 정각 스님께 들었던 단체 같기도 하였다. 아마도 부랑인들을 수용하는 사회복지단체로 규모가 엄청나고 국가의 보조금도 상당하다는 이야기였던 것 같다. 그런데 방금 걸려 온 여인의 전화 내용은 부산 형제복지원과 부산불교자비원의 유사성을 묻는 것이었다. 왜 그런 질문을 하였을까?

규모도 그렇고 운영 형태도 전혀 다른 두 곳을 새삼스럽게 물어봤던 일이 그날 저녁에 생각나서 김 보살님께 여쭈어보았다. 김 보살님은 자비의 전화 상담 요원이며 사범대 출신자답게 청소년들의 상담 전화를 능수능란하게 처리하시는 분이다.

"김 보살님, 형제복지원에 요즈음 무슨 일이 있어요?"

"아니, 백 실장님이 그 일을 어떻게 아세요? 신문이나 라디오도 안 들으시잖아요."

나의 궁금증으로 시작된 형제복지원에 대한 세간의 이야기를 주고받는 일은 그날 밤늦도록 진행되었다. 4년 전, 내가 거듭나는 의미로 시작한 부산불교자비원의 설립이념이 사회에 봉사하고 많은 사람에게 도움이 되는 일을 한다는 데에 있기 때문에 형제복지원이라는 곳을 한 번도 가 본 적이 없어도 우리와 같은 이념에서 활동한다는 생각이 들어 더욱 관심을 두게 되었다.

김 보살님으로부터 들은 '부산 형제복지원' 사건은 나의 상상을 초월한 엄청난 이야기였다.

7천 평에 달하는 커다란 복지원에는 수백 명에 달하는 부랑인들이 수용되어 있다고 한다. 연간 20억 원이라는 돈을 국고에서 지원받으며 운영하는 형제복지원 원장 박인근 씨는 흔히 말하는 사회의 유명 인사였으며, 한 텔레비전 드라마의 주인공으로 세상 사람들에게 소개될 정도로 사회봉사 단체의 대부代父로 군림하였다. 더욱이 종교잡지의 표지에도 등장했고 많은 언론기관의 인터뷰에서 봉사자들의 대표 인사로 취급받았던 사람이었다. 더군다나 형제복지원을 방문한 사람들은 수용당한 사람들을 데려다준 경찰관이나 사회복지 직원 등의 상례적인 사람들 이외에도 사회복지학을 전공하는 학자·목회자·신학대학생 등 각종 단체의 위문객들도 많았다. 그뿐 아니라 비대해진 부랑인 수용시설을 자랑삼아 보여주던 보사부 관계자와 외국인들의 발길도 간혹 있었다.

　그러나 사회봉사 단체의 대표적인 시설로 인식되어 국가로부터 막대한 지원까지 받았던 형제복지원이 수용인들에게는 생지옥이었다고 한다. 수백 명에 달하는 수용인들이 형제복지원에 들어오는 과정부터가 기가 막혔다. 그들 중 상당수는 가족 등의 연고지와 사회 정상인으로서 충분히 생활해 갈 능력이 있는 사람들이었는데도 '불법적인 과정'을 통해 복지원에 끌려간 셈이었다.

　사우디에서 취업 중 잠시 나왔다 갇혀 버린 사람, 미국에 이민 갔다 일시 귀국해 돈이 떨어져 거리를 배회하다가 강제 연행된 30대의 청년, 그리고 길거리에서 잠자다 경찰에 의해 넘겨진 어린이 등도 상당수 있는 것으로 밝혀졌다고 한다. 더욱이 현직 교사가 역 대합실에서 졸고 있다가 복지원으로 끌려가는 봉변을 당한 이야기는 도대체 그들이 얼마나 억울하게 잡혀갔는가를 그대로 말해주는 듯하다.

　복지원에 수용된 사람들 거의 모두가 가혹한 대우와 노동력의 착취에 시달렸다는 이야기는 매우 충격적이다. 복지원 측은 아예 관리인들의 조직체계를 중대장, 소대장 하는 식의 군대식 편제를 갖추어 놓고 곳곳에 가시철망과 경비견들을 두고서 수용인들이 빠져나가는 것을 감시했다 한다.

형제복지원에 수용된 사람들이 구타와 가혹한 대우를 받은 것 외에 그들이 복지원의 수익사업에 시달렸다는 사실도 놀랍다. 복지원의 수익사업은 아주 다양한 것으로 나타났는데 단순한 노동력 착취 이외에도 자활훈련장이라 하여 제재소, 페인트부, 목공부, 나전칠기부, 가구부, 용접부, 철공부, 선반부, 대장간반, 모터반, 양화반, 프레스반, 빠루반, 미장반, 재봉실, 미용실, 이용실, 세탁실, 운전교육장, 운전정비실 등을 다양하게 갖추고 있었다고 한다. 거기에다가 지체 부자유자와 여자소대가 하는 봉제 편물이 있고 18세 이하의 부랑아들은 장난감 권총 조립 작업을 하였다고 한다.

정상적인 사람들은 물론 지체 부자유자와 어린이들까지 고된 일을 시키며 얻은 수익금은 명목상 '자립적금' 통장에 적립되는 것으로 꾸며 놓았으나 실지로 2~3년간 그곳에서 일한 사람들의 통장에는 2~3만 원밖에 없었다고 한다. 국고 지원금 말고도 수용인들의 노동력에서 나온 엄청난 금액을 원장이라는 사람이 차지한 꼴이다. 전쟁 포로들의 수용소보다도 더 잔혹하게 대했던 사실들이 10년이 넘어서야 밝혀졌다는 점이 나의 상식으로서는 전혀 이해가 되지 않는다. 그러면서도 늦게나마 그러한 비리가 밝혀진 것이 다행이었다.

어떠한 사회라 하더라도 사회 최저계층의 빈곤 현상이 있기 마련이다. 그들의 빈곤이 개인의 잘못에서 기인하건 사회적인 구조에서 초래되었던 간에 우리는 그들을 구제하는 시설들을 갖추고 있다. 흔히 말하는 사회봉사 단체이며 그 단체들의 운영에는 국가의 도움도 있고 개인적인 선행을 베푸는 여러 사람의 후원도 있다. 그러나 형제복지원처럼 우리나라의 복지시설들이 그 본연의 임무를 벗어나, 마치 고대사회의 노예수용시설처럼 전락해 버렸을 때, 국민들은 얼마나 큰 배신감을 느낄 것인가? 더욱이 수백 명에 달하는 사람들의 인권이 무참히 짓밟히는 일이 10년 넘게 자행되었다는 사실과 부산시로부터의 갖가지 혜택을 누린 원장이 개인적으로는 엄청난 축재와 명예까지 누렸다는 사실은, 비교가 안 될 정도의 작은 규모이지만 성격상으로는 비슷한 자비원을 운영하는 나에게 너무도 큰 충격을 주었다.

박인근 원장은 그간 부산에서도 대단한 거물로 군림해왔으며, 시내를 다닐 때는 탈주자들로부터의 신변 위협을 두려워하여 항상 경호원을 대동하고 다녔다고 한다. 또한 그가 구속된 후에도 그를 비판하는 신문 기사를 큰소리로 반박하기도 하였으며, 부산시는 한술 더해 박씨가 없으니까 복지원 통솔이 안 된다고 그를 풀어달라고까지 나서기도 하였다 한다.

우리나라에는 각 종교 단체들이 운영하는 사회복지시설과 봉사단체들이 많은 것으로 알고 있다. 대부분의 그러한 시설들은 본래의 임무를 충실히 수행하고 있다고 봐야 할 것이다. 언제나 문제가 되는 곳은 규모가 엄청나게 크고 돈과 권력이 주위에서 맴도는 곳이다.

정부의 작은 도움도 없이 살신성인하는 종교인들의 힘으로 훌륭하게 운영되어, 진실로 도움이 필요한 소외계층에게 밝은 빛이 되는 여타의 시설들이 형제복지원 사건으로 의혹의 시선을 받아서는 안 될 일이다.

주로 교육 프로그램과 교양강좌를 하는 자비원 운영이지만 가끔 경제적인 어려움을 느낄 때가 있다. 남편의 핏값으로 받는 연금을 털어가면서 운영하지만 나의 능력부족인지 언제나 궁핍을 면치 못한다. 그러나 한 번도 자비원의 정신에 금이 가는 돈을 받을 생각은 못 해 봤으며, 그 같은 방법을 써가며 자비원 운영을 하고 싶지도 않다.

미꾸라지 한 마리가 온 강물을 흐리게 한다는 속담이 떠오른 씁쓸한 날이었다.

스포츠 왕국

레슬링과 태권도에서 수준급 실력에 달했던 남편은 모든 스포츠에도 열광적인 팬이었다. 그이는 업무가 바쁠 때를 제외하고는 집에서 텔레비전을 통한 스포츠 경기관람을 즐겨하였고, 어쩌다가는 나를 데리고 직접 체육관을 찾아가기도 하였다.

남편의 열성적인 스포츠 관람 덕분에 나도 모든 경기를 흥미롭게 관람했었다. 군부대 내에서 체육대회 같은 행사가 열리면 언제나 달리기와 축구선수로 활약하는 남편을 응원하느라 목청이 터지라고 소리를 지른 적도 많았다.

스포츠에는 두 가지 종류가 있다. 한 가지는 체력단련을 위한 스포츠로서 자신이 직접 참여하는 건강단련용 스포츠이다. 또 다른 하나는 오락용 스포츠로서 보고 즐기는 스포츠이다. 두 번째로 언급한 오락용 스포츠는 건강과는 아무 관계가 없고 영화를 보듯 감상하는 것을 말한다.

스포츠란 것은 정정당당하게 겨루는 경기이며, 승부나 결과에 너무 집착하지 않는 태도를 보이는 것이 그 정신이다. 그렇기 때문에 많은 사람이 그 깨끗한 승부 의식에 참여하고 스포츠를 즐긴다고 생각한다. 우리들의 정신적 피로를 말끔하게 풀 수 있는 것이 바로 스포츠의 효용인 것이다.

작년 여름이었다. 자비원의 어학 교양강좌를 듣던 대학생들끼리 약간의 논쟁이 있었다. 논쟁의 주 내용은 요즈음 신문과 라디오, 텔레비전의 대부분을 장식하는 '프로스포츠'의 역할에 대한 말들이었다. 학생들은 대략 두 개의 다소 상이한 입장을 가지고 있는 듯하였다. 스포츠 정신 그대로 요즈음의 프로 경기도 그 일종으로 봐야 한다는 입장과 프로야구, 프로축구, 프로복싱, 프로레슬링, 하다못해 프로 바둑 등 '프로' 자가 안 붙는 스포츠가 없는 상황이 결코 순수하게만 볼 수 없다는 입장이었다.

스포츠라면 명경기와 명승부 정신으로 보는 이에게 명쾌한 기쁨을 준다는 것으로 단순하게 생각한 나는 대학생들의 논쟁이 매우 재미있었다. 그리고는 그들이 비판하는 스포츠와 정치의 역학관계를 깊이 생각해 보는 계기가 되었다.

고대로부터 보아도 정치와 스포츠는 깊은 연관이 없다. 정치라는 것이 광범위하게 전반적인 사회구조를 통괄하는 행위라면, 스포츠는 국민들의 문화행태로 표현되는 것으로 구분 지을 수 있겠다. 그렇기 때문에 스포츠는 정치와는 다소 다른 영역에서 국민들에게 그 기능을 했다고 볼 수 있다.

그런데 언제부터인가 스포츠가 정치에 이용되는 일이 잦아졌다. 강대국의 대통령이 축구를 하고 수영을 하는 모습들이 텔레비전 화면에 크게 확대되더니, 이제는 아예 정책적인 차원에서 스포츠 붐을 불러일으키는 국가들이 많다. '프로'라는 이름으로 이루어지는 스포츠들은 수천 수억 원의 돈을 가운데 놓고 쟁탈전을 벌이는 '돈 빼먹기' 놀이로 타락해 버렸다.

한 제조업 공장에서 하루에 12시간이 넘게 일하면서 받은 월급이 12만원이라는 어느 여공이 자신들의 기업체는 한 해에 수억 원을 대주는 '프로축구단'이 있다고 하는 소리를 들었다. 수천 명의 저임금 노동자들에게 돌아가야 할 돈들이 너무도 쉽게 다른 곳으로 방류되는 것이었다. 더군다나 방류되는 그 돈은 노동한 대가에 따른 정당한 액수가 아니라 뭔가 정치적으로 필요한 이유가 있어서 그러한 듯하다.

그러한 현상이 바로 제5공화국이 강조한 스포츠정책이었음을 대학생들의 토론을 통해 알게 되었다. 정부의 권력자들이 국민들을 정치적 관심으로부터 멀어지게 하려는 의도에서 엄청난 액수가 걸린 '프로' 자‡ 붙인 스포츠를 양성화시킨다는 것이다. 또한 그것은 '3S'로 대표되는 우민화 정책의 일종인데 여기서 말하는 '3S'란 영화^{Screen}, 성^{Sex}, 스포츠^{Sports}를 지칭하는 것으로, 그 셋을 국민들 의식 속에 절대적인 비중을 차지하도록 고무시킨다면 국민들은 정치적인 문제에 자연스레 등을 돌리게 된다는 논리이다. 그런 관계를 이용해서 정치권력자들은 전권을 휘두를 수 있다는 것이다.

　마치 제5공화국은 86아시안게임과 88올림픽을 치르기 위해서만 출범한 정부인 양 7년 내내 선전을 해 온 느낌이다. 그렇기 때문에 정치에서 가장 중요시해야 하는 국민들의 공정한 성장 혜택의 향유와 정치기구의 국민 참여 구조 확대, 특히 인권의 문제에 있어서는 세계의 후진국들과도 비교가 안 될 만큼 뒤처져 있다. 그러한 잘못들을 올바르게 고칠 수 있는 힘은 바로 국민 다수의 수준 높은 정치의식과 시민의식에서 나오는데, 정작 국민들이 정치에서 눈이 멀어지고 스포츠의 말초적인 흥미에만 열광하도록 하는 정부의 잔꾀에 길들어지는 일이 우리 사회에서 심각하게 나타나고 있다.

　지방마다 연고지를 두고 있는 프로야구의 경우는 그 경기의 멋있는 시합내용이 중요시되는 것이 아니라, 모든 경기가 끝났을 때 어느 편이 이겼는가가 더욱 중요하다. 만일 자신들의 팀이 경기에 졌을 때, 그곳 사람들은 용기와 격려의 박수 대신에 빈 깡통과 휴지, 심지어 소주병을 선수들에게 던진다는 이야기를 가끔 접할 수 있다.

　인간이 스포츠를 향유하는 것이 아니라 스포츠 함정에 인간 스스로 빠지는 현상이 너무 흔히 일어나고 있는 요즈음이라는 생각이다. 이는 선수가 어떤 소속팀에 얼마만큼의 계약금으로 팔렸는가가 신문의 한 면에 크게 나오고, 배고픔 속에서 최후의 승리자가 된 선수에게 돌아가는 것은 인간 승리라는 말보다, 달라지는 그 선수의 연봉 액수가 우선하는 세태에서 알 수 있다.

자비원에서 활동하는 어느 보살님은 주말에 텔레비전을 보려고 하면, 온통 스포츠 중계뿐이라 주말의 텔레비전이 아무런 도움이 안 된다고 말씀하신다. 우리나라 대부분의 국민들이 주말의 여가선용을 텔레비전 시청으로 보낸다는 조사내용을 생각할 때 뭔가 아이러니함을 느끼게 한다. 국민들의 여가 방법을 알고 있었기 때문에 정책적으로 주말의 텔레비전 프로가 상당수 스포츠 중계로 메워지는 것은 아닐까 하는 생각이 든다.

그 본래의 목적성을 벗어난 스포츠의 적극적인 장려는 국민들을 책으로부터 멀리하는 폐단도 초래하는 것이 사실이다. 어느 통계자료에 의하면 연간 국민의 독서량이 일본이 10.5권, 미국은 8.5권인데 반하여 우리나라는 2.5권에 불과하다고 한다. 걱정스러운 일이다. 국민이 책을 멀리하고 올바른 역사의식과 시민의식을 확립하기 위한 노력들이 책에서 이루어지지 않는 사회의 미래는 결코 보장받을 수 없다고 생각한다.

국가와 정부가 어떤 형태이든, 가장 중요하고 변하지 않는 것은 모든 것에 '인간'이 중심이라는 사상이다. 서양의 어느 철학자가 20세기도 18세기 계몽사상의 영향권 아래 있다고 한 말처럼, 어쩌면 나의 '인간' 우선주의가 계몽사상의 아류적 성격인지도 모르겠다. 하지만 모든 문화의 형태는 인간들에 의해 형성되는 것이며, 결국 문화의 존재 이유는 사람들에게 도움을 주기 때문이다. 수 세기 전의 문화 형태와 지금의 문화 형태가 다르다고 하여도 좋은 문화, 훌륭한 문화는 '사람들'을 위한 문화임에 틀림이 없을 것이다.

국민들을 정치적인 관심에서 소원하게 만들고, 정치구조에서 소외시키기 위해 정책적으로 조성하는 스포츠정책은 결코 문화가 될 수 없다. 흔히 사용하는 단어로 '사회악'이 될 수밖에 없는 것이다.

진정한 인간 정신의 정화작용을 해내는 문화풍토의 형성만이 우리 사회에 만연한 정신적인 병폐의 근본적인 치유책이 될 것이라고 생각한다.

거듭나는 사람들

우리 '자비원'은 교육 사업부터 시작하였다. 일반 사람들을 상대로 한 취미 생활과 교양강좌가 주 사업이었다. 처음에는 기타 강습이 있었다. 하지만 나는 할머니가 기타를 치는 모습이 너무도 부자연스럽게 느꼈다. 분명히 제대로 안 맞는 프로그램이었다.

그래서 다시 교육 프로그램을 생각하게 되었는데, 우리 민족 전통의 것을 가르쳐야겠다고 생각하기에 이르렀다. 가야금과 천대만 받았던 장구, 국악의 시작 악기인 단소 등으로 악기의 종류를 바꾸고, '고전 춤', '살풀이' 등의 강좌를 열었다.

또 예절 프로그램에는 예절 강의와 다도茶道를 반드시 포함해 아가씨, 신부新婦, 부인 등 전반적으로 여성이 지켜야 할 예절을 강의했다.

어린이 레크리에이션으로는 지능 개발을 위한 바둑 교실을 개설하였다.

시조창 시간에는 부산의 대가 김영봉 선생님이 강사로 나오셨는데, 초장이 끝나기도 전에 모든 사람이 크게 웃었다. 우리의 노래, 우리의 문화인데도 접하지 않은 생소함으로 인해 평시조인 '동창이 밝았느냐'를 부를 때 낯선 느낌이 들었기 때문이었다. 그 시조창을 웃음소리 없이 제대로 하기까지는 참으로 오랜 시간이 지나야 했다. 외국 가곡이나 팝송을 부를 때는 잘하면서도 우리 노래인 시조창을 부르는 일에는 인색한 것이 사실이다.

사설시조 '팔만대장경'을 배울 때는 기독교 신자들이 반발하고 나섰다. 단소 수업 때도 '영산 회소곡'을 부른 것에 기독교인들이 거부했다. 그 곡은 부처님이 여러 제자 대중들을 불러 모을 때 부르는 노래였기 때문이다.

나는 그들을 설득하느라 애원까지 하였다.

"종교적인 차원이 아니라 우리의 문화적인 차원에서 받아들이세요."

그것은 나에게 여러 가지 생각을 하게 한다. 어째서 종교가 우리의 문화, 생활, 사고방식의 차이까지 가져오게 했는가? 안타까운 일이다.

예를 들어 꽃꽂이 강의 시간은 강의마다 꽃이 바뀐다. 꽃은 종교를 모르며 문화를 원할 줄도 모른다. 그저 아름다운 그 자체로 우리에게 즐거움을 주는 것이다. 그런데도 연꽃과 같이 불교적인 의미가 있는 꽃들은 기피하는 기독교인들이 많다. 반대로 기독교 계통에서 많이 쓰는 꽃을 싫어하는 불교인도 있다.

'자비의 전화' 상담은 남녀, 부부, 고부^{姑婦}간의 문제들을 처리하는데, 어떤 때는 '자살하겠다'라는 협박성 전화도 오고 상담 선생님의 목소리가 예쁘다면서 한 번 만나보자는 등의 장난 전화가 걸려 오기도 한다. 그런 때일수록 감정의 동요 없이 잘 처리해 내야 한다.

전화 상담 중 무엇보다도 청소년들의 상담은 매우 심각하다. 밤늦은 시각에 누가 문을 두드렸다. 예쁘장하고 가냘픈 모습의 여고생이었는데 나를 보자마자 살려달라고 애원하였다. 경찰에 쫓기고 있다는 것이다. 옆집에 들어가 도둑질을 했는데, 부모가 딸의 손버릇이 나쁜 것을 알고 경찰에 신고했다고 거짓말을 하자 소녀는 그 말을 믿고 도망쳐 나왔던 것이다.

내 방으로 이끌고 들어와 그 여학생을 껴안아 주고 안심시킨 후 다음 날 부모에게 돌려보냈다. 부모는 감사하다며 몇 번이나 머리를 조아리며 인사를 하고 갔다.

어떤 때는 부부가 들어와 내 앞에서도 여전히 싸움을 계속한다. 그러면 나는 그 두 사람을 따로따로 불러 이야기를 듣고 설득도 한다. 두 사람을 돌려보내면 다시는 같이 안 살 것처럼 욕을 하면서 싸우던 사람들이 며칠 후에는 사이좋게 다시 와서 인사를 하는 경우도 종종 있다. 그럴 때 가장 보람을 느끼게 된다.

참 애로점이 많았던 일 중 하나는 20년이나 변심한 애인을 따라다녔다는 '정신병 걸린 여자'의 일이었다. 그녀는 변심한 남자의 결혼 생활을 방해하려고 쫓아다녔는데 약과 작은 면도칼을 내게 보여주는 것이었다. 나는 겁이 와락 났으나 태연한 척하고 나의 과거 이야기를 들려주었다. 내 이야기를 들으면서 그 여인은 내가 맹인인 줄을 몰랐다.

"나를 보세요"라고 말하며 나는 안경을 벗고 초점 없는 내 눈동자를 보여주었다. 그러자 그녀는 조금씩 수그러지는 말소리로 자신의 비뚤어진 애정을 반성하였다. 그러고는 봇물 터지는 듯한 울음을 한참 동안 쏟아내더니, 이제는 가슴 속의 응어리들이 다 풀어졌다며 웃으며 돌아갔다.

그 여인은 지금 부산의 국제시장에서 양품점을 경영하고 있는데 지금도 가끔 자비원을 찾아오며, 자비원에서 불우이웃돕기 행사를 할 때면 으레 많은 옷을 기부하는 후원인이 되기도 한다. 물론 옛 애인에 대한 복수심은 흔적조차 없어진 해맑은 독신 여성이다.

저녁의 일정한 시간이 되면 어김없이 걸려 오는 60대 할아버지의 전화가 한동안 있었다. 그 할아버지는 아들과 함께 살고 있는데 고독해서 사는 일이 힘들다는 하소연을 늘상 하셨다. 나는 할아버지의 관념적 고독은 마음먹기에 따라 쉽게 치유될 수 있다는 것을 여러 가지 화제로 주지시켜 드렸다. 전화 상담이 할아버지께는 재미가 있었는지 어느 날은 자비원의 위치를 물으셨다.

자비원은 전화 상담은 물론 직접 면담까지 하는 상황이었기 때문에 나는 그 할아버지께 자비원의 위치를 알려드렸다.

빨갛고 노란 티셔츠에 검은 베레모를 쓰시고, 딱 붙는 맘보바지를 입고 나타나신 할아버지는 재즈 피아노를 근사하게 치실 줄 아는 멋쟁이 신사였다. 자비원에서 교양강좌를 듣는 여타의 많은 사람과도 친숙하게 된 할아버지는 두 소매를 걷어 올리며 카레라이스를 맛있게 해주는 세련됨을 보이기도 하셨다. 자비원에서의 만남들이 그 할아버지께는 새로운 인생의 즐거움으로 여겨졌고, 항상 웃음 띤 할아버지의 모습은 우리 상담원들에게 보람을 안겨 주었다.

교도소에 정각 스님과 함께 재소자를 위한 교양강좌를 가기도 한다. 처음에는 교도소라는 말 자체의 이미지 때문에 두려움을 느꼈지만 실제로 내가 교도소를 방문하였을 때는 죄수라는 사람들이 갖고 있는 '인간의 보편성'에 쉽게 일을 할 수 있었다. 다른 어느 활동보다도 교도소를 찾는 일은 많은 의미를 주고 있으며, 한 번의 강좌가 끝날 때마다 느끼는 감동과 교훈은 너무도 컸다.

그들 앞에서 내가 평시조 '동창이 밝았느냐' 등을 시조창으로 들려주면 그들은 매우 좋아했다. 아마도 식상한 강의보다도 자연스러움과 신선함을 안겨주는 모양이다. 그래서 그들은 내 시조창이 끝나면 모두 기립박수로 화답하는 열광적인 팬이 되어준다.

교도소 안의 분위기는 외양상으로 볼 때는 살벌하지만, 함께 노래를 부르고 이야기를 나누면 금방 온화한 분위기로 돌변하기 십상이다. 그들 또한 순수하고 아름다운 마음씨가 그대로 내재되어 있는 사람들이라는 생각이 든다. 언젠가 위문 공연을 갔을 때, 나는 그들 앞에서 사설시조 「팔만대장경」을

창으로 부른 적이 있었다.

팔만대장경 부처님께 비옵나이다
나와 님을 다시 상봉케 하여
저세상에서 영원토록
다시 살게 하옵소서

이런 내용의 대목이 있었는데, 나는 그만 남편이 생각나서 거의 울음소리로 시조창을 마칠 수 있었다. 내가 단을 내려설 때는 같이 간 동료들은 물론 듣고 있던 재소자들 모두가 눈물을 흘렸다. 단 위의 내 심정과 단 아래의 모든 사람 사이에 인간의 본질적인 감정 교환이 깊게 이루어졌던 경험이었다.

산사에서 _자작시

가슴 비우고
높은 탑 돌아
아침 저편
오랜 세월 엎드린
단 하나
돌계단을 오른다.
솔가지 마른 불씨
활활 부채질로 조공朝貢을 짓는다

그러나
서물서물 기어드는 어둠
송진같이 늘어 붙은 부끄러움
놀란 듯 누더기 바람을 벗어
온종일
빨래를 한다
동무도 없이
눈 뜬
목어 옆에서

금으로 장식된 욕망을 헐어내고
진정한 해방의 원형지들
오늘 만난다.
나이 50줄에
백 년을 볼 수 있다는
달력 한 장을 산다.

성자^{聖者}는 외친다.
"이것이다" 하고
숲에서
거리에서

목이 마르다
꽃샘에 대롱을 내린 나비 되어
성자의 고향
인도의 늪 위를 나른다

바람은 어디 있노
탁겁의 모래 언덕

청산 어디에쯤
내 바랑을 벗어 놓을까?

끊어진 산자락
휘휘 돌아올
길손을 맞아
언제쯤
양귀비 잎에 쌈을 쌀 거냐?

무의식을 헤쳐 오르는
미숙한 고기떼들
팔 아프게 끌어올려
가슴 깊이 자장자장

겁 많은 산비둘기
산으로만 숨듯
회색의 눈물 자리를
시작도 없이 맴돌다

적당히 약속을 나눠 갖고
님께 즐거이 귀의한다.
산사의 처마 끝
하늘을 풀어내리는 바람
고요 속의 고요로
굳어진 돌계단을
내린다.

꿈속에서 만나는 그대

꿈을 꾸면 자주 등장하는 테마가 나에겐 두 가지가 있다. 처음엔 그것이 무슨 의미인지 몰랐으나 점차로 그 꿈이 내게 주는 의미를 알게 되었다.

그 하나는 시력 상실에 관한 꿈이고, 다른 하나는 그이에 관한 것이다.

꿈속에서 나는 항상 책을 보고 있다. 그런데 검은 구름이 다가와 책 위를 덮어 버린다. 내가 아무리 책을 읽으려고 해도 책 위의 글자들은 암흑 속에 보이지 않고 애를 쓸수록 더욱 캄캄한 어둠 속으로 빠져들어 가기만 하는 것이다. 답답한 내 시력이 그렇게 꿈속에서 나타나는 것이다.

또 하나의 꿈은 그이의 꿈이다. 그이는 나를 찾아와 함께 가자고 한다. 나는 곧잘 그이를 따라나선다. 그이는 내게 고운 색동옷을 입혀 준다. 아직까지도 꿈속에서조차 그이는 나를 보호하는지, 진흙길을 갈 때는 편안한 유모차에 태워 그 유모차를 뒤에서 밀며 가곤 한다. 숲은 어두웠고 발밑에서는 이슬이 가득 내린 진흙길을 그이는 나를 꼬옥 감싸 어디론가 데리고 간다. 그러나 그이는 말을 못하고 손짓 발짓으로 무슨 말인가를 계속해댄다. 그 말은 알아들을 순 없으나 언제 어느 시간 어느 곳에서 다시 만나자는 소리로 느껴졌다.

나는 내 일에 몰두하다가 약속한 시간도 잊어버리고 그이도 잃어버려 발을 동동 구르며 뛰어가는데 도중에 바람이 몹시 불어 가지 못하게 된다. 그러면 그이는 항상 길 건너편에 서서 나를 바라본다. 나의 달려가고픈 마음과는 달리 바람에 휩싸여 더 이상 그이에게 가지 못하고 소리치다가 꿈에서 깨곤 한다. 그렇게 꿈에서 깨어날 때 나는 '관세음보살'을 부르거나, 가위에 억눌려 겨우 의식을 찾을 때 부처님을 부르거나 반야심경을 독송한다.

이상하게도 나의 꿈속에는 바람이 자주 등장한다. 그래서인지 바람이 부는 날은 마음이 어수선해져서 심정을 바로 잡기가 힘들다.

자비원 개설 후 서양화 강좌가 새로 생겼는데, 그 덕분에 아그리파^{Agrippa}와 쥴리앙^{Julien} 등의 석고상이 갖추어졌다. 저녁에 사람들이 모두 돌아간 후에 바람 소리가 들리면 마음이 뒤숭숭하여진다. 그럴 때는 바깥으로 나가고 싶지만 그럴 수도 없어 창문을 열고 바람을 쐬는 게 고작이다. 어느 날인가는, 석고상들과 이야기를 하다가 갑자기 쥴리앙의 턱이 보기 싫어서 자비원 강당 바닥에 내동댕이쳐버렸다.

다음 날 아침, 경리 아가씨가 석고상이 깨졌다고 나에게 와서 보고하였다. 나는 열어 놓은 창문으로 바람이 들어와 그랬을 거라고 이야기를 돌릴 수밖에 없었다.

바람이 부는 날은, 더욱 그이 생각이 나고 무언가 파괴하고 싶은 욕망이 든다. 더욱 마음을 잘 다스려야 함을 느끼면서도, 그리운 사람을 그리워하는 것은 본능이므로 요즘은 생각이 나면 나는 대로 내 마음을 그대로 방치해 두게 된다.

물론, 지금의 나는 여인으로서의 생애는 끝맺었다고 생각한다. 내가 '백영옥'에서 이름을 '백수린'으로 바꾼 그날부터 나의 삶은 달라지기 시작한 것이다.

백수린은 물가의 외로운 기린이라는 뜻으로 대학 시절에 다니던 안과의 의사 선생님이 지어 준 이름이다. 처음에 정각 스님과 통화했을 때, 이름을 물어보시는데 본명을 감추고 거짓말한 것이 계기가 되어, 그 후 계속 백수린으로 불리게 되었다.

내가 현재 백수린이듯 나의 여인으로서의 삶은 이미 백영옥으로 끝났고 불교에 귀의한 한 불자로서의 삶을 살아갈 뿐이다. 그러나 그 이에 대한 추억은 더욱 깃을 펴고 내게로 크게 확대되어 올 때가 많다.

작년, 12월에 정병주 전 사령관님과 통화를 하였다. 정 사령관님은 늘 그이의 군인정신을 생각하고 있다고 말씀하셨다. 그리고 자자손손 그 넋을 기리겠다는 애절한 마음을 전달하셨다. 또 그분은 요즘 종교에 귀의하여 상담, 교육 활동을 하신다고 말씀하셨다.

나는 그분의 말씀을 듣고 어쩌면 우리는 같은 길을 함께 가는 동지이며, 사람이 커다란 사건을 맞이하면 결국 그 마지막 안식처로 종교를 찾게 되는 것이 아닌가 하는 생각을 하게 되었다.

정 사령관님은 예전에는 불교 신자였다. 그러던 것이 12·12 이후 천주교 신자가 된 것이다. 또 그와는 반대로 나는 기독교에서 불교로 바뀐 것이고, 그분이나 나나 어쩔 수 없는 운명 앞에서, 종교는 커다란 희망의 빛을 우리에게 주는 듯했다. 비록 종교는 서로 다르지만, 우리가 지향하는 사회봉사 정신은 같은 점이 그것을 잘 시사해 준다.

정병주 사령관님의 전화를 받고 나는 사무치는 그이에 대한 그리움에 한참을 울었다.

나는 그대의 무덤가를 다녀오네

구름이 떠서 비가 내려 내 얼굴을 적시고

몇 송이의 꽃을 그이의 비석 앞에 바치고

나는 훌훌히 떠나는 파랑새가 되어

그대 곁을 떠나온다네
그대여 안녕, 안녕…
발길을 돌리기 어려운 그대의 무덤 앞에
나는 한 마리 새가 되어 운다네

　이것은 그이 생각이 몹시 나던 날 즉흥적으로 쓴 시^{詩}이다. 나는 시를 쓰거나 가야금을 연주하면서 꿈속으로 오시는 그분의 고운 꿈길을 마련한다.
　그리운 님이여.

1988년 4월,

『 그래도 봄은 오는데 』

출간 이후 이야기

김해인물연구회

1988년 4월,

『그래도 봄은 오는데』 출간 이후 이야기

김해인물연구회

1988년 8월 31일, 정병주 장군이 부인과 함께 〈부산불교자비원〉을 찾아와 위스콘신 대학 경영학과 조교수인 큰아들 정승환이 쓴 박사학위 논문을 백영옥에게 주고 갔다. 논문의 서문에는 '고 김오랑 소령을 추모하여'라는 글이 들어 있었다.

1988년 12월, 국회 12·12 청문회에서 정병주 장군은 부하들의 비열한 배신을 증언하였다. 이를 계기로 12·12 군사 반란에 대한 세인의 이목과 더불어 신군부의 죄상이 세상에 드러났다.

1989년 3월 4일, 야인으로 살던 정병주 장군은 경기도 송추 유원지 야산 중턱에서 나무에 목을 맨 채 발견되었다. 국립묘지 정 장군의 묘비 기단의 까만 묘지석은 아무 글자도 적혀 있지 않은 '백비'이다.

1989년 5월 2일, 김해민주화운동협의회가 김해공설운동장(현 수릉원) 앞 공터에서 '5공 비리 주범 이학봉 의원직 사퇴 관철을 위한 제1차 김해시·군민대회'를 개최하였다. 이때 연사로 초청받았던 백영옥은 건강 문제로 현장에 참

석하지 못하고 녹음 연설을 통해 반역으로 정권을 찬탈한 군부 세력을 응징하고 청산해야 함을 김해시민들에게 당부하였다. 이때 퇴진 운동의 대상이었던 이학봉 당시 국회의원(2014년 사망)은 전두환의 측근이자 12·12 당시 군사 반란의 주역이었다.

1989년 10월, 정 장군의 죽음에 다급해진 백영옥은 남편의 명예 회복과 사건의 정확한 진상규명을 위해 김오랑에 대한 1계급 특진 서훈 및 보상을 요구하는 청원을 국회에 냈다.

1990년 1월 22일, 평민당 당사를 찾은 백영옥은 김대중 총재에게 김오랑의 특진을 요청했다.

1990년 2월 1일, 10년여 신군부에 협조하지 않아 반역사적 인물로 평가되어 거론조차 금기시되던 김오랑에 대해 국방부는 「민원인(백영옥)의 요구」라는 단서를 붙여 중령 진급을 추서했다. 국방부가 추진했던 일이 아님을 밝히고 있다.

1990년 6월, 김영삼의 3당 합당으로 탄생한 (꼬마)민주당이 인재 영입 대상으로 백영옥과 접촉했다. 당시 부산의 (꼬마)민주당에는 대통령이 되기 전 노무현 의원이 있었다.

1990년 12월, 백영옥은 노무현·장기욱 변호사를 통해 신군부를 상대로 민사소송을 제기하기로 했다. 그것은 신군부를 향한 최초의 법적 대응으로 상징성이 컸다. 그로 인해 백영옥은 보안사, 안기부(현 국정원) 등 권력기관의 많은 감시와 압력을 받았다.

1990년 12월 10일, 김오랑의 추모일 이틀을 앞두고 백영옥은 소송을 바라지 않는 세력에 의해 병원에 강제로 입원하게 되었고 가족의 면회도 차단되었다. 이 일로 국민적 관심이 커지자 12일 만에 풀려났다.

1991년 1월 22일, 부산 해동병원에서 퇴원하던 백영옥은 '며칠 쉰 후 외부 압력에 의해 유보해왔던 12·12 핵심주역 6명에 대한 손해배상청구소송을 다시 준비하겠다'라고 언론에 발표했다.

1991년 1월, 김오랑의 육사 동기 권경석(하나회)이 유신 사무관으로 〈부산불교자비원〉과 마주 보는 영도구청의 구청장으로 발령받아 왔다.

1991년 6월 28일 밤, 전두환·노태우·최세창·박종규 등에 대한 민사소송 직전, 백영옥은 사망했다. 그날은 독일 선교사들의 도움으로 눈 치료를 다시 시작하기 1주일 전이었다. 경찰은 백영옥이 한 번도 혼자 올라가 본 적이 없는 3층 건물 옥상에서 허리 높이의 난간을 뛰어넘어 '실족사'했고 사건의 목격자는 없다고 발표했다. 국립묘지에 김오랑과 합장되었어야 할 백영옥의 유골은 영락공원 무연고 납골함에 10년간 보관되었다가 산골 터에 뿌려져 이젠 흔적도 찾을 수 없고 백영옥의 가족 중 누구도 백영옥의 유골을 챙기지 않았다.

1991년 12월, 백영옥의 사연을 담은 박명희의 소설 『12월의 여인』이 출간되었다.

1995년 2월 28일, 김영삼 정부 시절 법원은 전두환·노태우 등의 신군부 핵심 인사들을 12·12 사건에서의 반란 혐의로 구속하면서 12·12가 '하극상에 의한 군사 반란'임을 명백히 규정했고 전두환을 '내란집단의 수괴'로 판결했다. 그들에게는 서훈 취소와 훈장 박탈 결정이 내려졌다. 하지만 그들 대부분은 훈장을 반납하지 않았다. 특전사에 난입한 특공대원들은 '우리는 간첩을 잡으러 가는 줄 알았다'라고 증언하였고, 세월이 흘러 12·12가 군사 반란으로 규정된 후 '목숨까지 걸고 충성한 군대 생활이 허무하다'라며 하소연하였다.

1995년 11월 2일, 김광해가 주도하여 〈김오랑중령추모사업회〉가 발족되었다.

1996년 5월 1일, 〈김오랑중령추모사업회〉가 〈김오랑중령숭모회〉로 명칭 변경되었다.

1997년 4월 17일, 〈김오랑중령숭모회〉가 주도하여 처음으로 김오랑 중령 추도식이 거행되었다.

1998년 11월, 백영옥의 사연을 담은 연극 「4,000일의 밤」이 박상현 연출로 공연되었다.

2005년, 광주·전남지역에서 5·18 당시 전남도청에서 총상을 입은 김정수 등이 모여 〈김오랑중령추모회〉를 발족하였다.

2005년 말, 김준철이 인터넷에 〈김오랑중령추모회〉 카페를 만들었다.

2009년~2010년, 김준철이 육사와 국방부 정문 앞, 국회 앞에서 〈김오랑 무공훈장 추서 및 추모비 건립촉구〉 1인 캠페인을 거행하였다.

2009년 12월 9일, 특전사령관을 체포하러 왔다가 비서실장 김오랑의 몸에 6발의 탄환을 박은 박종규는 군사 반란 30주기를 앞두고 〈김오랑중령추모회〉 앞으로 보낸 편지에서 '12·12의 과실은 없고 지금은 항암에 지쳐 누워있으니 이제 모두 용서해주시고 다시는 연락하지 말아 달라'라며 '나는 완전한 패배자' 라 주장했고 그 이듬해 2010년 12월 7일 후두암으로 사망하였다.

2012년 1월, 백영옥의 사연을 담은 조돈만의 소설 「눈먼 이의 수기」(21세기 문학상 수상)가 출간되었다.

2012년 10월, 김오랑의 생애를 담은 이원준·김준철의 책 「김오랑 평전」이 출간되었다.

2012년 12월 12일, 〈김해노사모〉와 팟캐스트 방송 〈김해꼼수다〉가 국회에서 「김오랑 무공훈장 추서 및 추모비 건립촉구 결의안」 의결을 위한 홍보물 제작비용 마련을 위해 YMCA 1층 티모르에서 일일주점을 열었고 김해시의원 김형수·하선영이 적극 참여하였다.

2013년 1월, 〈김해독립운동연구소〉 소장 이광희가 소장하고 있던 백영옥의 자전 에세이 『그래도 봄은 오는데』를 〈김해노사모〉와 〈김해꼼수다〉가 SNS 회원들의 도움으로 재출간을 위한 텍스트 작업을 완료하였다.

2013년 3월, 〈김해꼼수다〉가 김해갑 국회의원 민홍철 발의 「김오랑 무공훈장 추서 및 추모비 건립촉구 결의안」을 지지하는 김해시장, 김해시 전역 국회의원·도의원·시의원, 정당 지역 대표자 연대 서명부를 국회 국방위원회에 전달하였다.

2013년 4월 29일, 「김오랑 무공훈장 추서 및 추모비 건립촉구결의안」이 국회 본회의를 반대 없이 통과하였다. 이 안은 〈김오랑중령추모회〉 김준철이 주도하여 안영근·김정권·민홍철 등 3인의 국회의원에 의해 지속 발의되다가, 민홍철 의원의 발의로 통과되기까지 많은 어려움이 있었으나 당시 국회 국방위원장 유승민의 주도로 통과되기까지 김오랑의 육사 동기들은 아무런 도움을 주지 않았다.

2013년 7월, 국립현충원 현충관에서 〈참군인김오랑기념사업회〉가 발족하였다.

2013년 11월 7일, 〈참군인김오랑기념사업회〉와 김해시 활천동 주민자치위원장 허정기, 김오랑 중령 흉상 건립추진위원장 유인석 등 활천동 주민들이 동사공원에서 일일주점을 열어 성금 이천사백만 원을 모금하였다.

2014년 1월, 국무회의에서 김오랑 「보국훈장 삼일장」 수여가 결정되었다.

2014년 4월 1일, 서울 송파구 거여동 특전사 연병장에 김오랑의 유가족과 김해시 활천동 주민들이 참석하여 「보국훈장 삼일장」을 수여 받았고, 훈장은 활천동 주민자치센터 민원실에 수년간 전시되었다.

2014년 6월 6일, 김오랑의 모교 삼성초등학교 인근에 추모 흉상이 세워졌으며 이후 매년 12월 12일 오전 10시 〈김해인물연구회〉가 모여 추도 행사를 진행하고 있다.

2016년 10월, 극단 이루마(이정유 연출)가 김오랑의 생애를 엮은 연극 「마음의 미로 속 작은 빛」을 공연하였다.

2022년 12월 7일, 국방부로부터 역사의 하늘에 뜬 별 김오랑의 사망 구분이 순직에서 반란군과 정의롭게 전투 중 전사로 확정되었다.

2023년 11월 22일, 개봉된 김성수 감독의 12·12 군사반란의 비화를 담은 영화 「서울의 봄」이 개봉 33일 만에 1,000만 관객을 달성하였다. 극 중 '오진호' 소령의 모티브가 된 인물이 '김오랑' 중령이다.

2024년 1월, 12·12 군사 반란의 수괴 전두환은 사망 3년째 대한민국에 묻힐 자리를 못 구하고 있다.

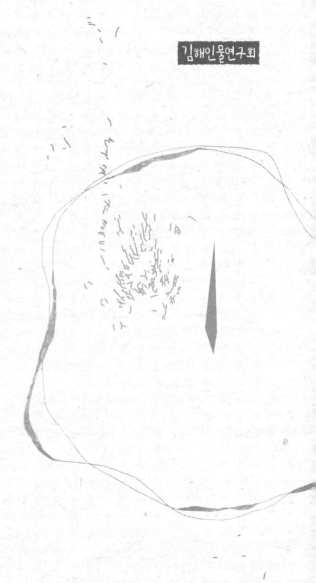

김해인물연구회

그래도 봄은 오는데

펴낸날 2024년 1월 29일

지은이 백영옥
펴낸이 주계수 ┃ **편집책임** 이슬기 ┃ **꾸민이** 최송아

펴낸곳 밥북 ┃ **출판등록** 제 2014-000085 호
주소 서울시 마포구 양화로7길 47 상훈빌딩 2층
전화 02-6925-0370 ┃ **팩스** 02-6925-0380
홈페이지 www.bobbook.co.kr ┃ **이메일** bobbook@hanmail.net

© 백영옥, 2024.
ISBN 979-11-5858-982-0 (03810)

김해인물연구회

경상남도 김해시 서부로 1403번길 23-66
kiminyeon@naver.com